华章
传奇派

品味无限不循环的人生

塔夫林 1

权延赤 著

火种

图书在版编目（CIP）数据

塔夫林.1,火种 / 权延赤著. -- 重庆 : 重庆出版社, 2022.6
ISBN 978-7-229-16123-1

Ⅰ.①塔… Ⅱ.①权… Ⅲ.①长篇小说—中国—当代 Ⅳ.①I247.5

中国版本图书馆CIP数据核字（2022）第092937号

塔夫林1：火种
TAFULIN 1:HUOZHONG

权延赤　著

出　　品：	华章同人
出版监制：	徐宪江　秦　琥
选题策划：	晋璧东
责任编辑：	徐宪江
特约编辑：	张铁成
责任印制：	杨　宁　白　珂
营销编辑：	史青苗　刘晓艳
封面设计：	末末美书

重庆出版集团
重庆出版社 出版
（重庆市南岸区南滨路162号1幢）
北京盛通印刷股份有限公司　印刷
重庆出版集团图书发行有限公司　发行
邮购电话：010-85869375
全国新华书店经销

开本：880mm×1230mm　1/32　印张：7.875　字数：197千
2022年10月第1版　2022年10月第1次印刷
定价：42.00元

如有印装质量问题，请致电023-61520678

版权所有，侵权必究

目 录

引子 /1

一　开奶 /4

二　"神父" /10

三　看孩先看娘 /15

四　我要读书 /21

五　猴子变人 /26

六　麻军官 /32

七　大猫小猫 /40

八　我要去延安 /45

九　二舅爷 /52

十　肉包子打狗 /57

十一　麻秆送信 /62

十二　群英会 /68

十三　月份牌 /77

十四　"金狗""火虎" /84

十五　叫驴子 /91

十六　遛狗和瞎摸瘌子 /98

十七　大堤上冒出一个人 /105

十八　游击县长 /111

十九　马占山 /118

二十　猪哇、羊呀送到哪里去 /125

二十一　梦归靠山窑 /132

二十二　蒙古老八路 /138

二十三　步枪还是机关枪 /144

二十四　军歌 /152

二十五　好葫芦锯好瓢 /160

二十六　老舅 /168

二十七　三人行，必有我师 /175

二十八　拔节 /181

二十九　特殊考验 /188

三十　悬念 /194

三十一　悼念 /200

三十二　新三师 /206

三十三　换马 /214

三十四　野猪林 /221

三十五　捉猪 /227

三十六　新的考验 /233

三十七　熔炉 /238

引子

盘古开天地：西高东低，北雄南秀。

西高东低，黄河长江入海流，孕育了大中华文明。

北雄南秀，粗犷彪悍的草原文化以铁蹄踏破长城，与封闭礼仪的农耕文化冲撞、交锋、纠缠，一次次席卷中原，直达南海，融会并成就了几千年辉煌灿烂的中华文明史。

黄河北，长城外，大青山下的土默川，马头琴音漫芳草地，伴随着成吉思汗祭典中的悠扬绵长的赞歌：

> 保卫阿尔泰山十二条通路，
> 成为鹏鸟之翼，
> 成为系马之桩，
> 成为长蛇阵之后卫，
> 成为回击来犯之敌的偏师，
> 入有所得，出有所携；

> 高山之敖包,大海之丰碑……
> 十二土默特属国就是他呀!

蒙古土默特部源自贝加尔湖之秃马惕部,是"林木中的百姓"。其女首领塔尔浑是蒙古历史上的巾帼英雄,曾率部镇守阿尔泰山口,卫戍十二条运输大路,保证蒙古大军西征的后勤供应。她出嫁孛尔只斤·铁木真部时的颂词是:

> 男雄雄一国,
> 女壮壮一窝,
> ……

1551年(明嘉靖三十年),阿勒坦汗统辖下的土默特部,苦于明廷拒绝互市,不准"以牛羊易粟豆",决心自力更生,发展农业,广招汉族农民前来土默川发展"板升农业"。所谓板升就是房屋,"板升农业"就是放弃游牧之蒙古包,板升筑屋,定居下来垦田种地。前后招来十万汉族农民,"连村数百""农田数万顷",被现代学者誉为贸易战引发的中华改革开放第一人。有民谣为证:

> 人言塞上苦,
> 侬言塞上喜;
> 夫耕妇织朝复暮,
> 柴门鸡犬皆相依。

受农耕文化的影响,土默川蒙古族渐渐给自己冠上了汉族姓氏,其中黄金家族孛儿只斤氏的后裔多冠以云、荣、敖、奎等姓氏。

那以后355年,奎氏家族开始了耕读生活,虽然与土圪垯、牛尾巴打一辈子交道，但也要做识文断字的读书人。五岁读《百家姓》《三字经》，十二岁进"孔庙"，读四书五经。与生俱来的草原文化与自幼吸吮的农耕文化珠联璧合，无论盛世乱世，都走出众多出类拔萃的人物。

于是，我们的故事便从奎元士、奎勇父子开始了……

于是，便有了一百多蒙汉少年投奔延安，参加革命的故事……

一
开奶

　　大青山下的土默特川，有个村庄叫艾力赛。名字有点怪？这是蒙古语。艾力是"人家"，赛是"好"，艾力赛就是人家好之意。

　　单说这艾力赛村南头有一户人家，一道干打垒的土墙围起农家特色的小院，栅栏门朝南开，坐北朝南三间上房。东西是对称的厢房，其他碾房、磨房、粮仓一应俱全。小院背后突兀颠连的大青山挡住北方吹来的风和沙，南面是滚滚的大黑河，从大青山里一泻而下，曲曲弯弯流入哺育中华民族的滔滔黄河。历史上，这里是水草丰茂、牛羊肥壮的天然牧场。明朝末年，奎家的祖上在大黑河北岸定居下来务农，到了清朝初年，南家、郭家、王家、孟家陆续从榆次、代县走西口，迁移到这里落户，形成了多户人家的小村庄，于是便有了艾力赛村的名称。

　　说话到了民国十四年，艾力赛已经聚居了几十户蒙汉人家。初夏正午，正是农家歇晌的时间，若不是西厢房里传出一阵如泣如诉的细语轻歌，你一定会联想到陶渊明《归园田居》的意境。

米尼夫（我的儿呀）——
你爸爸远在国际，
过着流离动荡的生活。
他远去万里找苏维埃，
是为了反抗压迫；
他冒死参加共产党，
是为了反抗剥削啊，
我的宝贝——米尼夫。

西厢房的炕头上，盘腿卧脚地坐着一位年轻的母亲，油黑的长发像瀑布一样披散在背后，两眼微眯，望着怀中的婴儿，轻声吟唱着自编的摇篮曲。她长长的睫毛随着曲调微微颤动，目光里漾着慈爱、思念，还隐隐透出一丝牵挂。她叫塔拉，儿子出生三个多月来，远方的丈夫奎元士却一直音讯全无。

"三十里的莜面，四十里的糕，十里的荞面饿折了腰。远行的哥哥你要吃啥？你说你说你要吃啥？"

一阵悦耳的童音和着轻快细碎的脚步声传来，只见那片单布门帘朝里一鼓，钻出一个扎了小辫的丫头，也就三岁多的样子，奶声奶气地喊："妈妈，阿妈，又来开奶的了——"

"轻点儿声，小祖宗，轻点儿声……"塔拉瞪着女儿，把对男娃的爱称用在女娃头上，"看把你弟弟吵醒的！"

"想开奶就赖奶奶，赖上奶奶就开奶。你说，你能说上来吗？"女儿却喊出绕口令，真叫人哭笑不得。塔拉见怀里的儿子已经睁开眼，嗔怪地朝女儿瞪一眼。院门外来了不少人，塔拉一点没发觉，像是一颗心全融在这双儿女身上了。女儿叫奎英，儿子叫奎勇，出生时男人都不在身边，名字是提前取好的。心里能说没有委屈幽怨吗？可是她开始移腿下炕，因为院门口传来奶奶的大嗓门："塔拉，开奶了！去你西屋还是来我上房啊？"

"额娘，我屋里乱，去上房吧。"

"抱上我孙子，老王家的孙子还要奶头结拜呢！"

"知道了！"

土默特部的习俗：谁家生了娃儿，在母亲下奶前，一定要选个最优秀的媳妇给孩子喂第一口奶。他们笃信，谁给孩子喂第一口奶，谁的性情、智慧、品格就会传给这个孩子。说来也怪，塔拉虽然进得了厨房下得了地，针线女工样样拿得起，却没读过书，新婚之日才开始跟丈夫学习识字。土默川不乏识文断字的女人，几百年耕读传家的艾力赛村人怎么会看上没读过书的塔拉？家族里妯娌七八个都请塔拉开奶，十里八乡的女人生娃，无论蒙汉，也都要请塔拉开奶，人人都希望娃儿长大能像塔拉。这是个谜，不花点时间，不相处些日子，很难揭开谜底。

还须耐耐性子啊。

塔拉来到上房，堂屋里已经红火成一团。大家纷纷围上来，两个抱着婴儿的男女挤在最前面，脸孔笑得像朵花儿似的说着好听的话，塔拉却没任何反应，两眼盯着他们身后，闪烁出惊喜的光芒："巴音巴图，是你呀！长生天哪，你怎么来了？奎元士怎么样？有消息吗？"

"嫂子，不急不急，先开奶，开了奶慢慢叨啦。"说话的是个年轻人，小平头，高鼻梁，浓眉毛，厚嘴唇，带棱带角的脸盘透出一股帅气，他忽然朝着供桌方向叫一声："小心，烧着手！"

"我的天！"塔拉转瞬间已奔到供桌前，帮护着女儿点燃四盏佛爷灯，似嗔非怒地点她一指头，"就爱玩个火！烫了手看我不拧你的小肉肉！"

"塔拉啊，先给你外甥女开奶吧，"一个年轻后生抢上前，"阳婆没露脸我屋里的就生了，我颠颠地跑了一上午，三十里地，大人没事,娃受不了啊!"

"先给我孙子开奶吧,他爸和奎元士可是奶头结拜过的,他妈已经下奶了,本村的,喝一口我就带回去。"一位脑后盘了髻的妇女用商量的口吻说,"他大舅路远,娃儿要慢慢喝饱了才好回去。你看,佛爷灯也点上了,开奶就算结拜了,父一辈,子一辈,蒙汉兄弟一家亲哟。"

"大舅哥,我婶子说的对。"塔拉左手接过男娃,"取名了吗?"

"他爸说了,他自己没出息,奶头结拜,没跟上他哥奎元士去干大事儿,儿子这次奶头结拜,一定要随着奎家,跟上奎勇出去干大事儿,就叫王二勇吧!"

"二勇不好听。"帅气的巴图说,"他爸叫王伯知,孩子就叫王知勇吧。"

"奎勇——王知勇。"塔拉走到佛爷像前,望着怀中一左一右叼着奶头的两个婴儿笑了,"我看这名字行,点香吧!"

三炷香燃起,塔拉闭着眼睛嘴里念念有词,最后睁眼放声道:"长生天作证,奎勇和王知勇奶头结拜,从今以后,愿他们兄弟相称,共进共退,互帮互助,一生亲密无间。"

婶子抱回她的孙子,心满意足地走了。塔拉把奎勇放到炕上,将外甥女抱到怀里,腿往炕上一抬,偏着半个身子坐上去,把奶头放进外甥女的嘴里,掀起眼帘便紧紧盯住巴图,像盯住了她的全部希望和未来:"说吧,巴图,我男人奎元士怎么样了?"

"嫂子,先纠正一下,以后不要叫我巴图,就叫我贾力更吧。"

"为什么?问你奎元士呢,不要卖关子。"

"为了工作,就比如奎元士,他对外有时叫奎时雨,有时又叫陈云章,都是革命斗争的需要。"

塔拉脸色有些变,变得严肃,变得紧张。她虽然没有读过书,却有着与生俱来的草原情怀——勇敢、机警、坚忍、豁达;受丈夫和农耕文化的影响,她骨子里又不乏勤劳、孝顺、明理、善良。她怀着女儿奎英时,奎元士面临人生一次重要选择:是留在妻子身边当个算术老师还是去北京蒙藏学院寻求蒙古民族解放的真理?奎元士为难之际,塔拉说:"圈养的男人是羔羊,放养的汉子是虎狼。塞外北疆,马散人刚,你去北京吧,家里有我呢。"

塔拉的担当可比十里八乡的女人们都大得多,那以后接长不短儿来艾力赛村的能人就多了去了,个个是朋友,个个是英雄。土默川谁能有这么多干大事的英雄朋友,又能知道那么多的道理和秘密呢?孙中山重新解释三民主义,制定联俄、联共、扶助工农的三大政策,谁知道?为促成国民会议,北京开大会,是谁和陈毅赶走了国民党右派?北京大学悼念列宁逝世的大会是谁守卫的大门?是塔拉的男人奎元士和他同学!谁听说过共产国际?谁懂得苏维埃?谁晓得北京之外还有个莫斯科?李大钊、邓中夏、赵世炎在北京铁狮子胡同的古庙里给蒙藏学校的学生们看了什么书,讲了什么主义?七八名学生都参加了什么组织?那组织叫什么名字?谁知道奎元士在东单贴标语被特务抓住是怎么抡拳踢裆奋力逃脱出来?……这一切的一切,谁知道?塔拉知道!就在塔拉怀上奎勇三个月的时候,奎元士受李大钊和邓中夏的指派,去苏联学习,去莫斯科参加国际共产主义运动。奎元士望望怀孕的塔拉又瞄一眼早生白发的父母,目光里流出担忧和不忍。塔拉咽下委屈,将手背叉在腰眼上,脚跟在地上轻轻一跺:"好男儿志在四方,只是忠孝不能两全。你去吧,家里有我呢,忠孝两不误!"就这样,奎元士带了一伙朋友走了,很快又来了一些新朋友。在那动荡纷乱的日子里她有接待不完的"亲友"和听不完的故事,许多故事似懂非懂,却总被撩拨得心跳血涌,整夜难眠。因为有一种感觉越来越清晰,越来越压迫:而今的世道,做好事,干大事,就要冒大风险。若是两三个月没来新朋友,听不到新故事,她就会怅然若失,无法排遣内心的惶惑和忧虑……

塔拉微蹙双眉，不时咽口唾沫，全部心神都化在那个过去的巴图现在的贾力更身上，仿佛那就是一颗定心丸。

"嫂子，放心吧，奎元士好着呢！"贾力更终于给出定心丸，慢条斯理地说，"他已经到了莫斯科，成为中山大学第一批学员。睡的是钢丝床，吃的是面包、牛肉、鸡蛋、鱼子酱，讲课的有斯大林、周恩来、瞿秋白、宋庆龄、冯玉祥……"贾力更掰着手指如数家珍地介绍这些大人物的背景和贡献，忽然话锋一转，"你知道他的同学都有什么人吗？蒋介石你听说过吗？"

塔拉点点头又摇摇头："好像听说过，反正没来过艾力赛。"

贾力更哈哈大笑："他是北伐军的总司令，打得北洋军阀快完蛋了。奎元士同班同学蒋经国就是蒋总司令的儿子，奎元士正准备介绍他参加共产党呢！"贾力更边说边伸出巴掌掰着指头数，"张闻天、王稼祥、邓希贤、伍修权、杨尚昆、李伯钊，还有咱蒙藏学校的吉雅泰、多松年、云泽（乌兰夫）、佛鼎……都是奎元士的同学，将来这些寻求真理干大事的天兵天将回到国内——"贾力更长吸一口气，两眼望天憋有半分钟，"嘿"的一声说道，"可要红火喽！"

随着这声"嘿"，塔拉的心也扑通一下落了地，梦醒一般看着外甥女已经喝足奶沉沉睡去，刚才还头枕她腿上忽闪着大眼听故事的女儿奎英也进入了梦乡，反而是奎勇嘴一咧，睁开了眼。只听半晌无语的大舅哥喃喃一声："又一个天兵天将醒了……"

9

二
"神父"

阳婆西沉,夜幕降临。塔拉点亮油灯,借着豆大的火苗继续缝补那只张开鲇鱼嘴的小夹鞋,不时瞅一眼趴在腿上的奎勇。儿子快四岁了,旱地泥地满世界跑,开春穿的新鞋芒种就开了口,正是费鞋的年龄。

"叭、叭、叭……"小院柴门被拍响,上房传来女儿奎英的叫声:"奶奶,来人了!"

一阵脚步声,奶奶大声问:"谁呀?"

"我呀,老贾。"

塔拉听出是贾力更,可奶奶年岁大,耳朵眼睛都不灵,还在问:"谁呀?你找谁?"孙女奎英的叫声让她听清了:"是贾叔叔!"柴门"吱扭"一声响,接着传来贾力更略显激动的声音:"大婶,你看我给你带谁回来了?"塔拉知道,贾力更装扮货郎在土默川开展革命活动,常带同志们来家落脚谈事,奶奶如何能记清?兀自在问:"谁呀?这、这是……后山的哪个后生吗?"

"妈，还没认出来？我是奎元士呀！"

塔拉那颗心"咯噔"一跳，一针扎在手上，"哎哟！"她跳下炕，顺手拎起儿子，"你爸回家了！快走，你爸爸回来了！"塔拉拉着儿子抢出门，东厢房的大哥大嫂也带着一家人拥出屋，簇拥着贾力更和奎元士进上房。难怪奶奶认不出她儿子，乡下人结婚早，奎元士结婚时不满十六岁，还没有发育完全；这些年长高了，也壮实了，还蓄了胡子。院子里黑灯瞎火，就连塔拉也几乎认不出自己的丈夫了。上房里两位老人把奎元士拉到油灯下，嘴里啧啧有声地看个没完，摸个没够："长高了，结实多了，长出息了，出息了！"奎元士脱开身，弯腰抱起女儿："女女，想爸不想？"奎英猫叫似的一声："想——"奎元士眼圈儿泛红，用力亲女儿两口。塔拉把小勇推向前："看看你儿子吧！"奎元士放下女儿便去抱儿子，儿子却怯怯地一缩，躲到塔拉身后，无论奎元士张开双臂还是拍手呼唤，就是不肯上前。塔拉抱起小勇，对奎元士说："儿子没见过你，认生呢。"她脸贴脸，在小勇耳边柔声细语劝说："儿啊，他就是你爸爸呀，妈妈每天给你唱的爸爸，你一直要寻找的爸爸呀！"奎元士好不容易才将儿子抱过来，连亲几口："叫爸爸，儿子，叫爸爸呀。"一屋子人也跟着哄："叫爸爸，叫，快叫爸爸。"小勇眨巴着一双稚气的眼睛，认真地看父亲的脸，两道火焰般的光芒渐渐热烈地闪耀出来，却始终不张嘴。

"怎么了？"奎元士有些慌神地望住塔拉，"我儿子哑，哑巴了？"

"说什么呀，他就是不爱讲话，尤其认生。心里可装事呢，聪明得很，亲疏好坏啥都懂，已经会写百十个字了！"

话音刚落，小勇忽然抱住父亲的脖子，带声带响地在他脸上亲了一下。

"儿——"奎元士哽住了，深深喘一口气才叹道，"爸爸对不起你啊！"

他哭了。

奶奶将一碗腌菜两碗开水放在炕桌上,就着腌菜喝开水是土默特人待客的规矩,免得口淡。她大声招呼着:"先喝碗水。塔拉,你去村里找人借点儿肉。哎,元士,你行李呢?就这么个布包包?"

奎元士将儿子放到炕上,从右肩解下不离身的一个小布包,放在儿子面前,小心翼翼地解开,里面只有一本书两件单衣,他说:"千里不拿针,何况走万里路,这行李不算少了。"

小勇正好奇地看着那书皮儿上的"大胡子",贾力更伸过头来望一眼,失声喊道:"啊,《资本论》!我的老天,这一路过来多少关卡,又是国民党兵,又是王爷卫队,还有巡警特务,你不要命了!"

"这本书比命还重要。"奎元士一字一顿说。

"胡闹!"贾力更脸色变严厉,"万一暴露了,丢命不说,组织上交给的任务怎么办?"

"不怕。"奎元士声音淡定,"我心里有数,这些笨蛋不可能认识外国字。这一路是遇到过几次危险,我只要说这本书是圣经就没事了。"

"可书皮上印着马克思的照片!"

"我说那是神父,是耶稣,懂吗?是耶稣!这些笨蛋听见耶稣就没声没气了。"

"别说了,赶紧把它处理掉!"

"咋处理?丢掉?烧掉?这是我从莫斯科买回来的,一来还要学习,二来要传播,三来是我在中山大学留存的纪念物,四来是冒了千难万险。"

"吃饭喽——"小勇冷不丁喊出一嗓子,居然惊得四座面面相觑,鸦雀无声。贾力更回过神来,一边揉胸口一边说:"这就是书上说的三年不鸣,一鸣惊人吧?"奎元士早已抱起小勇欢呼:"我儿子可不是哑巴！"

"别吵了。"塔拉把一盘油泼辣子放到炕桌上，"大晚上去哪借肉？元士就爱吃口辣子，狗脾气也跟辣子一样。"她右手抱过小勇，左手一顺，将《资本论》抓在手中："多大点儿事？不就一本书嘛，老贾兄弟，这么大院子藏本书还不容易？真是的，交我吧！"说话间，奶奶端上来热气腾腾的莜面窝窝和葱花盐水汤，奎元士夸张地吸一口香气："闻见莜面味还有劲吵架吗？"贾力更也夸张地瞪他一眼："早上喝两碗玉米面糊糊，爬一夜大山又走四十里路，撒两泡尿肚皮就贴上脊梁骨了。这样吧，你说道理我吃莜面，你慢慢说，我紧着吃……哎哎！"两双筷子在莜面笼屉上争斗起来。奶奶忍住笑数落："都是饿死鬼转世，多大岁数了还争食吃！学学文明人，热了六斤莜面四斤糕——管够！"说归说，还是低估了两个后生的战斗力。不到半个钟头，风卷残云，吃了个碗净、钵净、笼屉净。奶奶一边收拾一边念念有词："三十斤的狼吃四十斤的肉，饿一礼拜还能咬死头牛……你说怕人不怕人！元士，这次回家多住些日子吧，不然，小英小勇都不认识你这个老子啦！"

奎元士手抚肚皮朝被垛上一靠："妈，我这次回来就不走了！"两位老人一怔，几乎同时问道："咋？你不回城里了？"

"我就在家里下地干活呀！"

爷爷顿时急了，眼一瞪："供你念了那么多年书，又留了一回洋，那一肚子墨水就白喝了？胡闹！"

奎元士张张嘴，一肚子话却说不出口。蒋介石背叛革命，"四一二"大屠杀，土默特的党组织被破坏殆尽，主要领导同志都牺牲了，幸存的骨干也转入地下活动，奎元士回来就是要在这白色恐怖笼罩的大青山下恢复组织，重新聚集革命的力量。这样的秘密能说给老人听吗？他张嘴说不出话，却连连打了七八个哈欠，毕竟两天一夜没睡，幸亏奶奶在一旁发了话："看把孩子困的，有话明天再说吧！"

虽说困到极限，回到西厢房却仍无法入睡。奎元士望着熟睡的儿子，心里有一样事不爽：他可不想儿子变成个闷葫芦。怪塔拉吗？她上有老下有小，独自支撑起这个家容易吗？不能要求她养家育儿还要施好早教。怪自己？五年不回家是为自己吗？他为的是蒙古人民的解放……

"还不睡，想啥呢？"善解人意的塔拉话外有音地问，"咱儿子为啥三年不鸣，一鸣惊人？"

"不会喊老子，就会喊吃饭。"

"亏你还留过洋，儿子是为了不叫你和老贾吵架！"

"啥？他能懂这么深……没可能！"

"你五年不沾家，可你那些搞地下的同志把咱家当成联络点，每次来人，都是我带着俩娃去望风。小孩子学事快，不出一年就变成了两个小地下工作者了。到哪儿都是多看多听少讲话，凡事能忍就忍，不吱声，可懂得亲疏分明，内外有别。见了生人没话说，和自己人、亲人到了一起才有话说。儿子从没见过你，认生嘛，叫爸爸叫不出口很正常。他和他贾叔叔处得亲，又知道你是他亲爸，你们吵吵，他叫一嗓子不是不吵了？"

奎元士眨眨眼："嗯，还真是的……"

"你呀，你说这本书比命还重，你儿子就看着书上的大胡子才入睡，这不是爱你才爱上大胡子神父？"

"嗨，"奎元士霍地坐起身，边解衣扣边说，"照么说，咱可以睡个好觉了！"

可惜，这个小小的愿望也没能实现。因为东方的天际刚刚泛起鱼肚白，艾力赛村的狗已经叫成一片……

三
看孩先看娘

一队人马从归绥城朝艾力赛村气势汹汹地扑来，离村还有半里地就惊得狗叫翻天。早起拾粪的村民看清了来的是警察和国民党兵，那一片犬吠声中冒出一道震耳惊心的吼声："奎明亮，你个老鞑子，官府又来人找上你家门了！"

奎明亮就是奎元士的父亲，奎勇的爷爷。吼叫声在艾力赛村上空回旋，只怕死人也能被喊醒。塔拉披衣下炕，连声喊："元士，喊你呢，是你奶头结拜的兄弟王伯知，他喊你爹的名字是给你报警，快，从后墙翻出去跑。"奎元士受过军训，裤子一上腰，先把两脚穿上牛鼻子鞋，边朝外跑边穿衣。塔拉帮一把手，托奎元士翻过院墙，隔墙又喊："去托克托找我弟弟躲几天，听我消息！"声音未落，转身又往上房跑，"老贾，敌人来得可不善啊，你也跑哇！"贾力更不紧不慢地走出门："嫂子，放心，我就是个走村窜户的货郎，怕他甚呢？"

到底是老地下党，见过大场面。塔拉刚松口气，又蓦地拍响脑门，扭身就朝西厢房赶，只见小勇已经穿戴整齐，忽闪着大眼正扒在窗口，带着一种与年龄不相称的紧张和警惕朝院子里张望。

"书，书呢？"塔拉手忙脚乱地跪到炕上，掀枕头、撩被子地找寻，"那个有大胡子照片的书呢？"

小勇不言声，在炕上走两步，掀起靠里墙的炕席子，塔拉一眼就看到席子下面那本让人担心的《资本论》。她心头一暖，揉揉胸口，便将小勇抱进怀里，颤声喃喃："小祖宗，你咋那么能耐，那么懂事啊！你就是长生天送给妈的心肝宝贝眼珠子啊……"

照城里人讲周岁，小勇还不满四岁。在农村讲虚岁，娃儿在娘肚子里就要算岁数，算上天孩子也不过五岁，那份智慧勇气，那种机敏应对，恐怕富贵人家养尊处优的孩子十几岁也比不过。塔拉还想换个更隐蔽的地方藏书，可是来不及了，大兵和警察已经冲进院子，出去慢了更容易惹人怀疑。她紧赶两步，刚掀起那道单布门帘，两名警察已经擦肩闯入，绕两间西厢房一圈，再掀掀被子探探立柜，便匆匆追出门拦住塔拉，瞪眼就吼："人呢？奎元士藏哪了？说！"

"老总，你也是衙门里当差的，又不是土匪，别吓着孩子。"塔拉赔着笑脸轻声慢语，"我就俩娃，女女和她奶奶睡上房，小子跟我睡……"

"废什么话，问你男人奎元士藏哪里！"

"我男人在外蒙做工……"

"胡说！他在苏俄受训，是赤色分子，昨天夜里潜回来，早有人报告了！"

"老总，这才是胡说哩。一家子老的小的，他不做工寄钱我们吃甚喝甚呢？不大点院子你们来这么多兵，围了个严实，连只猫都藏不住，就别说藏个大活人了，不信你们搜嘛……"

说话间，全家人都被赶到院子里。一个警官走过来，看那衣冠不整的邋遢相，顶多是个芝麻绿豆大的官，眯缝的双眼和翘起的尖下巴无不露出横行乡里、不可一世的霸道劲儿。塔拉知道如何应付这种地头蛇，她把儿子放地下，抬头赔上笑脸："长官，您看我这一家老的小的，哪个像赤色分子？"也许是这份小心和一声"长官"使他很受用，警官傲气十足地撇一下嘴角，没有再发号施令，突然急转身，像要把手指头甩出去一样："你！老鞑子，你就是奎明亮！"被他手指的老汉打个寒噤，忙不迭点头："是是是，我就是奎明亮。"警官脸对脸地逼近过去："动作够快的啊，说！你儿子藏哪儿了？"奎明亮被逼得两脚后撤，连连摆手："没的事，没有的事……"但他退不动了，有人用手撑住他的后背。

"老兄，看你很面熟啊。"贾力更走上前，在警官肩上豪爽地一拍，挡在奎明亮前面，"老一团的吧？"警官一愣神："你，你是哪位？"贾力更递上一支烟："什么时候干上警察了？认不出我了？"警官吸口烟迟疑道："兄弟……看着你也有些面熟？"贾力更哈哈一笑："老兄真是贵人多忘事，康福成还记得吧？"警官立刻换出一副笑脸："哎呀，康书记官呀！你看你换了这身打扮，我，我说面熟得紧呢……"贾力更摇摇头："还是说错了，康福成是我亲二哥，我是贾力更，当年老一团的几百件皮袄还是我从外蒙古给你们贩回来的，你们团长满泰摆酒跟我拜把子，你那时好像还给我上过酒？"警官有些尴尬："噢，噢，有印象，有印象，我是跟过满泰……"贾力更口气一转："咋又干上警察了？"警官不好意思地喃喃："人往高处走嘛，老一团到底是土默特蒙古人自己拉起的队伍，又不肯被收编，兄弟我也是想奔个出路，就投了政府，正经也算衙门里的人了。"贾力更放低声音："老兄，不是我向你讨人情，我跑生意，年年都要去两趟外蒙古，奎元士我也认识，他就是在乌兰巴托做工，咋就变成苏俄赤色分子了？"警官摇摇头，正色道："兄弟，我现在是衙门里的人，下面有举报，上峰有命令，徇不得私。"他躲开贾力更,转身下令:"给我各房仔细地搜,不要落下可疑之处!"声音虽然没有进村时那么横蛮霸道,但这些大兵警察下乡作威作福惯了,立刻穿门入户,一阵乱翻混搜。院子里的大男小女挤成一堆,只能听着屋里传出的乒乓乱响,就连磨房、粮仓、旱厕也不放过。

"报告,"一名警察跑过来,"这是从西屋炕席底下搜出来的!"

塔拉闻声色变,无异听了一声炸雷,定定神朝警官望去,恰好与警官狐疑的目光撞出一团火花。

"这是什么书?啊,一书的洋字码,不是苏俄的主义是什么?"

"圣经!"塔拉想也没想,下意识地脱口而出。警官已经迫到面前,拍打着书皮咄咄逼人:"胡说!这个大胡子我肯定在哪里见过,谁?他是谁?"

一直躲在母亲身后的小勇忽然探出头,大声喊一嗓子:"神父!"

"神父?"警官疑惑地重复一声,"我见过通道街的神父,根本没胡子……"

"耶稣!"小勇又喊一嗓子。

"老兄啊,你当然见过这个大胡子,通道街天主教堂里挂的就是他的像,你看连五岁的娃娃都知道是耶稣。"贾力更又挡到前面来打圆场,"从庚子赔款开始,教民特别受保护,不少蒙古人都改信耶稣了。"

"这是耶稣?"警官问手下,手下大眼瞪小眼,有个当兵的自作聪明地说:"耶稣是有胡子,好像洋人都喜欢留大胡子,特别是照相的时候。"

警官有点儿泄气,将书随手一丢,见小勇跑去捡书,狠狠啐一口:"呸!老鞑子不信佛爷信耶稣,连祖宗是谁都忘了……"骂声未绝,院门口又有人喊报告:"给老鞑子通风报信的人抓到了!"

两个当兵的把王伯知扭送到警官面前,警官立刻找回精神,上去就是一耳光："他妈的，老子就知道这里有事，没事你报的什么信？说，你和奎元士是什么关系？"

"我们奶头结拜的兄弟。咋了，他爹就是我爹，我报个信还犯罪了不成？"王伯知想挣脱身子，被两个当兵的硬按住头。

"好，爽快！再说，报信是为啥？"

"叫我爹躲出去呀！"

"没事他躲什么？"

"村里没事，你们衙门里来人还能没事？要钱没有，要命有一条！"

"嗨，要你招供你倒反扯上我们衙门来了，现在是我让你招！"

"还用我招？全村谁不知道！"王伯知犟着脖子吼起来，"乡亲们，衙门里又来催锅厘税了，你们说咋办？"

院子里不知何时已挤满村民，轰然开闸，吼成一团："要钱没有，要命有一条！""我们早就穷得叮当响，到哪儿找钱缴税？""我们蒙古人一身二役，一只羊扒两层皮，这是逼人造反呀！""回去告诉你们当官的，有本事过来把我们的头都砍了去！"

警官脸变煞白，正想拔枪，又被贾力更扯到一边："老兄，听我劝，他们以为你是来收税的，这里有误会。大清朝对蒙汉民族实行的是旗县分治，到了民国改成旗县并设。汉人只给衙门缴税，苦就苦了蒙民，既要向旗里上捐，又要给县衙门纳税，所以说一身二役，一只羊扒两层皮。老鞑子民风彪悍，闹大了谁都不好。"他将手朝警官衣兜一塞："交个朋友，您贵姓？"警官本能地伸手入兜摸摸，三枚袁大头！立刻堆出一脸笑："免贵，姓麻，麻烦的麻。我听兄弟的，听你的！"

"乡亲们，散了散了，官府来的这些人不是收锅厘税，有人造谣说来了赤色分子，误会误会啊。"贾力更挥着两手吆喝，麻警官立刻跟着喊："误会误会。兄弟们撤了，赶紧撤！"

押王伯知的大兵建议:"这小子既然是奶头结拜,把他带回衙门审审也好交差。"

麻警官呵斥道:"少啰唆,叫你撤就撤,也不长眼看看啥形势!"

农家小院静下来,贾力更朝塔拉竖大拇指:"遇事不慌,脑子清醒,一声'圣经'就化解了危机!"塔拉摇头:"还夸呢,吓蒙了,脑袋早空了。"贾力更不解:"我看你脱口就说出圣经。"塔拉苦笑:"你也知道,我家的鸡都是散养的,一叫"咕咕咕"就全回来吃食,你说这是条件什么来的?"贾力更说:"条件反射。"塔拉用力点点头:"对,就是反射。昨晚上我带儿子先回屋,临睡叫他装坏蛋,他喊:这是什么书?我就说:'圣经。'儿子喊了十多遍,我一听问书,也就反射'圣经',根本没经过脑子……"

贾力更愣一愣,马上又哈哈大笑,抱起小勇直冲塔拉晃脑袋:"不得了,不得了!这真是看兵先看将,看孩先看娘,这娃娃将来肯定有大出息!不得了,可真不得了……"

四
我要读书

风波过去,小勇好像一下子长大了好几岁。他平日里虽然还是哑巴一样不言不语,心里可活泛多了;一双稚嫩的丹凤眼,黑眼珠滴溜溜地灵动,没有什么秘密能瞒住他。

三天刚过,奎元士在小舅子的陪伴下回到艾力赛村。他换了一身农民的短打扮,背个粪筐,这是真要跟土坷垃、牛尾巴打交道了。奎明亮说:"从你五岁读书,多少年来我吃苦受累,省吃俭用,费尽心思,盼你成材。没承想到头来还是个牛尾巴货!"奎元士总是打个哈哈说:"民以食为天,都不种地吃啥?"前营子李婶在村头拦住他问:"奎元士,别人出去念书,都到归绥城里当官做事去了,你咋混来混去混成个粪篓子?"奎元士嘻嘻哈哈道:"大婶,啥叫混?种地不上粪,才叫瞎胡混。"七大姑八大姨数落得紧:"这娃子不争气,老人白给他操碎了心!"奎元士只是笑着,听着,忍着。一旦官府的人来劝说,奎元士便认真解释:"兵荒马乱的,你方唱罢我登台。现时就像冯道所处的五代:城头变幻大王旗。衙门里的饭不好吃啊，风险太大，还是回家耕读，学陶渊明好，平安就是福！"这番说辞和道理，连衙门里的师爷都信了，却偏有人不信。谁？塔拉不信，小勇更不信！既然是种地，为啥早出晚归地往外跑？为啥村头的粪不拾，跑出几十里去拾别人拾剩的粪？十天半个月才拾回一筐粪却跑烂了两双鞋！怪就怪在粪拾得越来越少，亲朋好友来得却越来越多，不到半年工夫，包头、沟门、麻花板、美岱召、沙尔沁、把什、乌素图、毕克齐、台阁牧……人来人往，硬把不大的一个家折腾得像个车马店。让小勇兴奋的是父亲给了他和母亲、姐姐一个差事：只要家里来了客人就去村东边"放哨"，一旦发现当兵的或者可疑人，他便一溜烟跑回家，只须喊声"起风了"，满屋子的大爷、叔叔、婶子、阿姨便闻风而散，踪迹全无。哈，这是多么神秘刺激又让人自豪的事儿啊！

　　再有兴趣的事重复一两年也会变得枯燥厌烦，小勇却没有半点儿生厌。比起姐姐和妈妈，他"放哨"的乐趣多了去了，这些都与他善良、稳重、勤劳、好学的禀性分不开。

　　小勇放哨不寂寞，第一个原因就是手边总有一本书。他看一页书，就朝村外的田野望片刻，尽管四野寂寥，人迹渺渺，他也必要念念有词地发一阵"呆"。日子长了，终于有位老者立到他面前停住脚，这是高额头、眍眍眼、下巴留一撮山羊胡子，村子里唯一穿长衫的孟先生。

　　孟先生俯身温和地问："你是奎明亮的孙子奎勇，对吧？"

　　"我认识您。"奎勇稳稳当当像个小大人，"您是私塾里的孟先生。"

　　"你都读了什么书啊？"

　　"《三字经》和《百家姓》。"

　　"读书怎么还要看着远处发呆？"

　　"我在背诵。"

"家里来人了吧？"

小勇眼里闪出警惕的神色："谁家不走亲戚？我喜欢清静。"

孟先生手抚小勇头顶，亲昵友善地一笑："娃娃不但聪明，而且懂事。我和你爷爷一起读过私塾，我还教过你老子奎元士，你读过四书五经吗？"

"爷爷说过两年就该学了。"

"该读的书还很多，唐诗、宋词、元曲、明清小说……秀才不出门，全知天下事，依仗的就是读书识字。"

"我爸爸说，读万卷书还要行万里路。"

"你爸爸说得对，他是干大事的人。但你还小，行万里路必须再过几年，先要多读书识字明道理。你几岁了？"

"年初过生日，爸爸说我已经五周岁了。"

"家里不来人时就到我私塾里听课好吗？我能教出你老子，就能教出你，不收束脩。"

小勇忽闪着两眼："束脩？束脩是什么？"

"哈哈，不懂？子曰：'自行束脩以上，吾未尝无诲焉。'想弄懂就到我私塾里来听讲吧……"

孟先生将手一拂，长衫随风，胡须飘飘而去，真有些仙风道骨的模样。这不是卖关子，因为村里跑出来一群娃娃，呼喊追逐着围过来。

这就是奎勇不觉寂寞，乐趣层出的第二个原因。每次放哨，总能聚来七八个年龄相仿的小伙伴，天天变着花样玩游戏：跳房子、撞拐、瞎摸瘸子、打贝子、抓嘎拉哈（羊拐）、挤香油、扇洋片、弹珠珠……玩得不亦乐乎还在其次，更是小伙伴们切磋交流，互学互教，练本事长知识的大好时机。比如小舅奎生格，他算小奎勇的长辈，却也不满十二岁，堪称孩子王。年龄不大，本事不小：犁锄镰叉，篓筢箕筹，样样玩得转。跟他学本事，早晚当个庄稼里手！再比如奶头结拜的王知勇，比小勇还小三个月，只用一把锯、一支尺、一条线、一块木，就让小勇入了木工的门！还有与他同年出生的堂弟奎晨光，家里保存着祖上传下的盔甲弓箭，虽然他还拉不开那张弓，可是用羊铲捞块石头，三十米远，指哪儿打哪儿！还有李桂茂，是个孤儿，常跟着一个叫张禄的叔叔过来，他会用树枝搭窝棚，认识十几种野菜，在野地里随便生堆火就会烤蚂蚱吃，保证不会饿死人。就连岁数最小的特木尔都有特殊的本领——骑术！他不但能跃马过沟，还能双手叉腰立在奔驰的马背上……跟这样一群"小安达"[1]欢聚能不长本事吗？

然而，这些小安达不论年龄大小，本事多少，都喜欢朝小勇身边聚。那原因说复杂也复杂，十句八句讲不清；说简单也简单，就一句话：他识文断字，有主见还有主意。你想吧，说话办事谁能离开主见和主意啊？

"小勇，孟老头跟你说啥呢？"

"晨光，你应该叫他孟先生或者孟爷爷。"小勇望着同龄的堂弟奎晨光，慢条斯理地说，"你爸和我爸可都是他的学生。"

"可我们不是啊。"

"我是，我已经决定跟孟先生去读书。"

"你读的书还少啊？"王知勇说，"我想识个字，比做榫卯都费神！"

"木工要练得手巧，读书才能脑子开窍，我爸说多读自然会明白。"

"我跟你一起去读。"姐姐奎英说。小伙伴们也七嘴八舌吵吵起来。有的说："啥叫脑子开窍啊，开窍也不能当饭吃。"有的说："认几个字，

---

[1] 安达——蒙古语，"朋友""哥们儿"之意。

能看懂官府发的'大照'[1]和布告就行，吃饭还要靠一技之长。"只有王知勇说："我爸叫我跟着小勇哥学，他上私塾我也上私塾！"

晚饭时，小勇突然问："爷爷，啥叫束脩啊？"

奎明亮有些懵："你问甚呢？树怎么了？"

"孟先生让我去私塾，说不收束脩。"

奎明亮"噢"一声："是孟先生说的啊，我说你怎么会冒出个文明词儿。束脩就是孔夫子说的腊肉，就像咱家的肉干。不收束脩的意思就是不收你学费！"

"那我能去吗？"

"当然要去。但你要记住，别学你老子，学到头又回家种地当什么陶渊明。要干点儿大事，至少也在归绥城里谋个差！"

"孟先生说我爸才是干大事的。"

"你老子是……"奎明亮憋口气，两道眉毛朝一处聚。这一年多光景，他能不明白儿子在干什么？哪里是种地啊……忍到最后，叹一声："唉，杀头的买卖啊，可别牵连上我孙子！"

1　大照——地契。

五
猴子变人

奎勇进私塾的第一天，家里来了个穿蒙古袍的客人，是特木尔引进门的。特木尔叫客人"哦伯各"[1]，爷爷叫客人"阿哈"[2]，客人叫爷爷"胡度"[3]，奶奶叫客人"道尔基"[4]，妈妈叫客人"阿巴嘎"。大家都是超不出五服的亲人。聊天喝的是奶茶，因为道尔基从草原来，喝不惯腌菜配白开水。

放学回家，小勇刚要进院门，就听到爷爷喊："塔拉，我挂凉房里的半扇羊呢？怎么不见了？"

一脚门里、一脚门外的小勇闻声心跳，忙抽回脚躲到院墙外。

"怎么会不见呢？就挂在凉房里。"

"嘿，你看呀，铁钩上除了膻味还剩啥？"

1　哦伯各——爷爷。
2　阿哈——哥哥。
3　胡度——兄弟。
4　道尔基——头盔，人名，象征勇敢、守护之意。

"咦，咋回事？都知道今天阿巴嘎（他叔叔）要来，谁也不会动的……不会出了贼吧？"

"艾力赛出贼？艾力赛怎么会出贼？除非他不想在这里住下去了，小偷小摸都不敢，何况是半扇羊！"

小勇感觉不能再躲了，鼓鼓勇气，走进院子："爷爷，别找了，我把羊肉送给孟先生了。"

奎明亮眉头一耸，眼睛瞪成三角形："孟老头？他不是说过不收束脩吗？怎么就变卦了？"

"孟先生教书，一不种地，二不放羊，可他也得吃饭呀，都不送束脩他怎么活？"

"谁说不让他收束脩，天下人的都应该收，可我跟他是什么关系？几十年的安达，他居然说好不收……就敢又收下你的束脩！我倒要去问问，看他怎么说！"

"爷爷，你不能去。"小勇急了，伸开两臂挡住院门。奎明亮虽然宠爱这个孙子，可他感觉事关重大，早已不是半扇羊的事了。"小孩子懂什么？我不问羊，我只问他说了不算还是算了不说，他今后还做不做安达！"

"爷爷，爷爷！"小勇扯住奎明亮的衣襟，"你，你要去说，我，我就不认你是爷爷！"

"啊，你说甚？你再说一遍！养你疼你，到头来爷爷居然不值半扇羊？！"奎明亮半是恼怒半是惶惑地吼着，忽然噎住了。

他的宝贝孙子哭了！

"奎爷爷，"特木尔跑到院子里喊，"我知道，小勇是把半扇羊送给王知勇，帮王知勇交了学费。"

"这，这算甚？这是怎么说？"奎明亮有些茫然。

小勇哭出声："王知勇是我奶头结拜的安达，他家里穷，日子有多苦，他也想读书，可是交不出束脩……我帮他难道错了吗？"

"儿子，你做得对。"塔拉蹲下来替小勇擦泪，"可你应该告诉家里一声，讲清楚了，你爷爷会支持，全家都会支持你的。"

道尔基在奎明亮肩膀上拍出响："哈，你养出个好孙子呀，自小在汉区里生活，居然不失咱蒙古人的本色！"

奎明亮不自在地笑笑，解释道："打小我就给他讲咱们草原上的习俗：打了猎物，都是见者有一份，从来不分你的我的。蒙古包里的食物可以共享。走远路肉干放在敖包上，办事过几天回来还有得吃，不会被偷走……"奎明亮蹲下身，把孙子搂过来亲一亲，"你做得对，都怪爷爷，没问明白就乱吵吵。"

奎勇在私塾里的学习生活就这样开始了。孟先生讲《三字经》，不是只要求背诵、默写，而是要求每三个字讲出一层含义。回到家，爷爷和妈妈就给他讲草原的生活，蒙古民族的习俗。一旦父亲带了亲友回家谈事，他便跑去村外"放哨"，和小伙伴们尽情欢聚……

有滋有味的日子过得真快，不知不觉到了1937年的3月。按土默特的习俗，奎勇已经虚岁十二了。奎家的子弟，都是五岁进私塾，十二岁进孔庙，奎明亮心里又高兴又有几分忧虑。高兴的是孟先生一直夸小勇聪明好学，将来必成大器；忧虑的是孔庙已经不是过去的孔庙。虽然孔子的像还在，庙堂建筑也没变，名称却改成"土默特高等小学校"，这一改就成了洋学堂：课本变了，授课内容增加了算术、自然、地理和许多洋课程，据说那里教出来的学生都变得人心不古，忘了祖宗……

思来想去，在塔拉的坚持下，奎明亮半喜半忧地把孙子送进归绥城，送进了改称土默特高等小学的"孔庙"。

清明节，奎明亮祭拜过祖先，放心不下孔庙里的孙子，匆匆赶到归绥城，去看孙子奎勇。一番亲热之后，奎明亮感慨道："哎呀，通道街车水马龙，找个地方真不容易，哪像咱家里一马平川，望不到头。"

奎勇说:"爷爷,土默川才多大一点地方?整个地球是个圆的,不是平的。"

"甚?你说甚?地球!天圆地方,阴阳五行。睁眼看着平坦坦的大地你说是球!先生咋教你呢?"

"地球太大太大了,我们人类太小太小了。眼睛看到的以为是平地,从宇宙的角度……"

"别胡说了!地球,地球,你以为玩杂技呢?要是个球你早掉下去了,你掉到沟里地也是平的,掉到井里怕淹死你,莫非你还要掉到天上?"

"哎呀,爷爷,我一下子也讲不清,我带你看看为啥是圆的。"奎勇领爷爷走进一间放仪器的小屋,转动一个硕大的地球仪,"看看,这就是我们的地球……"

"你给我站上去,我看你往哪儿掉,还不得掉到平地上!"

奎勇找了只小蚂蚁,放到地球仪上说:"你看它爬来爬去掉不掉?地球比这个仪器大亿万倍不止,我们人比这只蚂蚁还要小亿万倍不止……"

恼怒的奎明亮已经变得伤心:"我花了钱,费尽心思送你上学,还指望你成大器,干大事,你居然学得变成了蚂蚁!这学咱不读也罢,跟我回家种地去!"

"爷爷,我是给你打比方。你说土默川大,你在地球仪上找找,你找得到吗?连针尖大都没有!"

"别说了,这就跟我回家去!"

"我不回,学费都交了,总不能白交吧!"

这句话够分量,钱是不能白扔的,奎明亮只好独个儿回家,暗自伤心,觉着犯了大错。

暑假到了,奎勇回到家,紧着帮爷爷下地干活,休息时只读四书五经，绝不看新书。他要巴结爷爷，不要停了他的学。

爷爷似乎消了气，吃饭时节话也多了。他要给孙子讲正理："盘古开天地，西高东低，北雄南秀。女娲造人类，在池水边看着自己的样子用黄土捏出许多小人，这些小人一落地就喊妈妈，女娲好开心哪。可是人会死的呀，女娲就又捏了许多男人，这样人就可以生育后代，世世代代繁衍不绝……"

"爷爷，那是传说，是古人不懂科学，想象出来的。"奎勇忍了又忍，终于冒出一句，"其实人是猴子变的。"

"甚？你又说甚？"奎明亮一下子瞪大眼，"谁是猴子变的？"

奎勇咽口唾沫，觉得在真理面前还是应该选择坚持，便小声喃喃："人其实是猴子变的。"

奎明亮瞪住塔拉："你听听，你听听！你千辛万苦生出来的儿子，他说他是猴子变的！这学咱还能上吗？这不要祖宗不认妈的东西！再上就变成白眼狼了！"

奎勇小声解释："爷爷，您别生气。您讲得对，盘古开天地，天下是没有人类的。经过亿万年进化，有了猴子；又经过千万年进化，猴子才变成人。就好像我们养狼，驯化几代就变成了狗。"

"你咋不说你是狗变的？这学校要是再读下去，我怕，我怕……"奎明亮恼怒地举起碗，迟疑一下，没舍得摔到地上，而是翻扣到炕桌上，"我怕你会变成个蠢猪！"

塔拉手忙脚乱地收拾桌上扣出的饭菜，瞪一眼儿子："老人讲话要多听多学，什么时候学会多嘴多舌了？出去！该放哨了。"

原来是奎元士带着贾力更和张禄急匆匆走进了屋，院门口也来了一群小朋友，吵着闹着喊小勇出去。奎勇偷偷瞄一眼爷爷，爷爷给他一个后脊背，他低下头，蹑手蹑脚，小猫一样悄没声儿地溜出门。

奎元士看看塔拉，又望望奎明亮，问："爸，咋的了？"

"你生的好儿子！"奎明亮火气未消地瞪一眼奎元士，转而望着那群欢蹦乱跳的娃娃，沉重地叹口气："唉！一群孙猴子，大闹天宫可以，变人就变不掉尾巴了！这可咋办呢？"

奎元士说："爸，出大事了！平津那边二十九军跟日本鬼子都打翻天了，你还顾得上跟娃们置气。"

六
麻军官

平静悠闲的艾力赛村,村东的打麦场上忽然热闹起来:奎英和堂妹奎芬席地而坐,抓嘎拉哈;一群男娃娃玩手心手背,分成两伙撞拐,撞得正激烈。他们其实是在放哨。

可惜他们年幼,还不知道形势的严峻。他们有的听说过"九一八事变",也有人听到过大人们议论"七七事变"日本人在攻打平津。他们以为那是遥远的地方传来的遥远的故事。奎勇进孔庙之前还听说过"百灵庙起义",却不知道那正是父亲奎元士组织、参与的,更不知道这支部队正在归绥城南的大黑河畔构筑阵地,准备迎击潮水般涌来的日军黑石旅团……

麦场上的撞拐就要分出胜负了,王知勇被特木尔撞了个四脚朝天,爬起身要掸身上的土,却一眼看到远方驰来一哨马队。他本能地喊一句:"起风了!"

正准备同特木尔做最后"决战"的奎勇来不及向远方张望,撒腿就朝村子里跑。麦场上的娃娃们就像被草原风吹散的烟云一样,转眼消失得无影无踪。

马队直接冲入村子,两个当兵的上房"压顶",七八个兵分堵街口,十几个兵转圈围住村南头这所农家小院,一个当官的拔枪堵到院门前。难怪这么熟门熟路,那当官的不是别人,正是当年奉命捉拿奎元士的麻警官。那次他回到警局挨了一顿臭骂,才知道所谓的"神父"叫马克思,是共产党的"祖师爷",于是先后三次下乡捉拿奎元士,但全扑了空。这次来,他又改换了打扮,穿的既不是"老一团"的皮袄,也不是警官服,换成了伪蒙古军的黄军装,后来村民们都改叫他麻军官。

"弟兄们,德王讲得明白,抓住奎元士,不论死活,赏一百大洋!"麻军官吼天吼地。

德王?那不就是投靠日本人的苏尼特右旗的亲王德穆楚克吗?他多次朝拜伪满皇帝溥仪,行君臣大礼,捐几万大洋。日本人还没来,他的伪蒙军就敢先跑到抗日将领傅作义的地头抓人?村民们小心翼翼溜出街面想看个究竟。

麻军官一脚踹开院门,喝令手下:"冲进去,给我搜!"他仿佛猜透了村民的想法,又好像是给自己壮胆儿,举枪朝天"叭、叭"放两枪,继续吼叫,"别指望傅作义,他的人马全滚到山西守太原去了,这里马上就是日本人的天下!谁敢藏起奎元士,谁就是找死;谁能交出奎元士,谁就能得到一百大洋,日本人来了再加重赏!"

院子里,被赶出屋的大男小女挤成一团。麻军官边吼边闯闯地走,前面鸡飞,后边狗叫,各屋传出"乒乒乓乓、稀里哗啦"的乱响。

"嘿嘿,老鞑子,行啊!"麻军官突然立住脚,两眼冒出凶光,像机关枪一样在大男小女之间扫来扫去,"几年不见,你他妈养下这一大群娃儿?"

"灰说甚哩,"奎明亮拦到前面,"这都是村里的娃娃,来我家玩的。"

"你家有甚可玩的？铁定是在搞赤色宣传，看我抓了奎元士再跟你算账！"他朝手下吩咐，"都看好了，一个不许放跑！"

麻军官奔上房而去，看来他是要亲自搜查，探探房里有没有夹墙之类的机关。院子里的大男小女被三个持枪的大兵看守得严严的，大兵不时吼着："不许说话！""蹲好，不许站！"

奎勇蹲在人群之中，半低着头，小脸却侧来转去，两眼也滴溜溜地转个不停。哈，麦场上的小伙伴居然都跑来了，不愧是安达！他始终没言声，只是用变换的表情和眼色，同安达们进行无言的对话："放心，我爸早就跑没影了。""遛死这群日本鬼子的狗！""早晚要跟这群蒙奸汉奸算账……"奎勇突然捂住嘴，差点笑出声。特木尔和奎晨光的眼色表情不但从容、坚定，更有开心、顽皮，好像在说："这比撞拐和摸瞎子好玩多了！"

屋子里的搜查还没结束，小院门里门外已经渐渐起了风波。不少家长听说孩子被扣在院子里，能不急吗？一方要进一方阻拦，推挤拉扯便乱成一团。

"放开，放开！"麻军官搜过一圈，阴着脸从院墙一角的凉房出来，什么也没捞到。阴着脸招呼手下："那几个鸟人不是想进来吗？让他们进来！"

七八个家长涌进院门，四下张望寻找自家孩子。

"都给我听好了，"麻军官咬着牙说，"今天你们交出奎元士，你好我好大家好；交不出来，这些娃娃我全带走，叫奎元士来换！"

院子里"轰"地乱成一团，喊的叫的骂的，抗议之声此起彼伏。奎明亮却变冷静了，学贾力更当年的样子，扯扯麻军官衣襟："麻长官，能不能借一步说话？"

"就在这儿说吧！"

"说点机密事儿，还请您借一步。"

"我是光天化日之下捉人,没什么机密的!"话虽不软,可麻军官还是随奎明亮走了几步,和人群拉开了点距离。

"麻长官,归绥城有多少人口?"

"甚意思?关你屁事?"

"你看啊,人口不过二万多,不像北平城,少说有二百万。大家乡里乡亲的,三姑四舅,五叔六哥,七扯八扯的就能沾亲带故连到一起。"

"少跟我套近乎!"麻军官不耐烦地甩了甩手。奎明亮却扯住他不放:"听我说,不然你可要带害呢!还记得贾力更吗?老一团书记官的弟弟,你来我这里四次,我接待他也有五次。他说和你是安达,过年还到你家送过礼。你不就住在大南街吗?你娃是在北高读书吧?你女人还在五塔寺那疙瘩开了个小杂货铺。"

麻军官脸色渐变,上下牙床拉开距离,半响合不拢。

"长官,"奎明亮拍拍麻军官肩膀,声音变得又沉又重,"咱土默特蒙古人的禀性脾气你该熟悉,你如果带走他们的娃……我是替你担心啊!"

麻军官怔了片刻,额头变湿,勉强挤出一丝笑,口气软了些:"可兄弟也得交差呀。"

"这就对了!交差是必须的,只要不犯众怒。"奎明亮学贾力更的动作,将三块大洋塞到麻军官衣兜里说:"这样,你带我走,我是奎元士他爸,养不教,父之过,《三字经》定的道理。我去吃牢饭,还可以给家里多省些粮食,你也交了差。这不是你希望的吗?你好我好大家好。"

麻军官把奎明亮的手从肩头挪开,思谋着慢慢走到人群前,咳两声,压压手势:"静一静,安静!刚才奎老汉跟我说了点儿悄悄话,我觉得有道理。他说他儿子惹的事,怎么好牵连大家呢?乡里乡亲的,抬头不见低头见,那不是得罪人吗?我更不敢得罪众乡邻啊!"

奎明亮提到嗓子眼儿的那颗心落回胸腔里，笑着冲大家点头。众人安静下来，但脸上仍不失狐疑之色。

"老汉明理呀，土默特蒙古人嘛，五岁上私塾，十二岁进孔庙，深知《三字经》定下的道理：养不救，父之过。对不对啊？"麻军官盯住奎明亮。内蒙古口音，"救"和"教"音相近，何况麻军官的舌头故意在嘴里鼓捣个糊涂声，奎明亮岁数大，耳朵不灵，忙不迭点头："对，对，对的哩。"

"大伙听明白了吗？可能有的女人没上过私塾。说白了，老汉的儿子出了事，老汉不救，那就是老汉的罪过；老汉的孙子出了事，老汉的儿子不去救，那就是老汉儿子的罪过。所以，在老汉的请求下，我决定放乡亲们的孩子回家，只带走老汉的孙子、奎元士的儿子奎勇。奎元士来救则罢，不来救，那就是罪过罪过，罪上加罪！"

奎明亮只觉得"轰隆"一声响，那颗心没有停留在胸腔，分明是掉入了枯水井。他半张着嘴，眼前发黑，硬是喘不上那口气，幸亏抓住院中那棵榆树才没倒下。待到眼前黑影消散，麻军官已经把孙子奎勇从人堆儿里拎了出来。

"娃娃，你得跟我走一趟了。我不敢得罪乡亲们，你爷爷也不敢，相信你也不愿意伤害他们。要怪只能怪你爹，就看他肯不肯救你吧……"

"你胡说甚呢？你抓的是我儿子王知勇！"随着吼声，王伯知冲过来，"松开，松手！这是我儿子！"

"你儿子？你以为我没见过？他就是奎勇，奎元士的儿子奎勇！"

"眼睛睁不大就找根火柴棍儿支起来，你看，你看清楚，他到底是谁？"

"八年前我就见过……"麻军官见王伯知气急败坏的样子，不能不生出疑惑，重新打量奎勇。王伯知已把孩子抢到手："还说八年前，这个岁数的半大小子不用三年你就认不出了！"

"想蒙我？老鞑子的娃儿，我闭着眼都能摸出来！"麻军官左手抢回奎勇，右手不由分说就插进他的裤裆，在那屁股蛋上一捏，抽出手便怔住了。

他以为自己真抓错了。

经验告诉他，土默特的蒙古人虽然务农了，但是骑马射箭的本事从来不丢。生活在马背上的娃娃，从五岁开始小屁股蛋上就会磨出又圆又硬的茧子。他不知道奎勇五岁上私塾，十二岁进孔庙，屁股怎么会磨出茧子？他舔着嘴唇开始东张西望。

"我是奎勇！"王知勇跳起来喊。麻军官眼睛一亮，觉得似曾见过。

"我是奎勇！"李桂茂从人堆儿里钻出来，奎晨光紧追其后："我是，我才是奎勇！"……转眼间站出来四五个"奎勇"，就连被王伯知抢走的娃娃也挣脱身，拼命挤前来："我是，我才是真的奎勇！"麻军官恼羞成怒："好呀，够胆儿，够义气，那就全带走！"

"慢着慢着，"特木尔不慌不忙站上前，朝几个伙伴抱拳作揖，"谢谢，谢谢！够哥们儿，不愧是我的安达。但你们有我的本事吗？谁再充英雄，我就不认他是安达！"他转身望向麻军官，"当官的，要不要验明正身，摸摸我的臭屁股？"

麻军官稍有犹豫，最终还是伸出手去。才插进裤裆，肩膀一颤，叫出声："算你厉害，比我屁股还硬！"他在那小屁股蛋上摸到两块像康熙元宝一样又圆又硬的茧子。但也不能轻信，追问一声："会说蒙语吗？"

"齐尼陶勒盖，米尼奥其哥。"

"啥意思？"

特木尔一脸坏笑："听不懂你还叫我说？"

"宝力道，他讲的啥意思？"麻军官问身边一名蒙古族士兵。宝力道忍住笑说："小娃娃都是这毛病，好话不学，坏话不教也会。"

"问你是啥意思？说！"

"他说，他说你的脑袋像他的……鸡巴。"

"他妈的，找死！"麻军官挥手扇去一巴掌，却被特木尔轻松闪过，他将两根手指朝嘴中一插，随即肩膀猛缩，小院里蹿起惊天动地一声呼哨。麻军官猝不及防，吓得一下子呆住了。远处隐隐传来马的嘶鸣，像是回应这声唿哨。特木尔一脸顽皮地喊："来呀，老鹰捉兔子，看你能不能逮住我？"

当兵的都倒背了枪，看麻军官与少年特木尔玩"老鹰捉兔子"，满院子追逐着跑，谁也没注意到逼近的马蹄声。突然，院墙上掠过一道红色的闪电，一匹追风马跳入院子，人立而起，惊得满院人闪躲不及，特木尔像被按压已久的弹簧突然松了手一样高高弹起，一阵风卷过，人马都不见了。

"当官的，带你的马队来逮我呀，逮住了我随你去归绥城吃牢饭，逮不住你跟我去后山打黄羊！"

"小兔崽子，"麻军官跑去牵马，"都上马，跟我去追！"

农家小院里一阵欢笑，夹杂了孩子们的叫喊："想抓住特木尔，除非太阳从西边升起！""癞蛤蟆想吃天鹅肉！""《三国演义》说吕布是三姓家奴，想不到咱们身边就有麻军官这种一样样的狗奴才……"

塔拉想的却是另外一件事："小勇，咱这学校看来是去不了啦。"

"为啥？"

"日本人很快就会占领归绥城。"

"读不了书，我，我就投笔从戎！"

"嗯，"塔拉向东望去，沉思着说，"德王抓你爸爸，是因为他抗日。你爸爸准备在归绥城南掩护抗日军民撤退，然后带部队过黄河南下，向陕甘宁边区靠拢。"

"陕甘宁边区是啥?"

"是共产党领导的抗日根据地。"

"我也去!"

"等消息吧,你爸爸会有考虑的……"

七
大猫小猫

奎勇九岁那年，妈妈接连给他生了两个弟弟，父亲给他俩起名奎坚和奎强，但是没人叫他们的名字，所有人都叫兄弟俩"大猫"和"小猫"。奎勇直到十三岁才明白其中的原因和含义：他们姐弟合起来就是英勇坚强！

马车过了日本人的关卡，经过一段搓衣板路，接着便是长长的小下坡，一直延伸到坝口子外。马蹄声变得轻快，车也不再那么颠簸，赶车的张禄竟吼起了《走西口》。

"胶轮车比草原上的勒勒车还是快多了。"塔拉瞅一眼西斜的日影，朝车把式问，"天黑前能赶到艾力赛吗？"

"没问题！"张禄朝空中甩个响鞭，轻快的马蹄声变得急促了一些。

塔拉将臂弯里的襁褓换一下手，却被奎勇拉住手臂，小心翼翼地撩起襁褓一角看，便听到一声"猫叫"。塔拉忙将那一角薄被重新盖好："别看了，山风太凉。"

奎勇小声喃喃："我怕你换手把弟弟又抱反了。"

"我儿子真懂事。"塔拉柔声表扬。她对儿子很少训斥，总是鼓励。憔悴的脸上浮出亲昵的微笑，两眼却闪出泪光。奎勇不再言声，默默替母亲揉捏肩臂。他很少见到父亲，与生俱来最美好的呼唤就是"妈妈"，最美好的字眼就是"母亲"。他忘不了去年夏天，母亲为了躲避德王和日本人的追杀，抱着不满一岁的弟弟跑进玉米地，这才发现是头朝下抱的。又跑又颠几里路，弟弟小脸乌青，眼睛一个劲儿朝上翻。母亲无声地流泪，给弟弟抚胸拍背掐人中，好不容易才听到弟弟一声可怜的"猫叫"……

马车驶入平川，路边斑斓的秋色闪过：高粱红了，谷子黄了，葵花垂下沉甸甸的脑袋，晚种的荞麦却还是绿得发蓝……长空中传来一声雁鸣，哀声动人。

奎勇忽然觉得自己也变得成熟了一些，头脑就像天空一样碧蓝清晰起来：这些年，母亲的泪水越流越多，给他的感觉却是越来越坚强。为什么？因为他越来越懂事了。当初只是北洋政府追捕父亲，北洋政府倒了，民国政府又来追捕。现在，日本人、康王、德王、蒙奸、汉奸，个个都想抓住父亲。可是，父亲不但坚持了下来，而且建立起了西蒙的共产党组织，发动了百灵庙起义，拉起了一支抗日武装……他想起有次夜里醒来，听到父亲说："化装到了新三师，我的化名是奎时雨，你就叫奎亭吧，躲风避雨时，我就藏到亭子下……"

于是，云锁雾绕的往事像被风吹拂过一样，忽然变得清晰起来：父亲把一位叫刘仁的叔叔交给母亲："他是我党在北平的重要领导，一定要保护好。"刘仁在艾力赛隐藏半年后才安全转移，临走时发现准备生育的母亲吃的是糖菜渣子拌土豆泥。刘仁哭了，说："嫂子，我以后也叫您奎妈妈吧！"一周后，大雪纷飞的夜里，母亲生下弟弟，却再也没有当年"开奶"的风光和"奶头结拜"的温馨。她只有忍不住的泪水顺着鼻尖往下淌，却流不出一滴乳汁喂儿子。父亲带回十斤小米，母亲舍不得吃一口，全熬成米汤喂儿子。父亲给儿子取名奎坚，奎坚一岁多不会叫妈，只会发出猫叫一样令人心酸的声音。母亲流着泪说："大猫，你哥哥小勇八个月就叫妈妈，你啥时候才会叫啊？"母亲在月子里听说父亲为营救狱中的王若飞，正奔波在张家口、宣化一带，找四十一军的内线出面保人。她悄悄地将自己的棉袍改成棉衣，托人给王若飞送入狱中。她自己为此受了风寒，落下骨缝酸疼的毛病，疼起来泪花在眼眶里转，就是不敢出声，怕被人知道……现在奎坚已经三岁，会叫妈妈了，可是全家人都叫惯了他"大猫"，何况比他小一岁的弟弟奎强至今不会叫妈妈，顺理成章就叫成"大猫""小猫"。日子过得一年比一年艰难，"小猫"比"大猫"的命运自然也就更糟。奎勇清楚地记得，百灵庙起义前，十八名骨干在他家中隐蔽二十天，吃喝拉撒睡全在屋里，每天都是他帮母亲抬着粪桶倒进旱厕里。二十天吃尽家里的存粮，母亲居然设法借来白面和羊肉，为这十八条好汉包了顿饺子。起义成功后，团长奎继先说："我们吃过嫂子包的饺子，才一举拿下了百灵庙！"可是，家里断了粮，家外来的是一拨又一拨追捕的敌人。万般无奈，母亲将"小猫"送到坝上一位老乡家寄养，昨天坝上传来话说"小猫不行了"，今天母亲就不顾一切地接回了儿子……

胶轮大车驶入村南这所农家小院，奎勇蹦下车，帮扶着母亲下车。父亲奎元士匆匆钻出门，与张禄道声辛苦，便去搀扶两腿坐得麻木的塔拉。塔拉一步一歇地挪进屋，终于将襁褓放到炕上，喘口气，定定神，小心翼翼去解开包裹"小猫"的薄被。露头的一刹那，站立炕前的所有人都听到一声"猫叫"，是那种寻求母乳的小猫凄惨微弱的咪咪声……

"我的儿呀！"塔拉一声惨叫，泪水泉一样涌出。

懂事的奎勇也早已哭成个泪人。这就是他两岁的弟弟：四肢细瘦,皮肤薄薄皱皱地包着骨头,仿佛一不小心就会碰断;伶仃一颗小脑袋,眼窝深陷,颧骨凸起,因为严重脱水,眼皮耷拉着像两片麻纸,掩去了本该顽皮的眼睛……

"坝上那家,老乡传话,说孩子要死了,请过郎中,说没救了……我去见,还有口气……就赶紧抱回来……两岁多,不会叫妈,不能站……喂不进食,只是窜稀……"塔拉抽噎着,断断续续地说。

奎元士笨拙地扯出垫在儿子屁股下的破布,上面是儿子拉出来的黄绿色的水沫。他明白,本该吃奶的小儿子是靠土豆泥和野菜汤苦熬到现在。他皱起眉头,有些恼火:"秋粮该下来了,这都喂的是甚?找了个什么人家呀?"

塔拉瞥一眼神情不安的张禄,因为老乡是他找的,便推心置腹地说:"兵荒马乱的,谁家日子也不好过。你是干大事的……人家不怕牵连,敢收下就不容易了。"

"必须先止住腹泻。"奎元士不再抱怨,忙转了话题,"郎中没开药吗?"

"郎中不敢开,说吃药吃死担不起责。"

"事已至此,只能死猫当活猫医了,马上去药铺买些止泻的药。"

"草药救不得急。"爷爷奎明亮不知何时来到一旁,"我看这架势,只有用鸦片才行。"

"不行不行,"塔拉有些急,"那不是毒药吗?"

"是药三分毒,驱毒须用毒。"奎元士拍板说,"爸,村里你熟,赶紧打闹点儿鸦片来。"见孩子他爷爷奔出门,他对塔拉解释,"老人生活阅历多,我们比不过。听老人话不吃亏,何况是他亲孙子,还能害了不成?"

奎明亮很快找回了鸦片,塔拉不无担忧地问:"喂多少?大人吞鸦片都能送命,我儿子还这么小……"

"不能吃，要从屁眼里吹。"奎明亮毕竟阅历多，把孙女往前一推，"小英，爷爷教的办法都会了吧？"

　　"没问题，我来吹。"奎英拿着竹管上前，塔拉将"小猫"的屁股掰开，奎英将鸦片吹入肛门里。就那么灵，那么神，"小猫"当晚就止住泻，睁开了眼。

　　"今晚只能喂水，明天再喂奶。牛奶差些，最好能打点儿羊奶来，谁家有坐月子的女人，讨点儿人奶更好。"奎明亮经验老到地吩咐，张禄马上就跑出门去找奶。令塔拉始料不及的是天没亮，邻村就来了位大嫂，一边给"小猫"喂奶，一边责怪塔拉："不下奶为啥不言语一声？孩子不懂事你也不懂？"塔拉赧颜道："不想麻烦人呢，兵荒马乱的……"大嫂说："我家老大就是找你开的奶，十里八村，开奶的，奶头结拜的，你咋就不嫌麻烦呢？"

　　站在炕边的奎勇心头一热，跑出门抓住张禄的双手："叔，谢谢，谢谢你救了我弟弟。"

　　正准备套马车的张禄望着奎勇含泪的两眼说："孩子，谢我什么？这都是你妈一生积的德啊。你禀性随你妈，这就好。记住，人在做，天在看；善有善报，恶有恶报，好心人终究是不吃亏的。好了，我跟你爸要赶去陕北办大事，你已经不小了，要多替妈妈操心出力，让你爸爸放心出去办大事！"奎勇点点头："叔，我一辈子不会忘记你说的话。"以后的日子，天天都有人来给"小猫"喂奶，有时一天就来两三个。十天后的一个上午，奶妈欢喜地说："塔拉，你看你看，'小猫'眼里有灵气了！"

　　塔拉抱过儿子，儿子脸上生出恬静安详的光泽，双眼变得明澈晶莹，不但漾出光彩，而且灵活地向四面闪动。忽然，他嘴唇一张，清楚地喊出一声"妈妈"。屋里陡然一静，坐在炕上的塔拉和正在系衣襟的奶妈目光相遇，竟撞出一团惊喜的火花。

　　"大嫂！"一声呼唤，塔拉哭了……

八
我要去延安

清明刚过,山水草木未青,山下杨柳先吐出嫩绿。果园里桃花红,杏花白,引来蜂蝶阵阵忙。春天来到艾力赛,长空雁叫,更令少年们朝气蓬勃。

"小勇,出来出来!"奎晨光蹲在西屋窗下小声叫,没等叫第二声,屋门开了一条缝,奎勇悄没声儿地溜出屋。

"走,贾货郎来了,在我家等着大家呢!"奎晨光小声说完,转身就走。奎勇一声不吭,紧随其后。他知道,贾货郎就是贾力更,一年到头挑着货郎担子走村串户,土默特人大都知道有个贾货郎,但是多数不知道贾货郎就是共产党土默特的工委书记,更不知道他还是八路军大青山支队的蒙政处处长,可以直接向支队司令员李井泉提供情报,参与决策。

两个奎家相隔不过百十步,路上又聚了三位少年。大家不论时间长短,都在私塾或孔庙里一起读过书,现在又组成一个抗日小组,就像内地的抗日儿童团一样。由于奎勇的家目标比较大,敌人

"光顾"得多，奎晨光的家变成了一个新的地下联络站。进院绕过一棵老杏树，奎晨光引大家进入树后遮掩的一间小偏房。屋子里几个学生娃围着贾力更正聊得欢："贾叔叔，你这把枪为啥叫王八盒子呀？""你看枪套，上面圆鼓鼓的，像不像王八壳？""我看……更像鸡大腿！"哄笑声中，贾力更慢条斯理地说："这枪是日本造的，骂声王八都不解气，你还想到鸡大腿去了。多久没吃鸡了？"哄笑声中又有人问："贾叔，你的枪是引咱们支队北上时候从鬼子手里夺来的吗？"

"不是，我知道……"李桂茂从炕上跪起半截身子，一眼看见奎勇，改口道，"小勇，你清楚，你说。"

奎勇摆摆手："你讲嘛，张禄叔叔说的时候你也在。"

李桂茂知道奎勇爱听爱看不爱说，便学着归绥城里说大鼓书的口气："话说去年10月，贾叔叔，不对，应该是贾货郎在大同走来窜去，侦查到日本鬼子在大同城北有个军火库。贾货郎灵光一闪，就化装成了假劳工，跟着一群真劳工混入军火库，引爆库里的弹药，还趁乱夺了一个鬼子伤兵的王八盒子……"

"好了好了，人到齐了就谈正事吧。"贾力更被个半大小子夸得有些不自在，两手朝下压压，"我这次是带了任务来找你们抗日小组的学生娃，这任务可是毛主席和朱总司令亲自下达的……"

学生娃们听到毛主席和朱总司令，精气神立刻提到脑瓜顶上。奎勇更是"灵光一闪"，马上想到了一件事。

过大年时，父亲奎元士带着新三师师长白海风回了一趟艾力赛。晚上吃饺子喝宁城老窖，两个人借着酒兴，聊了大半夜。奎勇虽然没上席，却装作看书听了大半夜。他听得似懂非懂，有故事缺明白，或者叫知其然不知其所以然。好像白海风是黄埔军校一期的毕业生，参加了共产党。蒋介石背叛革命屠杀共产党员时，他又脱党加入了国民党。奎元士发动百灵庙起义，军事指挥官是妹夫奎继先。

奎继先被德王派来的奸细杀害后白海风接掌部队，向蒋介石要来一个师的番号，叫中国国民革命军新编第三师。白海风虽然是师长，三个团长和营连排干部却都是奎元士发动百灵庙起义时的骨干。奎元士执行古田会议决议，在新三师发展了许多共产党员，把党的支部建在连队，每个连队都安排共产党员担任指导员。白海风睁一眼闭一眼，无声地配合了。新三师执行"三大纪律，八项注意"，并多次击败日伪军的进攻，社会舆论称他们是"穿国民党军装的八路军"。蒋介石大骂："娘希匹，新三师被赤化了！我花钱养的兵，不打共产党反倒给共产党守起了北大门！"蒋介石停发军饷，部队没有冬装，毛主席和朱总司令闻讯指示八路军一二〇师给新三师送去一千套棉军装，一千双皂布棉鞋，一千块银元……随后发来电报："奎时雨同志，请速来延安汇报工作。毛泽东。"在延安，毛主席听完奎元士的汇报异常振奋，给予很高的评价，并做出三条指示："第一，新三师是一支蒙古族的抗日武装，要教育指战员懂得蒙古民族只有同中华各民族一道，驱逐日寇，解放全中国，才能获得本民族的彻底解放。第二，要争取国民党的供给，扩大队伍，在鄂尔多斯高原守好陕甘宁边区的北大门。第三，尽可能多地宣传、鼓励、动员蒙汉青年、进步学生来延安读书学习。十岁不嫌小，二十岁不嫌大，尤其欢迎学生娃娃……"

　　奎勇费过一番琢磨："支部"是个啥？"娘希匹"又是谁？"古田会议""陕甘宁边区"谁懂得？鄂尔多斯咋就成了北大门……现在好了，贾力更讲的就是这些内容。奎勇一声没吭，伙伴们已经追根溯源问到了底，贾力更也是要啥有啥，来者不拒，送你个全明白。奎勇心胸亮堂起来：归绥城已被日本鬼子占领，孔庙是回不去了，书还是要读的。孟先生说"读万卷书还要行万里路"，去延安上学不是两者全有了？何况延安是抗日的中心，还有毛主席和朱总司令……没的说，这就去延安！

可是转念间，他又担忧起来，因为有个叫吴淑娴的女学生为难地哭道："谁不想去延安啊，可我没出生的时候父亲就病死了。我妈守寡把我养这么大，又送我读书，现在她身体垮了，我一走，谁伺候我的寡母啊？"哭声让奎勇高涨的情绪冷落下来，立刻想到老实本分善良的爷爷，他可是爷爷心头的肉，眼里的珠，攥在手里的宝贝和希望……能轻易撒手放他走吗？

"嗨，我家里没问题，说走咱就走，贾叔，我这就跟你去延安！"特木尔豪爽地拍拍胸口。贾力更"扑哧"笑出声："你以为这是放马呢？打声唿哨，'追风'就驮上你走天涯了？这一走也许十年八年回不来，家里的工作首先要做好。我们要源源不断地向延安输送进步学生，一路翻山涉水过沙漠不说，单是日本鬼子、伪蒙军、王爷的保安队、拦路打劫的土匪就够你对付的，不商量出了个万全之策不能乱动。"

王知勇用指头捅捅奎勇，信赖地望定他："哥，你也听半天了，该说句话了吧？"

贾力更用鼓励的语气说："小勇，打小我就发现你是心里做事的人，把你想到的说出来吧。"

"有贾叔呢，我听贾叔的。"

"嘿，我早晚是要说的，现在是让你说。你在抗日小组和大家天天在一起，每个人都有什么困难什么想法你总比我清楚，不告诉我还说要听我的，能行吗？"

奎勇赧颜一笑，像是自言自语一般低声说："鬼子占了归绥城，国民党傅作义退到了河套，咱土默川是鬼子伪军和共产党八路军都要来的地方。鬼子和伪军白天来，共产党和八路军夜里来……"

贾力更眼睛一亮："大声点儿，说给自己听呢？叫小组的同志们都听清。"

奎勇略提高些声音："能听见吧？我是说咱们土默川是游击区，

咱抗日小组的同志都见过敌人扫荡、杀人、放火、抢掠，跟鬼子、伪军、汉奸、蒙奸没少较量周旋，也没少听共产党、八路军的宣传教育，去延安一路无论有多少艰苦危难，我相信都能应对。去延安学习是毛主席、朱总司令交代的任务，贾叔和张叔又是十几年的党员，有十几年对敌斗争经验，我相信贾叔办大事自有大主意，不是我们这些半大小子能插上嘴的。延安我们是一定要去，我们抗日小组的当务之急应该是如何做好家里的工作和如何保密。"

在一片附和声中，贾力更赞赏一句："相信组织，相信自己，讲得好。给家里做工作，也要讲清这个道理。"

"家里也要靠贾叔去做工作啊，老人才不听我们讲什么呢。"

"没错，我妈就会讲一句：娃娃懂得个甚？"

"我爸说娶了媳妇才会明理，没娶媳妇说什么理。"

"讲理也讲不过我爷爷。他说'七不出，八不回'才是正理：柴米油盐酱醋茶，男子汉大丈夫，一样办不好就不能出门。他说'几千年的道理还管不住你'……"

"放心吧，会有大人去做工作。"贾力更信心满满地安慰道，"不出门，柴米油盐酱醋茶自己能从天上掉下来？圣祖成吉思汗一样东西都没办回家，九岁就出门打天下去了，那才是天之骄子，还扯什么七不出，什么几千年的正理？照我看，小勇说的保密，做起来反而困难些，人多口杂，怕会惹出些麻烦来。"

贾力更走后，奎勇召集抗日小组成员开了几次讨论会，根据每家的具体情况定好不同的说服方案。他最后鼓励说："俗话讲儿大不由爷，腿长在自己身上，只要坚定去延安，谁也拦不住。尽力做好工作，是为了走得高兴，让家里人放心。"他对自己家的事也想透了：父母不会阻拦，关键是说服爷爷。

接下来的几天，奎勇开始绕山绕水地试探爷爷。下地干活儿，趁休息时间问："爷爷，你知道毛主席吗？"

"听你爸说多了,那是个干大事、成大业的。"

"你知道他从小就崇敬谁吗?"

"不就是你爸那本洋书上的大胡子?你说是耶稣,你爸说那是骗坏人呢,其实是姓马。"

"叫马克思。那是毛主席长大以后崇敬的人,他上学时候崇敬的是司马迁。"

"孔夫子还差不多,司马迁没听说过。"

"司马迁览潇湘,登会稽,历昆仑,周览名川大山,而其襟怀乃益广……"

"有话好好说,又不是写书,文绉绉的不让人听懂。"

"我就是要给你解释呢……"奎勇紧忙换成讲故事的口气来说。爷爷不耐烦地说:"人家游山玩水是有钱,你有甚?把家卖了也不够你上昆仑,不等你开怀敞胸,肚皮早饿瘪了!"

奎勇不急,过了几天,吃晚饭时又找话说:"爷爷,小时候你老给我讲孙悟空的故事,我忘了孙悟空的师父叫啥来的?"

"灵台方寸山上的须菩提祖师。"

"对了,他是咋找到的?"

"坐竹筏子漂了四大洋五大洲……"奎明亮突然警惕起来,"你啥意思?又要证明人是猴子变的?那是神话!"

"爷爷,我知道是神话。我是要说明一个道理:孙悟空如果不出去寻师学艺,就待在花果山水帘洞,一万年也还是个猴子。出去一闯呢,就学会了七十二般变化和筋斗云,还有长生不老之术。我的意思是,日本人占了归绥城,学校是回不去了,可我,可我……"

"你的意思我明白,你是想学你爹不想学我哟。"奎明亮毕竟识文断字有头脑,不无伤感地叹一声,"唉,爷爷不反对你求学,可也得有地方呀。"

"延安！"奎勇逮住了机会，"到毛主席的地界去上学。"

"太远了，去河套还近些。"

"孙悟空漂了四大洋五大洲，我爸也不远万里去了莫斯科……"

"好好好，你让我想想总可以吧？"

奎勇眉开眼笑：大功告成！始料不及的是，夜里一场雷雨，事情到了第二天全翻了盘。

九
二舅爷

雨后的艾力赛，天空洗过一般蓝，空气里溢满草木的馨香。若不是看那些落地的毛桃、青杏和断枝败叶，人们或许会忘记昨夜那场惊心动魄的雷雨大风。

到了夏锄之时，艾力赛那些下地的劳力中午总要吃一顿耐饥的莜面，正在上房搓莜面窝窝的塔拉听到院子里有人喊："明亮，明亮在家吗？"

"他二舅爷，是二舅爷吗？"塔拉边往屋外赶边喊，"他爷爷下地去了！"

院子中央站了一位穿长衫的老人，乍一看很像"曹衣出水"的人物画，看仔细些，不难看清是一位凹嘴巴，高额头，眍眍眼，下巴上有几根稀疏的胡须贴在肉上，很像老太监一样的老头子。塔拉惊叫："哎呀，他二舅爷，你这是打哪过来呀？掉水里了？"

来人正是奎明亮的二舅哥，奎勇的二舅爷。

"灰说甚哩，我从归绥城里旗衙门过来，赶紧让小勇把明亮给我叫回来！"二舅爷显然憋了口气，骂一声，"老鞑子，白念了几年书！"

"小勇也下地去了。"塔拉朝西屋喊，"大猫，你二舅爷来了，快去叫你爷爷，欢欢地，听见没？"

"听见了！"奎坚跑出屋，在院门口消失了。塔拉这才扶住二舅爷，脸上已浮出紧张之色："出啥事了？这三四十里地，您，您就等不到天亮？夜里个那风雨，闪电连天接地的，快回屋去，先换下衣服。"

老人是奎元士的亲二舅，叫金元，在归绥城里的土默特旗总管衙门里当录事，写得一手好书法，又以文字广交好友，塔拉给狱中的王若飞送棉袄就是靠他的帮助。奎元士和奎勇父子进孔庙也有他的资助，更何况经官动府的事靠他宽解，消息靠他传递，所以全家人对他都是格外尊重又亲近。

二舅爷打了三四个喷嚏才换好干衣服，塔拉端上一碗姜糖水，二舅爷吸溜一口，眼皮不抬地问："跑出去的是你家老二？能跑了，就叫大名，奎坚！"

"奎坚、奎强都会跑了。"塔拉赔着笑脸，"在家叫惯大猫小猫了，读书时就会改叫大名。他二舅爷，您急成这样，出甚大事了不成？"

"你们还问我？"二舅爷突然拍响桌子，"衙门里都知道你们把孩子卖了，还卖给共产党！"

原来是奎明亮满头汗水地跑进屋来，迎面被二舅爷指住鼻子："你个老鞑子，穷疯了？要卖也是卖小不卖大，卖个好人家也行，咋就舍得卖给共产党？那是逮住就要杀头的！"

"哪个卖了？"奎明亮蒙在原地动弹不得，"这才是没影的事儿呢。"

"鸟儿素和毕克齐都有人来衙门里告发，说共产党派人在各村寻找学生娃，要买去延安，管吃管住管读书，还给发钱，网罗了几十个读书娃，点了几个名字就有奎勇！"

老实本分的奎明亮吓了一跳，擦着头上的汗坐到炕沿上："二舅哥，我是啥人你还不了解？树叶掉下来咱都要闪一闪。什么人跑衙门里添油加醋地胡说八道，咱们当老人的都知道，孩子在身边是守不住的，小勇正是读书的年纪，可日本人占了归绥城……"二舅爷用手势打断他："占了又咋的？学校又没停，这不有我吗，还怕误了孩子读书？"奎明亮紧着摇头："小勇他爸是干啥的，日本人早晚会知道。校长换了日本人，那不是把孩子往虎口里送？再说了，他爸奎元士可是你带去归绥城的，和你最亲，回家来张口闭口都是我二舅，他干这杀头的事你拦住了吗？你没拦呀，你知道他干的是大事、正经事，你给他讲了一辈子忠义，没脸再去拦，我讲得对不对？"二舅爷按住奎明亮的手，放粗声音："管不了儿子就更要管住孙子，年纪还小，不能放，不能绝后！"奎明亮点头："这正是我考虑的。小勇去延安，我只是犹豫，可并没答应。"二舅爷贴近奎明亮的耳朵悄声说："千万别松口。衙门里的文书和通报全是我抄写的，从土默川到延安这一路的日伪军和王爷府的兵都知道有学生青年要投奔延安，正张网以待呢！"奎明亮双手握住二舅爷的手，用力摇一摇："二舅哥，谢谢你了！要没有你报信，我这一辈子，我这一家人……"他眼圈一红，哽住了。

就这样，奎勇去延安的希望便吹灯拔蜡，只剩一团黑暗。母亲塔拉劝说："孩子，不急，你贾叔说要源源不断地朝延安输送学生青年，第一批不行，咱就第二批去，总能做通你爷爷的工作。他们都是七十岁老人了，不能让他们着急上火闹出大病。"奎勇倔倔地犟起脖颈不作声。抗日小组的组长不带头怎么行？他已拿定主意进城去找二舅爷，解铃还须系铃人……

可是一觉醒来，他忽然改了主意：去小里素村！

这念头改得快，来得猛烈，就像特木尔一早骑着追风马冲过来的势头一样。特木尔说贾力更到了小里素村，要在那里给十几名学生青年开会。贾叔的主意肯定比自己多，比自己大，更何况是在奎三毛家里开。奎三毛是二舅爷的弟弟，说话分量肯定比自己这没长毛的半大小子重得多！

特木尔的追风马刚六岁，相当于二十岁的年轻人，青春正茂。驮着两个半大小子，奔驰得比风还快，阳婆刚升起套马竿那么高，已经冲进小里素村。奎三毛家的会议才刚刚开始，一向沉稳寡言的奎勇，第一次抢过话头就诉说起自己遇到的大麻烦。没想到贾力更轻描淡写地说："第一批学员三天后出发，你抓紧做好准备，说不定你二舅爷还要来给你送行呢。"

七十岁的老人，三天就能做通工作？别说奎勇不信，几乎所有的学员都露出怀疑的神色。只见贾力更笑笑，不紧不慢地说："与我们去延安将遇到的困难相比，这确实是小事一桩。但值得我们分析分析，对大家今后遇事会有帮助。我们去延安，一路上会遇到各种不同的人、不同的阻力，自己首先不能犯糊涂。日本鬼子要灭我中华，对我们当然是追杀到底；蒙奸汉奸卖祖求荣，为虎作伥，对我们也不会客气，可是绝大多数的伪官吏、伪军，不管是为了活命还是养家糊口，甚至想升官发财，但骨子里不忘自己是中国人。这里就大有文章可做。就比如我们要经过的准格尔旗的王爷奇子祥吧，大势所逼，他虽然降了日本人，但是跟日本人决不会是一条心，阳奉阴违，左右逢源是少不了的。那么我们来分析一下二舅爷金元，他是这几种人吗？小勇，你说。"

"不是！"奎勇斩钉截铁地回答。

"不是。那他是什么人呢？他是你爷爷的二舅哥，是你爸爸的二舅，是你的二舅爷。那么他以七十岁高龄半夜冒着雷电风雨赶到你家，是要杀你、抓你还是？"

"他是怕我去延安被敌人逮住杀掉。"

"他是爱你，不是害你。据我所知，他更爱你爸。你爸打小就是他资助培养教育出来的。可他为什么放手让你爸干革命，干杀头的事去了？"

奎勇张一张嘴，但没说出话。

"因为他明理！"贾力更突然高叫一嗓子，然后恢复平和的口吻，"他有浓浓的亲情，又懂做人的道理，而且明白小道理要服从大道理。送你们去延安读书上学是毛主席、朱总司令下达的任务，这个任务是你爸爸奎元士传达给我的。你说，让谁给你二舅爷做工作最合适？"

奎勇眼睛一亮："我爸！"

贾力更笑了，声音变得清朗："一个人本事再大也不能包打天下。知人者智，自知者明。干大事必须知人善任。找对了人，事半功倍；找不对人，事倍功半。你的事你父亲已经知道了，你还在这里跟我咸吃萝卜淡操心……"

屋里的气氛立刻变得轻松起来。有两个学员也讲了家里遇到的阻碍，贾力更安慰道："放心吧，我已经让刘伯一去做工作了。三天后，大青山支队派的人一到，咱们就出发！"

十
肉包子打狗

　　三天刚过,二舅爷果然赶来小里素村送行,奎勇却没能出发,去延安的学生青年一个也没走。大青山支队传来的消息是日伪军封锁了西沟、万家沟,井儿沟,察素齐的五六名学生一时过不来。旗下营防共二师在挖封锁沟,师范学校的三个学生一时也过不来。贾力更派出的侦察人员还没回,不过,二舅爷的到来给了他准确的消息:就在那个风雨之夜的第二天,日军黑石旅团在归绥城召开了一次绥西、绥中、绥东联合治安会,四个伪蒙师和各旗县的头头脑脑都参加了。黑石旅团长亲自主持会议,说八路军打的是持久战,现在动员学生青年去延安学习训练,三五年后这些学生青年回来都将成为日军的心腹大患,务必从源头阻止。绥远省通往延安有三条必经之路:绥西是由包头经乌审旗、毛乌素沙漠,到延安;绥中由归绥经鄂尔多斯、榆林到延安;绥东由卓资县、凉城到山西兴县即可转延安。三地联防阻截学生青年,设置一名总联络官:"防共二师"的麻副官。

麻副官？对，就是大家谁也没想到，又几乎人人都见过的那个"三姓家奴"。二舅爷说："这个麻副官，我们都叫他麻球烦，日本人选他是经过深思熟虑的。他是归绥本乡本土人，读过私塾，跑过买卖，干过'老一团'，当过民国警官，任过德王保安队副队长，现在是'防共二师'少校副官。他知民俗，懂官场，混江湖，蒙汉皆通，熟悉社情，谁拿来都是一条有用的狗。"二舅爷见贾力更缩紧眉头，微微一笑，"日本人用这条狗，对我们未必不是好事。"

"此话怎讲？"贾力更不解。

"你跟他打过交道，这种人干大事则惜命，见小利则忘义，肉包子打狗总比油盐不进的铁杆汉奸好对付。"

"有道理！"贾力更双眉一展，"他二舅爷，您先回吧，小勇交给我您老放心。等大青山那边来了消息，我准定把他安全送到延安！"二舅爷走后又过了三天，奎勇和十几名学生青年被囚在一所大房间里不得外出，吃饭有人送，拉屎撒尿有人倒马桶，半夜里出去放风还不许发出声响。大家正当青春年少好说好动之时，那日子便实在难熬。这天晌午，几个半大小子实在熬不住，都借口屋里骚臭难忍，要自己动手提前倒马桶，差点儿把马桶抢洒了。

"听我讲个故事再定谁去倒马桶，行不行？"少言寡语的奎勇主动要讲故事，这种情况实在少见，屋里静下来。

"我跟我母亲倒过二十天的马桶，是十八条好汉每天躲在我家里，吃喝拉撒全在屋里，二十郎当岁囚二十天，那是啥味道？如今我们刚尝试了三天，足可以想象一番吧？二十天后的夜里，他们神不知鬼不觉地到了百灵庙……"

"我知道了，他们发动了百灵庙起义，打了德王爷一个措手不及！"王知勇抢过话头。

"有付出才能有收获，何况我们是去延安，日本鬼子和伪蒙军已经得到消息，保密就尤为重要……"

奎勇话没讲完，因为门口传来姐姐奎英的声音："来人了！"声音很低，大家却高度紧张起来。去延安的两名女青年单住在西厢房，她们是可以去厕所的。奎勇扒门缝朝外窥探，只见一个三十多岁、红脸膛、阔嘴巴、肌肉厚重、庄户人打扮的汉子脚步"咚咚"地走进院子，直奔贾力更办公的东厢房。

"刘伯一。"奎勇扭转脸宣告，"大青山来人了！"

这声宣告像一阵轻风吹过桦树林，树叶沙沙响，那是学生青年们互相的耳语声，个个脸上绽出解放的笑容。工夫不大，贾力更、张禄和大青山下来的刘伯一走进屋来。大家做鼓掌的动作，但谁也没拍出声音。贾力更一脸庄严，长话短说："同学们，同志们，让你们久等了。这也是为了大家的安全，为了知己知彼，胜利到达延安。现在请刘伯一同志给大家介绍敌情，以便做好思想准备。"

战争年代，说话都是开门见山。刘伯一既不讲"开场白"，也没说一句大道理，操一口泥土味十足的本地口音，张嘴就吐干货："根据内线提供的情报和我们侦察的结果，敌人在绥东绥西都增兵设卡加强了封锁，特别是黑石旅团在旗下营和萨拉旗各派驻了一个中队的骑兵，稍有情况就可以机动出击，很难闯关。比较而言，绥中一路敌人的封锁相对薄弱一些。原因很简单，就是有鄂尔多斯大草原：地广人稀，狼群出没。草原上北有准格尔的王府兵，南有负责封锁陕甘宁边区的国民党驻军。大家知道，各旗王府兵的指挥权有一半在日本顾问手中，而国民党对陕甘宁边区的封锁比日本人还严厉，别说是人，连一针一线一碗莜面都不许放过去。黑石旅团长说：那些学生青年连枪都没见过，走鄂尔多斯无疑就是肉包子打狗。好呀，那我们就走鄂尔多斯。因为关键时刻我们可以打一张牌，就是全国人民都知道的'国共合作，共同抗日'。这张牌打好了，可以在一定程度上束缚住国民党顽固派反共的手脚，让他们守着包子吃不进嘴！"

"今晚就出发吗？"有人迫不及待地问。

"今晚不行。绥西有几位同学是过不来了，但绥东有两位同学已经出了归绥城，今夜可以到达。按照布置好的分组，明天一早出发。"贾力更感觉应该活跃一下气氛，让大家宽松宽松，便虎起一张脸说："为了明天的顺利，今天还有项重要的任务需要大家努力完成！"

"没问题，保证完成！"

"啥任务？您说，保证完成！"

贾力更憋住笑，一句一顿："坚持半天，保持安静，吃好睡好，养足精神。"

所有人都捂住了嘴，生怕笑出声不能保持安静。

傍晚，来了一个小矮子，是个戴毡帽、翻披一件老羊皮袄的乡下人，谁见了都知道一准是羊倌。塞上温差大，只有放羊的才在夏天翻披老羊皮袄，还是为了夜里能御寒。可是，令一位近视眼学生大跌眼镜的是跟随身后的居然是两位穿旗袍的摩登女郎！扶好眼镜细看，不但体态袅娜飘逸，更有秀美俏丽容颜，让"土默特高小"的校花走在旁边都会黯然失色……

"文青哥，至于吗？别看在眼里拔不出来。"奎勇在他耳畔提醒。

"去！你懂甚？我是怕她们这身打扮，明天上路还不是肉包子打狗？"讲话的"眼镜"名叫李文青，富家子弟，二十岁了，在这群学生中间算是老大哥。"别说鬼子找花姑娘，也别说那些驻防军和王府兵，只怕吃斋念佛的老和尚看见也会犯了戒！"

说话间，众人都进了房间。贾力更先介绍穿老羊皮袄的小矮子："咱们大青山支队的梁同志，梁宇鸣，化个装比日本人还像日本人，是咱八路军大青山支队的侦察排长，战斗英雄！"

真是人不可貌相，屋里一片惊叹之声。

"王淑敏，黄梅梅。"贾力更再介绍两位女同学，"她俩和奎英年龄差不多，十七八岁，学问比大家可能高些，师范刚毕业。"

两位女同学向大家点头致意。人群里一阵"喊喊喳喳"之声。奎英斜视一眼新来的女生，并未主动上前招呼，场面有些尴尬。

"哎，我说同学们，你们都学过'有朋自远方来，不亦乐乎'，今天有新生加入我们队伍，怎么连个巴掌都不拍？"怎么看都是个乡下人的梁宇鸣居然喊出学堂里的话。大家沉默片刻，奎晨光上前说："文青哥担心她俩这身打扮，明天上路只怕会肉包子打狗……"

屋里响起一阵"嗤嗤"窃笑声。

贾力更正色道："好话进了狗嘴里也吐不出好意！"他转头问两位女生，"带换洗衣服了吧？"

"没带！"王淑敏口气很硬，解开个小红布包，"为了去延安，我俩只穿了旗袍，带了个吃货。"

所有人都愣住了：红布包里只有一个大"葵垒"，少说用了三五斤面，没有捏成五牲样子，而是做成了大寿桃。

"没见过穿旗袍的干革命，是不是很咯眼啊？"王淑敏口气逼人，"旗下营挖封锁沟，过不去人，我和梅梅就是这样过了关卡进城见到老梁的。当兵的说不许过，我说给老人祝寿，他说怕学生娃去延安，我说我们这身穿戴只能进归绥城，走不到延安，这不就过来了？咋就成了肉包子了？"

"我带衣服了！"奎英一改冷漠，跑上前拉住王淑敏胳膊，"走，跟我换衣服去。"

"我也带了两套衣服。"奎芬就去拉黄梅梅，"快把这身旗袍扔了吧，在乡下太扎眼。"

"那可不行，"黄梅梅柔声柔气地说，"我们可不是什么大家闺秀，就这么一件旗袍，我们是小家碧玉，舍不得扔，到了延安还可以穿。"

屋里响起一阵青春洋溢的欢笑。从这天起，黄梅梅就多了一个名字：小家碧玉。

十一
麻秆送信

天刚麻麻亮,二十多号人马已经站满这所农家小院。贾力更立在大屋的台阶上,轻咳一声。大家精神一振,等待他做出发前的动员令。

"李文青!"贾力更突然点名。

"到!"

"你这是要去甚地方呀?"

"延安!"声音洪亮坚定。

"好狗日的,给我抓起来!"

"哎哟"一声惨叫,李文青被大青山下来的梁宇鸣扭住胳膊,痛得弯了腰。众人大吃一惊,还没做出反应,贾力更已经又在点名:"奎世忠!"

"有。"不高不低的一声,回应的却是奎勇。

"你是要去哪儿?"

"准格尔旗王府。"

"干甚去？"

"给后院的'七间亭'写对联，写得好留在私塾当伴读。"

"包包里是甚？打开看看！"

奎勇打开包袱，里面除了两件换洗衣服只有文房四宝。贾力更笑了，示意梁宇鸣松手。李文青又惊又恼地瞪他一眼，用抗议的口气质问贾力更："这是闹甚呢？"

"还是小勇打小就受过历练啊，真该感谢你妈妈塔拉。"贾力更走下台阶，拍拍奎勇肩膀，"给大家讲讲吧，你把马克思说成神父和耶稣的故事。"

奎勇不紧不慢讲了当年敌人在他家搜出《资本论》，问书皮上马克思的照片是谁，他和母亲条件反射一样随口说成《圣经》和耶稣的经过。

贾力更已经走到李文青身边，帮他揉揉肩："明白了吗？刚才万一是敌人在问，那可不是扭扭胳膊的事了，十八般刑具叫你生不如死。"贾力更重新站回台阶上，一句一顿地嘱咐，"你们无论是逃荒逃难，是探亲还是投奔准格尔旗的奇子祥王爷，都要记清自己的身份、角色，在路上反复练习，形成条件反射，遇到情况千万不能出差错！"

李文青长舒一口气，擦擦额头，居然沁出一层汗。

"该讲的昨晚都讲了，现在就出发。我在前面带路，按昨天分好的六个组，三个一群五个一伙，相跟着我走，每组之间拉开一到二里的距离，要注意我扔下的高粱秆，遇到岔路顺高粱秆的方向走，如果看到两节高粱秆，说明前面有情况，要提高警惕，打起十二分精神；如果看到三节高粱秆，就说明前面有危险，甚至我已经被抓走了。大家千万不能再往前走，等张禄带领的最后一组到达，听张禄的指挥。出发！"

贾力更说罢，大步朝院外走去，李文青和奎生格紧随其后。这两个青年人都是二十岁左右，更何况李文青与准格尔旗王爷奇子祥曾经是同班同学，跟贾力更走在最前面自有深意……

十分钟后，奎晨光赶着马车出发，车上坐着梁宇鸣、王淑敏和黄梅梅，这时梁宇鸣已经换成了一身西装革履，再也闻不到半点儿泥土味，活脱脱一个"日本商人"。

奎勇是拉开距离跟在四个"逃难人"后面出发的，随行的是李桂茂和王知勇。

这是一个晴朗的好天儿。路旁多是高粱玉米，已经长得半大小子那么高了，苗壮得就像奔赴延安的这些少年。走在坡上放眼望，远处是大片的麦田，快要成熟的麦穗在轻风里像大海的波浪一样起伏。与农田交错间杂的草地，散发出艾蒿的苦涩和马兰花的幽香。每到岔路口，王知勇和李桂茂都会寻找高粱秆，然后把手一指："走这边！"接下来的一段路就会昂首挺胸，看不够的风光，听不倦的虫鸣鸟叫……

奎勇可没有这么高的兴致，不看天，不望远，总像怀了什么心事闷头走路，又像在寻找什么丢失的东西，只要路边有棵树，目光准要朝树下扫两眼。

快晌午了，一直闷头走路的奎勇忽然停下脚步，解衣敞怀，手指一片树荫说："歇口气吧。"

"不累，走一段再歇吧？"李桂茂建议。

"咱们走快了些，离那四个'逃难的'太近了。"奎勇已经坐到树荫下，顺手拾了根白里透青的粗麻秆，把玩着。王如云找了块石头坐下，李桂茂手搭凉棚朝前望着嘟囔："真没注意，那四个'逃难的'才走到前面那道坡上。"

歇了有三四分钟，奎勇立起身，把麻秆朝树下一扔："走吧，歇好了打起点精神。"

"过了那道坡就是花圪台了。"自小在黄河两岸流浪的李桂茂熟村熟路,"找人家讨口水喝。"

"知勇,把你藏的大洋拿一块备着。"奎勇边走边嘱咐,"村口设了卡,放机灵点儿,需要的时候留乎买路钱。"李桂茂不以为然道:"不会吧,广宁寺的主持还不拦挡?设了卡,香客还敢来吗?"三人走到坡上,李桂茂吃了一惊:"咦,还真设卡了!"奎勇说:"放大胆子闯,前面三拨儿都过去了,还能把我们几个大娃娃咋的?"

三个人闯闯地往前走,就像急着赶路的模样,经过卡口只是赔上笑脸朝守卡的四个伪军点点头,紧赶几步就过了卡口。互相递个眼色,刚想松口气,背后突然传来吼声:"站住!说你们仨呢,站住!"

三个人像听到咒语,被施了"定身法"一样齐齐地僵立在原地。

"哎,他妈的,以为进家门呢?屁也不放一声就往过闯!"一个伪军走过来,"说,干什么的?"

奎勇转身,像办错事的大娃娃一样垂头哈腰:"对不起,老总,着急去王爷府,怕天黑了过不了河呢。"

"日哄鬼呢?"又过来一个伪军,挥手让先来的伪军靠边,围着三个少年转一圈,"球大点儿的人进王爷府?装了一肚子青菜屎也想充人物,王爷会见你?说!到底是干啥的?"

奎勇做出没见过世面的畏惧模样:"老总说得是,是,是见不着王爷。这不是王府办私塾,要换洋学堂里的人教书,顺便招两个伴读的,我是到王府应试,万一行了,挣点儿钱补贴家用。"

"甚是伴读?"

"就是陪王府的少爷小姐念书。"

"班长,别听他胡扯,打开包看看。"闪在旁边那个先过来的伪军帮腔。

奎勇朝王知勇递个眼色,低头打开包袱。被叫作班长的伪军伸手拨弄文房四宝的工夫,王知勇将手塞进他衣兜,小声说一句:

"老总，行行好，我们要赶着过河呢。"

"你是干甚的？"班长手伸进自己衣兜。

"我妈怕我哥岁数小，路上不安全，让我相跟着做个伴儿。"

"球大点个人还做个伴儿，碰上厉害的主，不愁一锅端上全卖到煤窑里去。"班长挥挥手，"滚哇，小心别掉进黄河里去！"

三个人应声转身，流水似的溜跑了。

跑出三五十米，李桂茂回头望一眼，精气神全恢复了。嚷道："小勇哥，你咋知道这里设卡了？"奎勇说："天机不可泄。"李桂茂说："都以为你老实巴交的半天憋不出一句话，真没想到，装可怜比我叫花子都像！"王知勇说："我哥是真人不露相。咱配合得咋样？一眼认出谁是头，买路钱就塞进兜去了……"

奎勇不再言声，仍是闷头赶路，心里一边盘算着："前边还不知会出什么情况，幸亏贾叔想得周到……咳，他们都是怎么过的卡？李文青有和王爷合影的毕业照，估计伪军不敢搜身，贾叔身上可带着家伙呢！坐马车的那四个人呢？对了，大青山下来的梁叔会说日本话，一准是装了日本商人，带了两个洋学堂的女先生去给王爷府教私塾……麻烦的是那四个'逃难的'，卡口旁边有个红布包肯定就是他们留下的买路钱，五斤重的大葵垒呀，晚上可吃什么啊？"

一路走下来，再没遇到卡口，看来贾叔预判得没错，绥中这一路防守比较薄弱。前面快到黄河了，奎勇又建议歇歇脚。夕阳西下，余晖缥缈，天气已经凉下来，奎勇仍然坐到树下，仍然抓起一截麻秆把玩。李桂茂多了个心眼，斜视着观察，奎勇手里像拿着什么东西，把身子半转过去。李桂茂蹑手蹑脚走到他身后，伸长脖子窥探，原来是拿到一个纸团悄悄打开看。

"哈，天机泄露了。"李桂茂冒出一嗓子，奎勇吓一跳，把纸揉成团，塞进麻秆放树下，站起身说："这叫麻秆送信，贾叔交代给各组负责人的。走吧,今晚在四先生窑子村会合。"

六组人马会合,天已黑透。看来这里的群众基础不错,贾力更、梁宇鸣和张禄各带两组,分散到三户人家吃晚饭,准备第二天过黄河。贾力更嘱咐大家:"记住,敌人以为我们是集体行动,万一发生情况,要装作不认识,尽量减少损失。如果形势严重,还可以有人回大青山报信,组织上会派人营救。过了黄河,我们就好集体行动了。"

奎勇随梁宇鸣两组人来到村东头一个老乡家。老乡煮了一大锅小米稀粥,粥里米少菜多,大家走得又饥又渴,在院子里蹲一圈,没人讲话,只听到"呼呼噜噜"的喝粥声。也许是太安静了,大家清清楚楚听到村中心响起一声:"不许动!"接着便是一片拉枪栓和跑动声:"围起来!""把手举起来!""举手!"……

十二
群英会

院子里闪进一个人影,黑灯瞎火看不清,奎勇忽地往起一立,正想跑,却听到梁宇鸣压低声音叫:"老贾!"一瞬间,又沉住了气。

"大家不要慌,来的是王府兵。敌人很快就会来到这里,都记住一句话:我们是李文青请来去王府的。知道怎么应对吗?"

"知道了!"大家一起回答,奎勇的心定了下来。

"张禄那个院子里吃饭的都是'逃荒''逃难'的,没什么政治身份,村民们已经说好帮忙联保,估计问题不大。"

街上传来"咚咚"的跑步声,有人喊:"东边,东头第一个院子!"

奎勇有一种战栗窜过周身,被贾力更拍一下肩膀:"沉住气,别乱动,敢不敢面对刺刀回答问题?"奎勇见贾力更钢铸铁打般站在那里,两眼闪出锐利坚定的目光,胆子一壮:"敢!"

"好样的!"贾力更转向王淑敏和黄梅梅,"少说话,但要记住给你们安排好的身份和角色。如果有人对你们动手动脚，敢不敢大声骂？"

"敢！""搧他大耳光！"

"好样的。站到你梁叔身后！"贾力更突然把双手一背，沉静的目光扫扫院门，又把头微微一扬，望着屋顶冷笑。

原来敌人已经堵门、"压顶"，包围了小院。院门被踢开，三四个王府兵端着枪冲进来，围住站在最前面的贾力更。

"不许动！""举起手来！"

贾力更没举手，反而大幅度挥动一圈手，指点对面的那些枪："都什么年代了，还拿着这些老掉牙的滑膛枪、霰弹枪，真他妈给你们王爷丢脸！"话音刚落，他的手已经落在顶在鼻子前的枪筒上，顺势按下去。周围几个兵仿佛自惭形秽，枪口都垂了垂。奎勇突然想起贾叔讲的一句话："有些人就是怕鬼，其实鬼更怕人！"顿时觉得自己也像山一样立稳了，精神更抖擞，真想跟着喊句什么。但他啥也没来得及喊，因为院门口传来句阴阳怪气的话："谁这么大口气呀？老掉牙怎么了？一样能打死你们这群人！"

来的是个骨架坚实，须发斑白，面孔灰黑，身穿蒙古袍的老人，迈着八字步，手握"厥巴子"，枪口对着贾力更的太阳穴，阴沉着脸问："你信不信？"

"我信，我当然信，我请您看看这个……"说时迟，那时快，贾力更出手如闪电，众人眼前一花，老人的脖颈已被贾力更从身后箍住，一支"王八盒子"枪口顶在了老人的太阳穴上。奎勇从来没听过他的贾叔能发出如此骇人的恶狠狠的咆哮："看看这是什么？我能不能干掉你们这几个老鞑子？"

骨架坚实的老人一下子瘫软了，他斜眼瞄瞄就知道那快慢机，二十响，说干掉就能干掉这些老掉牙的滑膛枪。想求饶偏偏嘴不听使唤，吐黄豆一样蹦出一串"别、别、别……"

"黄豆"还没吐完,就被一阵大喊大叫掩盖了。原来是梁宇鸣掏出一把枪牌撸子,"叽哩哇啦"不知骂什么,但是都知道是日本话,因为第一声吼是早已听惯的"八嘎呀路"!就那么灵,这些王府兵闻声色变,抢着把枪放到了地上。

贾力更松开老人,用枪指点着教训:"瞎了你的老眼,我们是奇王爷托李文青请来的客人,要抓人也得先礼后兵,来了就敢动粗。"贾力更指着梁宇鸣,"知道他是谁吗?"

"知道,知道,中日亲善,蒙日共荣,亲善,共荣。"

梁宇鸣收起枪:"我的,王爷的,生意大大的,朋友大大的,你的知道?"

"知道,知道,"老人早乱了方寸。他知道"一枪二马三花口,四蛇五狗张嘴蹬",王爷用的是蛇牌撸子,这位日本商人居然用的是枪牌撸子,中国人有几个能用?他发现说错了嘴,忙改口:"不认识,不认识,是小人眼瞎。我刚来王府不久,还没得及认识主子们,冒犯了,多有得罪。"

"噢,想起来了。"贾力更围着老人转一圈,打量着说,"你不是原来归绥将军衙署里的敖都统吗?"

"正是小人,正是小人,现在在王府充任梅林。"敖都统如获大赦,连连作揖,忙不迭递烟点火,"大水冲了龙王庙。我已派人送李文青先生过黄河去,诸位大人是不是也现在过河?"他探头望望大锅里黑糊糊的菜粥,说:"对不起,乡野村民,慢待了,叫大人们吃苦了。咱们这就过河,我给大人摆酒压惊……不,不对,是摆酒接风。"

"那就麻烦敖都统了。"贾力更息事宁人地换了平和之声。他其实是在读书搞学运时认识这位敖都统的,每次游行示威反对"二十一条"都是这个敖都统带队来镇压,多次发生面对面斗争。敖都统面对无数学生记不住贾力更,贾力更却记住了这个"鹤立鸡群"的都统。一场惊险就这么"化干戈为玉帛",变成了顺风顺水过黄河的大好事。

渡船上,敖都统解释说"梅林"就是"总兵"之意。贾力更恭维他是二品大员,敖都统苦着脸说,王府的总兵还不如正规部队的一个连长,带着百十号兵,缺马少枪,哪能跟大清朝正二品的总兵相提并论?自古就是当兵吃粮,民国以后停发粮饷,他只是在王府讨口饭吃罢了。

船到岸,敖都统说天太晚了,王爷已经睡下,请大家先去大营盘吃饭休息,明天再进王府。贾力更正是这个想法,顺势说:"很好,客随主便。我们也累了,要早点儿休息。"

饭后,贾力更只留下李文青和奎勇商量:"明天你俩先去见王爷,叙叙旧,然后把我们此行的真实意图告诉他,请他配合,你们看行不行?"李文青犹豫:"是不是太冒险?万一他变脸,这么多同志可就麻烦了。"奎勇本想说:我去叙什么旧?我又没见过奇王爷。一听有风险,便不再吱声。他不能怕风险!贾力更说:"我分析咱们有七分把握,顶多三分风险。奎元士跟我交代过,奇王爷对日本人是又怕又恨。不怕,他就不会投降;但更多的是恨。日本人来了,租地,买地,占地,经商,采矿,要了一堆特权,极大地伤害了王府的利益。他毕竟是孛儿只斤·铁木真的后裔,年轻有血性,明里暗里不可能没有反抗。对我们共产党呢?是又怕又同情。"贾力更指指奎勇:"为啥叫你也去叙旧?文青是知道的。奎元士从莫斯科回来,在你二舅爷帮助下,曾经去孔庙,就是土默特高小当了两年教师,而且是文青和奇王爷的班主任,那时就给奇王爷做过不少工作。共产党提倡的民族平等、内蒙古民族自治的政策奇王爷是真心拥护的。现在奎元士掌控的新三师驻地离这里不远,骑兵两个多小时就能赶到,王爷更不敢得罪,你们说呢?"奎勇勇气十足:"我去说!"李文青抖擞精神:"听你的!你这么一分析,我有九成的把握了。"

第二天上午十点，大营盘里忽然人喊马嘶，鼓号齐鸣。贾力更和学生青年们跑出屋，李文青和奎勇已经迎面冲过来。奎勇一下马就无声地握紧拳头在胸前做了个十分给力的动作，李文青只咬出八个字："全力配合，全程保护"！

王府给每位"来客"配备好一匹马。敖梅林引领仪仗队进入大营盘，十二对身穿蒙古勇士服装的卫兵骑着蒙古马，手持黑白苏鲁锭分列两边保护。四位身穿盛装的蒙古少女唱着赞歌，一路随行，用银碗敬上马酒、下马酒，献哈达……王爷奇子祥已经恭候在王府大门前。

按照奇王爷与李文青、奎勇商定的办法，假戏真演，把众人迎进王府，各种礼仪结束后，王爷将招聘教员、伴读等事项交由管家负责，自己引领贾力更和"日本商人"梁宇鸣去后院"谈生意"。

准格尔旗王府是三进院。前院中院皆有东西对称的平房，只有后院建起五间砖木结构的起脊正庭，东西还各有两间配房。正庭是王爷商谈旗政内部事务的权力机构所在，各种决策都是从这里发出，未经许可外人不得擅入，现在正好成了他与共产党人"谈生意"之处。

奇王爷虽是成吉思汗的后裔，读的却是"洋学堂"，又正当青春年少，求知欲强，除了经史子集，其他算术、自然、地理、历史都有涉猎，所以与贾力更、梁宇鸣谈得非常投机。从国际国内形势到内蒙古的现状，从国共合作、共同抗日到两党不同的主义、信仰和不同的主张……正谈到有些分歧争论之处，贴身侍卫来报：管家求见。

奇王爷将手一挥："没见我正在谈事？"贾力更却深知再谈下去会闹僵，思想工作不是一时半会儿能谈通的，不能失了原则也不能伤了感情，这正是见好就收的机会，忙说："王爷，咱们聊天有的是时间，管家是正事，请他进来吧。"奇王爷朝门口望望，管家的身影已经照在地上,便喊一声:"进来吧!"

管家进门,躬身施礼,头还没抬就报一声:"王爷,咱王府花园可以修复了。"奇王爷忽地立起身:"找到人了?"管家抬头望望贾力更和梁宇鸣,嘴唇蠕动一下,欲言又止。王爷似乎明白了什么,边往配房走边说:"跟我来。"贾力更和梁宇鸣知趣地端起茶碗呷茶等候。

不过五分钟左右,奇王爷便从配房兴冲冲地跑出来,大声嚷嚷道:"贾先生,我要开个群英会,你可不能不赏脸啊!"

贾力更被喊蒙了:"咋又冒出了群英会?"

奇王爷把贾力更扯到一边,耳语道:"贾先生,这就是你的不对了。我真心与你交朋友,你却瞒着我演戏,你都带来些什么人?"贾力更还是没明白:"没瞒你啊,都是些想去延安读书的学生青少年。"奇王爷鼻子里哼一声:"你不说,好,咱也别玩假戏真演了,我就给你来个真做好事。"他转身唤过管家,"客人们九点才吃上午饭,按土默特习惯,大餐要到下午四点才开始,你把应聘的客人们都请到正厅里来吧,我要亲自选用!"

贾力更突然明白奇王爷是真要留人了,忙不迭地说:"王爷,王爷,咱们事先有约定的,啊,你怎么,怎么……开起群英会了?"

他没敢说假戏真演,怕门外的卫士听到。

"约定什么了?没说不许开群英会吧?我们准格尔的习惯是贵客来了上烤全羊,一般朋友来了上手抓羊肉。初次相见,不开群英会我还不好下菜哩!"奇王爷把贾力更按坐到椅子上,朝外喊一声:"来人,按人数备座椅,准备好笔墨纸砚!"梁宇鸣想上前解释几句,也被奇王爷按回椅子上,附耳说:"既然你不是日本人,而且是大青山上下来的,你这个朋友我是交定了。以后互相多关照,咱们各自'上天言好事,下地保平安'……"

梁宇鸣双手抱拳:"尽在不言中!"

一众学生青年来到正厅入座，奇王爷认真打量一圈，然后把目光停留在王淑敏和黄梅梅身上："听管家讲，他和师爷考问两位……怎么称呼呢？既然是为孩子们请老师，我就称呼你们先生吧。经史子集两位先生不但是有问必答，反而还给管家师爷讲了不少现代的科学知识。到底是师范毕业，巾帼不让须眉。我也不敢跟你们谈文论道，只想问问你们打算怎么教我王府里的这些孩子？"

王淑敏和黄梅梅互相望了望，这个问题太简单了，却又复杂得难以回答。奇王爷等了等，说："别紧张，怎么想的就怎么说。谁先说？"黄梅梅俏皮地一笑："还用问用想吗？好好教呗。"众人都被逗乐了。奇王爷边笑边问："怎么个好好教法啊？"王淑敏脱口一句："两耳不闻窗外事，一心只读圣贤书。"奇王爷刚想大笑，却一口气硬生生憋回去了。他突然觉得这句回答不是戏谑，而是深有内涵，是褒是贬还是无奈？越琢磨越有味，越出味越觉深奥复杂：以现在的形势、环境，以王府和自己的现状，还能怎么好好教？谈社会论国家？不是抗日就是汉奸……以自己的所作所为，还能有更好更合适的回答吗？他神色凝重地起身作揖："谢谢两位先生。王府的孩子们都是孛儿只斤氏的后裔，今后就全交给你们了。"

"孔子读书，三月不知肉味。"贾力更接过话头，"王小姐讲得好，孩子嘛，学习就要集中注意力，坚持意志力，不可分心。五千年的圣贤著书，至少不会教孩子学坏，对不对？"

一片附和声中，奇王爷不无感慨地望望贾力更，正准备问话奎勇，有人抬进两大扇格子雕刻窗花。他把脸一转，望住坐在奎勇身边的王知勇："这位小王师傅今年多大了？"王知勇起身："不敢称师傅，只叫小王就好，我比奎……"他咳一声，改口道，"比我奎世忠哥哥小三个月，虚岁十四了。"奇王爷打个哈哈，像是自言自语，又像是说给大家听："自古英雄出少年，此话不虚。祖上孛儿只斤·铁木真，九岁打天下，四十四岁建大蒙古国，横扫欧亚，称为成吉思汗……"他怀古伤情地仰天闭目，沉静片刻，重新望住王知勇："听管家讲，小王师傅年纪轻轻却手艺惊人，这两扇大窗想请小王师傅拆装一遍，给我们讲讲有何奥妙之处。"

王知勇像小大人一样双手倒背，侧脸弯腰打量一下，便指点道："这个叫槛窗，那个叫隔扇，不过，这不像厅里的东西。"

"好眼力，这是从王府花园七间亭里拿过来的，那是我和福晋们起居之处。"

"这手艺应该是从南方请来的能工巧匠。"

"没错，祖上是仿江南园林建了这所园子，年久失修，本地木工师傅都说干不了这活，至少也要去北京请人。可民国以来，特别是来了日本人……唉，王府哪里还掏得出钱请得起人呀！"

"这活儿我可以干，法理还得我哥讲。读书我不如我哥，好木匠必知的《营造法式》还是我哥解读给我的。"

"会干就不得了，没想到我们本地蒙古族也有这样的能工巧匠。"

"我是山西过来的汉人。"

"那你们——"奇王爷看看奎勇又看看王知勇，"是表兄弟？"

"我们是奶头结拜，父一代子一代，蒙汉团结一家人。"

"奶头结拜，蒙汉一家，太妙了！咱们开始吧？"

王如云动手拆窗，奎勇开始解说："这种格子雕刻窗花，关键就是榫卯结构。俗话说'好铁不打钉'，木匠讲话叫'巧匠不用钉'。什么叫榫卯？我们蒙古人打狼用的马棒就可以是榫，握住马棒的手就是卯。道家讲阴阳，你看那凸的部件就叫阳，凹的就叫阴；儒家把凸的叫君，把凹的叫臣；我们世俗大众就把凸的叫公，凹的叫母，我们通俗地叫它公母螺丝……"

偌大一扇槛窗，奎勇不停嘴地解释，没等尽兴，已经被拆卸成一地零部件。在一片叹服声中，奇王爷稍有不安："哎呀，府里没有保留图纸，咋装回去呀？"

"我老家山西应县有座木塔，十三层高，没用一颗钉。将近千年了，世界奇观，用的就是榫卯结构！"王知勇说着就开始重装。奎勇便又当起解说员，从木件的多少、长短、高低讲到榫头插入卯眼，什么叫榫舌什么叫榫肩，讲得大家浮想联翩，无限感慨。接下来便是平压榫、单插榫、双插榫、对角榫、夹角榫、委角榫、串线榫……等把槛窗和隔扇都拆装了一遍，围观的众人就像看了一场电影似的，好久才回到现实中。

奎勇见大家感叹议论着坐回原位，便立起槛窗摇撼一下说："这种结构，每个构件都很单薄，但是互相结合支撑起来，就变得结实、牢固、有力、强大，建房屋造家具都是靠这种结构。"

"大开眼界，大开眼界！我怎么觉得咱们这些人也可以榫卯一下呢，"奇王爷就像看完电影必要发表一番议论一样，"咱们的群英会这才是刚开始，我就知道你们藏龙卧虎，不是榫就是卯……下一项，上笔墨纸砚！"他伸手拦住想回座位的奎勇，附耳悄声说："我知道你是奎老师的大公子。"接着面向大家放开声音，"管家夸奎——世忠的大字，又说过目不忘，我们要眼见为实才行。"

真应了那句"说曹操，曹操到"，管家恰好跑进正厅喘着气报告："王爷，防共二师那个麻副官来了，非要见王爷不可……"

十三 月份牌

奇王爷对管家的报告很恼火，呵斥道："早给你交代过，这个麻球烦来了先晾他半天再通报，何况我今天有客！"管家面有难色："这次他是带了人来的，怕他闹……"

"带什么人来了？"

"好像是师部的警卫排。"

奇王爷面色一紧，瞟一眼贾力更，转向敖梅林："他过去不就是你的一条狗吗？集合你的人马，把他们弄到大营盘去！"

"王爷，不就一个排吗，一个师又能咋的？咱这些人的身份还怕他？"贾力更豪爽地做个手势，"也叫他见识一下咱的群英会。"

梁宇鸣居然露出喜不自禁的一脸笑："来得好，省得我还费心去找他。"奇王爷被笑得有些慌："闹大了我这里怕有麻烦。"梁宇鸣走近些说："放心，王爷家大业大搬不走，我们咋会给您惹麻烦？强龙不压地头蛇，何况他不过是条小爬虫！"奇王爷松口气，对管家和敖梅林吩咐道："让麻副官进来，其他人敖梅林带到大营盘去招待好。"

"继续继续,别扫了王爷的兴。"贾力更张罗着,让大家都来到东配房。这两间配房无疑是王爷的书房:房间小巧精致,自然博古。房中摆一窄边书几,几上放置占砚、水注、笔格、笔筒、笔洗、糊斗、水中承、镇纸、熏炉,都是古香古色,俱显小而雅。东北角放置有石小几,摆设茗瓯茶具、鼎炉花樽。里间屋东侧是满壁书架的图书,西侧一张小榻供主人休息时躺卧或趺坐。奇怪的是两间书房的没挂一幅字画,只设了一个佛龛:龛里一尊鎏金小佛,龛上墙壁挂的只是个月份牌。

奎勇显出少年的拘束,他哪里见过这样的书房和文玩用具?一大半摆设都叫不出名来,没好意思拿出自己的文房四宝,有些不自在地喃喃:"王爷,你是大家,我不过是在私塾里写过几年大字,哪里敢上这样的台面露丑。"奇王爷却是一脸真诚:"听说有个土财主进城看到一个精美极致的楠木盒,花高价买回去送老婆,把盒里的一块石头不屑地扔掉了。店家惊喜地拾回去,因为那是块高翠。我不是那个土财主,我识货,你就是一块翡翠原石。"

这番话的意思奎勇还是能听明白的,感觉有了一点儿底气,可是脸上却有些发热地泛起红:被"抬举"得实在有些不好意思。他忽闪着一双眼望望贾力更,又望望梁宇鸣。梁宇鸣忽然"哇啦哇啦"喊几句日本话,贾力更接着说:"大岛先生叫你快快的,他说王爷不是和你赌字,是和你赌石呢,看你够不够交朋友。"

就在这工夫,奎勇眼睛的余光发现那个麻副官进来了,心里叫一声:"好嘞,明白了!"勇气一升,胆子越壮,大步走到书几旁,铺纸,压镇纸,抓笔蘸墨:"王爷,写什么?"

"王府门口那副对联是你看过的,还记得吗?"

"肯指肯望……"

"不用背,写,写出来。"

奎勇左手比量一下距离方位，心里略一估算便下笔写去："肯指肯望受皇恩不比浮云富贵"，换一张纸又写下联："美轮美奂绵世泽异乎阀阅家严"。

王淑敏和黄梅梅各用双手举起上联和下联让大家欣赏，众人有夸、有评、有议，唯独麻副官不看字，只管盯住奎勇上下打量着不作声。他是听了花圪台哨卡的报告，不到半小时过了三拨读书人去王爷府，猜着可能是借口，实际是去延安，却没料到是这种场面。

贾力更走到他身边问："麻副官，你看这书法如何？"麻副官心不在焉地应道："我不懂字，只是看着这个少年娃娃怎么……"

"噢，忘了介绍。举字的两位是王府里的教书先生，左边那位姓王，右边那位姓黄。写字的少年是王府私塾里的伴读，叫奎世忠。"麻副官刚想说什么，被贾力更一扯："来，再给你介绍个贵人，是我一位日本朋友。"

听说是日本朋友，麻副官不再说什么，乖乖跟着贾力更来到梁宇鸣面前。

"大岛先生，日本三木株式会社董事长，关东军二十三师团小松原师团长的安达，按归绥城里的说法还是发小。"

贾力更刚开始介绍，麻副官便不停地点头哈腰，听说到小松原师团长时，猛地抽口凉气，吃惊道："是在哈拉哈河跟老毛子干仗的小松原中将吗？"

"废话，"贾力更竖起大拇指，"战役总指挥！"

"我的天！师部来电来文名字出现得最多的就是他，黑石旅团长逢会必讲他的学长小松原师团长，能认识他的发小、安达，真是三生有幸！"麻副官一个大礼，腰弯过了九十度。

梁宇鸣始终傲慢地侧歪着脸，斜眼望着麻副官，等他直起腰，才伸出大拇指："皇军之花，大大的，你的明白？"

"我懂，我的太懂了。"麻副官回答两句话却连鞠三个躬。贾力更从旁又介绍:"大岛先生在东北和内蒙都有大生意,对关东军也有不小的贡献。"梁宇鸣将大拇指指向正在热聊的奇王爷和奎勇:"奇王爷,朋友大大的,生意大大的。他的伴读,少年有为,我的喜欢!"他将拇指指向心口窝。贾力更忙又解释:"大岛先生把家安在长春了,想带奎世忠到家给孩子当伴读,王爷舍不得,还没答应。"

三个人把注意力转向奇王爷和奎勇,只见奇王爷正讲得有声有色:"……过目不忘的我见过,都是当下看过当下背诵,时间稍长,再一分神,肯定忘不少。世忠看一眼,谈天说地大半天,说写就能默写出来,不简单!这是天赋吧?"

"靠天赋不行,死记硬背也不行,必须真懂真明白讲的是什么内容才行。"奎勇始终保持一种学生回答老师提问的姿态和口吻,不紧不慢咬清字音,"还得勤练,不练也不行。"

"都说过目不忘是天生的,第一次听说不练不行,你是咋练的?"

"就靠它,"奎勇手指墙壁,"手撕月份牌,一天撕一页,一天背一页。"

记性来自"月份牌"?别说奇王爷不信,连贾力更、梁宇鸣、麻副官……所有人都不信,觉得就像第一次听说"人是猴子变的",无法想象。奎勇不慌不忙,像学生汇报学习心得一样向大家解释:中国民俗是家家过年都要挂年画,清朝末年上海受西洋影响,年画被"月份牌画"取代,"月份牌画"不但画仕女、山水、花鸟,而且是要做广告的,可以带来巨大商业利益。各地效仿,很快遍及全国。"月份牌画"上面附的月份牌显示的是公历,中国传统讲的是黄历,是以天干地支来计年,所以"月份牌画"上附的手撕月份牌,每页纸上不但有公历的年月日,还会用小号字注明天干是什么,地支是什么,生肖是什么,五行是什么,干什么合适,做什么不利,写一些指导人们趋吉辟邪的内容。谁家没有老人?老人都是讲黄历，不但逢年过节讲的是黄历，动土、出行、见人、婚丧嫁娶……都是要讲黄历的。从奎勇入私塾开始，便担负了一项任务：只要爷爷奶奶一问日子，他便要回答出黄历上的有关内容。于是养成习惯，背一页，撕一页；撕一页，就要背出下一页。父亲从中受到启发，送他一个很时尚的手撕月份牌。那是申新纱厂制作的，作为礼品印了一千份，每页纸上左边的小字是黄历，右边的小字是唐诗宋词。奎勇如获至宝，撕一页背一页，撕下来的纸用夹子夹好，365天过完，他有了一本365页的自制诗词集，所谓过目不忘的本事也就这样养成了。

众人仿佛又看了场电影，免不了一番感慨、议论，唷叹不已。管家来报："王爷，宴席已经准备好了。"

奇王爷看一眼手表："哎哟，快五点了！走走走，开宴！"

宴席摆在王府花园，出王府大门朝西北走不到一里，过一个大影壁，就进了王府花园前院。林木和小平房围拱的空地上，露天燃起两堆火：一堆火上架着木杆，杆上串一只全羊；另一堆火燃在石块垒起的大灶里，石灶上放置着澡盆大的铁锅，高粱米羊肉粥滚着黏泡。两张大八仙桌上已摆好了各种凉菜、炒菜、炖菜……奇王爷兴致勃勃先带大家参观后院：十间亭、养鱼池、五间亭、喷泉和花园里的奇花异草，最后停在七间亭前对王知勇说："小王师傅，十间亭、五间亭、七间亭，修复的活儿可都交给你了，工钱好商量。"王知勇说："王爷要是真把我们当朋友，就不该再提钱。前院飘肉香，后院徐风送花香，只此足矣！"奇王爷一怔，一把抓住王知勇的手："安达，你们都是我永远的安达！"

回到前院，奇王爷作东，自然坐在主位上，"日本朋友"当然要坐他身边，另一侧王爷朝贾力更招手，贾力更推麻副官上坐："麻副官，你高升了，你是官爷你上坐。"麻副官紧摇双手："老哥，我升官再高也不如您的江湖地位高呀，打死我也不敢上坐。"贾力更说："升官是朝廷给的,江湖地位是自己混的,不一样。"麻副官攀肩贴耳道:"老哥你厉害就在这里。国民党,共产党,连日本人都要给足你面子,兄弟我差远了。"

贾力更手按麻副官后背侧转身:"兄弟话讲到这份儿上,老哥也送你几句肺腑之言:多行善,喝大酒;少作孽,广交友。"

"我懂!鸡蛋不能放在一个篮子里,人不能吊死在一棵树上。"

"你不懂!王爷的伴读叫奎世忠,你懂为什么吗?他讲月份牌的本意你懂吗?"

麻副官张一张嘴,没敢吱声。

"现在已经到了7月份,可王爷的那个月份牌还留在5月13日,为什么?因为小松原师团长5月13日挑起了诺门坎事件。你看的电报电文都是报喜不报忧,两仗打下来,日军好几个大佐中佐都切腹自杀了。当'大岛先生'面我不好说,私下我可以告诉你,日本已经惨败。秋后算账,小松原肯定要切腹自杀,以谢天皇!"

麻副官睁大两只眼:"不可能吧?"

身后传来奇王爷的喊声:"你们俩嘀咕啥呢?你们不入座不好排位!"

转身之际,贾力更叫板:"小松原不切腹,今后遇事我听兄弟的;如果切了腹,你咋办?"

"一切听老哥的!"麻副官随贾力更入席,坐在了他旁边。大家互相谦让着坐好,都望住奇王爷等他发话。奇王爷却望着天空,皱起眉头开骂:"他妈的,这群黑贼,又跑来蹭饭吃啊!"

原来是一群乌鸦,天上盘旋着,屋脊和树上也落得满满的,都盯着下面等机会。

"别小瞧这黑老鸹,老鹰的食它都敢偷敢抢。""比狼群都聪明,总是集体作案。""甭理它,等天黑就散了。""等天黑还早呢,抢不到食儿它能把屎拉到桌子上。"……

议论声忽然停下来，因为梁宇鸣起身掏出他的枪牌撸子："既然聪明就应该懂得怕死，打两只下来不就行了？"

麻副官抢着起身鼓掌："黑石旅团长讲，大日本皇军每个小队都有个狙击手。咱中国人谁听说过啥叫狙击手呀？说破天也只听说过神枪手，听说比外国的狙击手差了十万八千里，今天正好叫大家开开眼。"

这一说，梁宇鸣反而作难了。他虽然冒名"大岛先生"，可并不想给日本人脸上贴金。

"别浪费子弹了。"奎晨光从另一张桌旁站起身，左手掏出三颗核桃大的卵石，递一颗到右手，两眼闪出犀利的光，盯住树丫上一只乌鸦："看我的！"随着这一声，右臂大幅度一挥，那颗卵石挂着破风之声，响箭一般射出。满树的乌鸦像爆炸一样轰然腾起，不等人们看清落下的那只乌鸦，"嗖、嗖"两声，又射出两颗卵石，满天空响起"哇哇"的叫丧声……

三颗卵石打下两只乌鸦，这已是不得了的本事了。天空成群的乌鸦只剩下三两只还在盘旋，不知是吓蒙了还是不舍得这场盛宴。

"砰！"一声枪响，天空飞起一团羽毛，地上落下一只乌鸦。随着几声"哇哇"叫，天空彻底干净了。

是梁宇鸣开了枪。他想明白了：王爷和宴席上的同志都知道自己的真实身份，至于麻副官，给他留个深刻印象比贴不贴金更重要！

"开眼界了，大开眼界！"奇王爷鼓掌起身，"端酒，端酒，为今天的群英会，我们共同先干三杯！"

欢呼响应声中，王府盛宴开始了。大家举杯，随着王爷，敬天，敬地，敬神，干杯……三杯一过，小车载着大木盘推上来烤全羊，四位蒙古少女手捧哈达跟随两侧。奇王爷没有和王妃开羊，而是安排"大岛"、贾力更和麻副官随自己上前"开羊"。

贾力更走过奎勇身边时，俯身丢下一句话："你少喝，晚上有任务。"

十四
"金狗""火虎"

酒宴进入高潮。王淑敏和黄梅梅是穿旗袍赴宴的,自然被大家邀着跳起安代舞。酒兴大发的奇王爷放开喉咙伴唱,引得正当年少的后生们纷纷下场,以哈达为巾,甩巾踏步、绕巾踏步、冲跑跳跃、拍手叉腰,左右旋转……

麻副官脚步蹒跚地端着酒杯来到奎勇身旁:"月、月份牌,你过目不忘?"

奎勇摇摇头:"那是王爷抬举。"

"我是1910年4月生人,三十岁,按,按照黄历……"

"庚戌年:天干属金,地支是土,生肖属狗,五行属金,是钗钏金。"

"钗、钗钏金——是啥金?"

"钗钏金是首饰里最好的。要是算命,自然是有益有害。喜土,土生金,近土则旺。怕火,遇火光色全无;怕水,掉到海里,就如石沉大海;想翻身,又如大海捞针……很难。"

"你、你属——啥？"

"1926年3月，属虎。"

"啥虎？"

"丙寅，火虎。"

麻副官张口一愣，不敢劝酒，自罚一杯，转身走开，径直回到座位对贾力更说："我明白他为啥又改叫奎世忠了……他属虎，不是木虎土虎，是火虎。我，我属狗，怕火的金狗……"

贾力更哈哈大笑："兄弟，明白就好。"

酒宴热闹到半夜才结束。回到大营盘，贾力更向奎勇下达任务："我已经请王爷安排好，你连夜返回黄河北，去小召村见张禄。他会给你交代具体任务。"

"我一个人？"奎勇犹豫，"我不知道小召村啊。"

"李桂茂陪你去，黄河北岸的村子他都讨过饭。"

"麻球烦一直注意我，我走了会不会给你们带来麻烦？"

"放心。年初成吉思汗陵西迁，守陵的是达尔扈特人，守路的是土默特人，奇王爷会说派你探望西迁的成陵去了。"

于是，奎勇在李桂茂陪伴下连夜返回黄河北，爬上堤岸，奎勇担心地提醒："黑灯瞎火别走错路。"

李桂茂张望四周："我得定定神，辨辨方位。"

"贾叔说离咱们到过的四先生窑子二里路。"

"方向不敢错，错了被劫路的土匪吼住就麻烦大了。"

"站住！"身后紧跟着就是一声吼，吓得两人一激灵。急回头，河上过来一条大船，船头一个人举着马灯吼："奎勇，贾力更请你回去有事交代！"

奎勇在王爷府用了奎世忠的名字，外人怎么会叫他的原名？定睛细看，马灯照出了一顶防共二师的军帽！

"快跑！麻球烦来了！"

85

两人冲下河堤，撒丫子就跑。身后传来"叭，叭"两枪，两人就像百米赛听见发令枪声，一阵风似的窜进西北方向的小树林。

没错，是麻副官派人追来了。原因是贾力更千算万算少算了一条：麻副官回到大营盘就向警卫排长讲了"群英会"和"火虎""金狗"的命运，泄气道："我说为啥咱们一碰上奎勇我就走麦城，我是狗他是虎，我是金他是火……明天回师部了！"警卫排长眼珠转了几转，赔上笑脸说："麻副官，我怎么觉得这是一次千载难逢的好机会呢？"麻副官边喝奶茶解酒边问："甚机会？"排长说："您是金，他是火。常言道：真金不怕火来炼，您怕他个球？"麻副官精神一振："我咋忘了这句话，比我小了十六七岁，还怕他咬我的球毛哩！"可是马上又有些泄气，"不过，狗咬老虎……""咳，还有句话呢。虎落平阳被……嘿嘿，我是按生肖说啊，被狗欺。我把他抓回来，不就应了这句话吗？"

麻副官忽然站起身，以拳击掌，彻底酒醒了，抖起精神说："喝了酒把最重要的话给忘了！召集弟兄们……"他突然停嘴，想了想，说，"在王府里动手，搞不好要出乱子，何况还有个日本人！"

"放心，这事就交给我，我先探清他住哪个屋，趁黎明前最黑暗的工夫，神不知鬼不觉地绑了就运过黄河去。您明早起来一问三不知，该干啥干啥。"

"兄弟，这事就交给你了。"麻副官拍肩许愿，"副连长的位置，我给你打保票了！"

"谢大哥！"警卫排长转身就去布置，工夫不大又气喘喘地跑回来，"糟了，王府已经派人送他过黄河去了！"

"笨蛋，半路上绑了不是更好？跑这儿来报丧？赶紧去追！"

"是！"警卫排长应声带了一个班追过黄河。可惜，冲上大堤，四野茫茫，看不到一个人影。放两枪侧耳听听，也没听到动静。怪只怪黄河两岸全是沙土地，跑两匹马都听不到声音，何况是跑人！

查脚印吧,渡口人来人往,满地都是脚印。不对,脚印在这里全变成小碗一样的圆坑,根本分不出大小新旧。没办法,只好分成三组,向东、向北、向西追。

这时的奎勇和李桂茂已经跑得昏天黑地,筋疲力尽。奎勇脚下被什么东西绊了一下,栽倒就再也爬不起来了,仰天大喘气。李桂茂两腿一软,顺势躺到他身边。喘息未定,奎勇侧脸问:"这会是什么地方?"李桂茂伸手摸摸绊倒奎勇的植物,忍住喘说:"妈的,光顾逃命,跑错方向了,跑进毛乌素沙漠了。"

"啊?"奎勇想坐起来,抬抬身子又倒地上,"跑这么远了?不可能吧?"

"逃命一炷香,兔子过长江!"

"我们已经跑了一炷香的时间?"

"何止啊,比兔子还快!不用张望了,黎明前的黑暗,你啥也看不到。"

"那你咋知道进了毛乌素沙漠?"

"我摸过了,绊倒你的是半日花,你脑后那丛黑乎乎的是梭梭,咱们躺的沙子下面没有土。"

"长知识了,幸亏有你。"

东边忽然传来凄厉悠长的狼嗥声,这次两个人都忽地坐起身。汗早流尽了,只惊出一身鸡皮疙瘩。

"火,赶紧弄些火!"奎勇小声喊,怕被狼听见一般,手忙脚乱就去折取梭梭和"假死草"。李桂茂没挪屁股,只是取下腰间的皮囊,打开口放到一尺高的半日花上。

"你搞什么鬼?来帮把手啊。"奎勇在一人多高的梭梭丛旁喊。

"你慢慢搞吧,点不点火狼都不敢过来。有的狼也许怕火,但天下的狼都怕老虎。"

一番忙乱，奎勇终于拢起一小堆梭梭、枯草、蒙古扁桃和风刮来的枯树枝，点燃之后才问："你说什么狼怕虎，这里哪来的虎？"

"我的皮囊一打开，我俩就是虎了。"李桂茂终于可以当回先生了，多少有点儿卖弄地说，"江南的叫花子摇牛骨，内蒙的乞丐藏虎骨。我这是双料，虎皮囊里装虎骨。你会说，时间久了就变羊味了。错！外人不知道，花子全明白，北京四贝勒花园里养了老虎，我们自己不去也有人去，用虎尿浸透了，拴在裤腰上，走哪敢睡哪，天当被子地当床。"

"哼，这么厉害干啥还拿打狗棒？"

"嘿，这你可问着了。"李桂茂终于尝到了体现价值、当先生的幸福感，变得滔滔不绝："你还给麻球烦讲黄历，我听着就想笑。狼怕老虎，狗可不怕。你说猴子变人是进化，我看狼变狗就是退化。狗为啥不怕老虎？因为狗仗人势。有主人当靠山，虎豹熊黑都敢追敢咬；没人养的狗，见了虎狼就会夹着尾巴没命地逃。你给麻球烦讲什么金狗火虎，别忘了，他背后的主子是黑石旅团长。"

奎勇真心诚意地作个揖："行行出状元，行行出状元！今天真是受教了。"

说话间，东方天际已经泛起鱼肚白，李桂茂站起身："走吧，去小召村。"

奎勇艰难地站起身："别说兔子过长江了，能坚持到黄河边就谢天谢地，快渴死了。"

"等等，你再歇会儿。"李桂茂想起什么，说，"跑了一夜，找点儿吃的。"

"跑沙漠里找吃的？"奎勇苦笑着，头刚挨到沙地便困着了。被摇醒时，太阳已经照得身上发热。昨夜的余火已经变成灰，旁边摆了些"食物"，李桂茂给他指点着介绍："肉苁蓉，本地人叫沙漠人参；沙葱，你在家吃过；绵刺，很嫩的，顺着吃就不会扎嘴，有水分。蚂蚱和蝎子烧过了，凑合着吃点儿，要走长路呢。"

肉苁蓉和沙葱奎勇不陌生，蚂蚱和蝎子可是饿死也没想过会是能吃的东西。见李桂茂吃得津津有味，也大着胆子试一试，哇，味道还不错。他不由得感叹："咳，难怪鲁迅说第一个吃螃蟹的人是英雄！"

"螃蟹？"土生土长的李桂茂没见过也没听说过，"那是甚东西？"

"比蝎子还丑，比蝎子还好吃。"奎勇爬起身，"快走吧，饿不死人能渴死个人了。"

走到日过午，终于看到一片西瓜地。看瓜老汉见他俩从沙漠里走出来，身上没带水壶，二话没说，挑了个大西瓜就递过来。两人也顾不上客气，连吃带啃，把西瓜皮都啃光了，仍不解渴，跑到井边提桶水，直到把肚皮灌成个球。

李桂茂给看瓜老汉留一个铜板，问："大爷，去小召村咋走呢？"

"朝东走二十来里，往南拐上三里路就到了。"

"逃命一炷香，兔子过长江。昨夜咱俩赶上跑马拉松了。"奎勇苦笑。

李桂茂眨巴着眼："又说甚呢，马拉车跑哇，咋又拉什么送什么啊？"

"马拉松，一种比赛。咱们是赛马，外国是赛人，跑八十多里地，外国人算公里，跑四十二公里多些……"

"吃饱了撑的，还不如多种两亩地！"

"没错。"奎勇不再多解释，留着力气走路吧……

在小召村找到张禄时，太阳已经快贴山了。房东备饭的工夫张禄便交代了任务："你们明天返回大青山，办两件事。第一，将你们一路所见向支队领导作详尽汇报。日本鬼子和国民党军队对延安的封锁越来越严,大青山支队筹集了一批粮食、布匹和药品,准备送延安。走哪条路线把握大?你们的汇报关系到领导能否做正确的决策。路况,群众基础,关卡,防共二师的巡逻队,王府兵,特别是奇王爷本人的态度都要讲清楚。第二项任务就是把绥西那些没有按时集合的学生青年带回来。"

布置完任务,房东已做好一大锅杂面条。刚端碗盛面,特木尔进屋来,吓了两人一跳。因为他穿一身防共二师的军服。张禄说:"特木尔护送你们回大青山。"

"你小子什么时候混进防共二师了?"李桂茂问。

"假的,"特木尔得意地拍拍胸脯,"证件可是真的,张叔给我办的。"

奎勇提醒:"衣服不合身,太大了,哪有你这么小的兵?"

张禄说:"当兵吃粮,这年头,没饭吃的为了当兵,大了往小说,小了往大说,没几个真岁数。"

谁也没想到,这句话真起了大作用⋯⋯

十五
叫驴子

乡下真是清净世界,广宁寺的晨钟暮鼓声能传出十几里。奎勇在鼓声中入睡,在钟声里起床,阳婆已经在东边的地平线上冒红。吃过窝头、玉米面糊糊准备出发,被张禄在院门口拦住了。

"不能走大路了。"张禄紧锁眉头说,"大路上多了不少防共二师的巡逻队,增加了七八个哨卡盘查行人,你们肯定过不去。"

"肯定是麻球烦,昨晚上没追住我们,今天就张了网。"奎勇望住李桂茂,"这事恐怕还得靠你。"

"大路不通走小路,小路受阻有牛道,牛道遇险走羊肠,"李桂茂信心十足地说,"坡多沟多放羊的多,咱不就是三人一马,啥路不能走,非钻网里去不行?出村咱就下黄牛沟,这一路我保你们想见都见不着哨卡、巡逻队。"

张禄高兴得拍巴掌:"后生仔,这几年的饭没白讨!"

三人一马就这么钻进了黄牛沟。一路上顺坡、溜沟、钻庄稼、藏树林,快中午时,从哈拉沁沟里一探头,峰峦起伏的大青山就在眼前。

"望山跑死马。"李桂茂缩头蹲下身,"而且进了山到万家沟还有段距离,先打闹些饭吃?"

奎勇说:"听你的。"

特木尔说:"马背上有炒面和水。"

李桂茂说:"沟外有个小村子叫圪塔堡,十来户人家,在堡上能望到归绥城,不怕来敌人。去那儿借个火,热汤热饭的多好。"

"你说要走咱就走,你说咋的就咋的。"特木尔牵马爬出沟,"裆里不少一颗卵,水里火里是兄弟……"

奎勇和李桂茂跟在马屁股后面,沿一条荒草遮掩的羊肠小道朝那座炊烟袅袅的小村落走去。已经闻到"人间烟火"味了,草窠子里突然跳出四个人。

"不许动!"四声合一的吼叫。

三人一马都受了惊。定睛看时,又多少松下一口气:不是伪蒙军,更不是日本兵。四个人都是一身邋遢,满脸菜色,皮包骨头,有毛没色。一杆老套筒,三把砍刀和菜刀,不是土匪还会是啥?

李桂茂虽是半大小子,可也算得上是老江湖了,手按胸脯半鞠躬,赔着小心问:"几位老哥,你们是绿林还是响马……土匪?"

"放屁!我们是吕司令的人!"

吕司令?奎勇心里"咯噔"一下,似乎有个遥远的记忆,却一时还召不回嘴头。李桂茂还在那边问:"那你们是要买路钱还是要劫财、绑票?"

特木尔早忍不住吼起来:"绑票?真动起手来谁绑谁还难说呢!"

四个土匪还是响马的货色,紧张地后撤一步,端枪举刀地拉开架势:"咋的,你穿身狗皮就以为爷不敢动你?你就是小鬼子亲自来了,爷爷也敢毙了你。"

"慢着慢着,"奎勇拦上前紧忙摇臂,"听我一句,叫驴子,你们吕司令是不是叫驴子?"

"他妈的,叫驴子也是你敢叫的?"老套筒一转,对准了奎勇。

"看来真是叫驴子了,他在堡里吗?见了面你看我敢不敢叫?"

四个土匪递眼色,神情缓和许多:"你认得我们司令?"

"没见过,可是我们互相仰慕已久。"

"灰说甚哩?球大点儿个人,我们司令会仰慕你?"

"省点儿劲,别在这儿吵,带我们见你的司令去吧。"奎勇说罢率先朝村中走去。

村口两个握刀的站岗,房顶上三个拿枪的望哨,奎勇三人被引进一个烟雾腾腾像是失了火的大房子里。大炕上横竖躺了几个人在抽大烟,中间一个瘦长大汉坐在两床棉被垒起的被垛上摆弄着一只王八盒子,三个后生进屋就被熏得连声咳嗽,特木尔忙把关上的门又打开。

"把门关上!烟跑出去不是浪费了?"瘦长大汉一声喝,小土匪忙把门关上,报告说:"司令,抓来三个犊子!"

奎勇在烟雾中边咳边说:"熏蚊子也用不了这么大烟,咋还熏起人来了?"

瘦长大汉身子朝前倾倾,没看清是谁讲话。窗子是用麻纸糊的,没有玻璃,再加上烟雾,老鹰眼也看不清啊。大汉只好"浪费"一次了:"开门,浪费就浪费吧。"

特木尔把门推开,浓烟忽地冒出去,屋里渐渐亮堂些。大汉首先看清的自然是站在门口亮处的特木尔。

"当兵的,二师的?"大汉口气有些怀疑,"有护照吗?"

那年头,当兵的单独外出要拿个盖了章的纸条,叫护照。特木尔掏出护照由小土匪递上去。大汉看两眼,掏出一包纸烟:"抽支烟?"特木尔摇头:"不会。"大汉顺手一搂,从躺着的土匪嘴头抓过一根烟袋锅:"抽口大烟?提精神。"特木尔又摇头:"不会,也

93

不敢。"大汉忽然举起手里的王八盒子，瞄着特木尔就是"砰"的一声，惊得三个后生都尖叫起来。

"哈哈！你骗老子一句，老子就吓你一跳！"大汉原来是用嘴"砰"出一声。

"说，你多大了？"

"护照上有，二十岁。"

"小兔崽子，那身狗皮穿你身上就像麻袋套在扁担上。二十？信不信我扒下你裤子，鸡巴上还没长毛呢，还敢再次骗我！这可是你自己找死。给我推出去毙了！"

两个土匪冲上去，拧住特木尔就往外推。

"叫驴子！"有人一声喊，全屋人都呆住了。

"吃粮当兵，就没听说过抽烟当兵。"奎勇迈前一步，"我安达家里穷得揭不开锅，为了有口饭吃才去当兵。这年头为了吃粮当兵，大了往小说，小了往大说，有几个说的是真岁数？"奎勇已经看准大汉不是恶人，还能骂伪军和鬼子兵，所以话讲得底气十足。大汉眯缝着眼打量奎勇，朝两名土匪招招手，待特木尔站回屋里，才下地趿拉上鞋，侧歪了头问："你叫我甚呢？"

"叫你什么不重要，重要的是讲理。八年前土默川大旱，你把老婆孩子送到归绥城里去讨饭，自己拎把斧头来大青山上劫财，劫了一位身无分文的读书人。读书人给你讲了许多道理，又讲了南方的穷人'闹红'，建立苏维埃政权和红军的故事，又与你结拜做了安达。"奎勇讲到这里，情绪激动起来，"八年了，这些抽大烟劫道的弟兄就是你组织的红军？你跟你安达是怎么拍的胸脯赌的咒？"

瘦长大汉把枪丢到炕上，手捏下巴狐疑地重新打量奎勇，断定他不过是个半大的后生仔，沉吟道："你——听谁叨唠的？"

"你姓吕，生下来哭声大，吕和驴音相近，你就有了'叫驴子'的大名。你安达说这名字不好听，给你改了个名字叫吕红喜，对不对？"

"这你也知道？"瘦长大汉激动得有些发抖，"小小年纪，你到底是甚人？"

奎勇声音变得和风细雨："你安达说，他有个儿子快五岁了，他在外面'闹红'，从生下来还没见过一面。"

"哎哟！"吕红喜像叫驴子一样长叫一嗓子。他虽然干瘦，却是身高力不亏，两手插入奎勇腋下，一家伙把他举上了天花板，接着便一把搂进怀里，喊着："大侄子，我说怎么越看越面善呢，是我安达的小子啊！"

这一场戏剧性的变化，把在场所有人都看傻了：真是无巧不成书啊！

亲热一番，热闹一场，接着肯定就是互诉衷肠。饭菜已经上来，吕红喜筷子闲着嘴巴不闲："我这闹红，虽比不上南方的闹红，但也是有规矩的。要不是你这位小安达套了一身狗皮，我的弟兄们也不会把你们绑了来。"他抽出王八盒子朝桌上一拍，"这家伙就是从小鬼子身上夺来的！"

奎勇认真道："红军可不允许抽大烟。"

吕红喜抱怨道："当年你爸不肯留下来跟我一道扯旗造反，我哪知道有这规矩？这东西一抽上就离不开了。咳，大侄子，我看出来了，你识文断字，岁数不大，本事不小。都说老子英雄儿好汉，干脆，你就留下帮你叔一起闹红咋样？"

奎勇一愣，有些始料不及，幸亏脑子转得快，趁机进言："叔，你在山里，应该知道来了一个穷人的队伍，叫八路军大青山支队。"

"知道，也是打鬼子的，还派人找过我。"

"他们就是当年的红军啊。"

"听说了，可是他们规矩太多，弟兄们都不愿跟他们合股。"

"不就是不许抽大烟吗？戒掉不就得了？男子汉大丈夫。"

"哈哈,"吕红喜看着奎勇天真烂漫的样子笑出声,"你以为是吃葱呢?说不吃咱可以吃蒜吃辣椒。大烟这东西可以镇痛去病,弟兄们就是为了这上了瘾。再要戒?想死也不想戒呀。你还小,等你遇困抽上了,我看你咋戒!"

"我见过戒的,捆到屋子里去,叫他想死也死不了就戒了。"

"哈哈哈!"吕红喜开心大笑,笑够了,把脸一板,"而且,这个大青山支队跟红军根本不是一回事!你爸跟我说红军杀富济贫,我上月绑了归绥城里一个姓周的老板,他在天津、归绥、包头都有商号,大青山支队仗着人多势众,围住我们逼着放人。你说,这是白匪还是红军?还说这是什么统一的什么抗日。"

"统一战线。"

"好像这么说的。嘿,他住在日本人占的归绥城里,还照样吃香的喝辣的,不是汉奸也是鬼子的良民。我们在大山里天天装一肚子青菜屎,跟他能统一吗?人我是放了,这狗娘养的给大青山支队送去五车粮食一车布!我操他娘的,这不是黑吃黑吗?红军能这么干吗?"

奎勇突然觉得事情复杂了,光讲道理肯定不行,何况自己再讲道理也讲不过大青山支队的政委。好就好在脑子快,"啪"一声拍响桌子:"吕叔,你如果信我,就跟我一起去趟万家沟,我给你把粮食和布匹都分一半回来。"

"啥?"吕红喜睁大眼瞪住奎勇,喉结使大劲滚动着咽下一口唾沫,终于说出话来:"哎呀,大侄子,我高看你还是把你看矮了,此话当真?"

奎勇庄严地举手过顶:"我以吕叔的安达,我父亲奎元士的名义起誓:要不回来我就跳崖!"

"哎呀,可不敢这么说,不敢,不敢,"吕红喜两手摆得能扇出风来,"他们几千号人马,我们才三十来个鸟人,能要回两袋袋莜面就值得我们陪大侄子跑一趟了。"

"快吃，吃完咱就走。"奎勇催李桂茂和特木尔。两个小伙伴相互望一眼，那怀疑的目光分明在说："话太满了吧？真到跳崖的时候就该出洋相了……"

十六
遛狗和瞎摸瘸子

奎勇三人有吕红喜的队伍陪伴，顺风又熟路，天傍黑就到了万家沟。

万家沟村是中共绥西地委所在地。还没进村，迎面走来三个人。一片幽蓝的朦胧中，奎勇一眼认出走在最前面的是刘合一。刚想喊"刘叔"，刘合一却叫喊着从他身边闪到身后去了。

"吕司令，哪阵风把你给吹过来了？这真是踏破铁鞋无觅处，得来全不费功夫。"刘合一同吕红喜已经握住手，"上回周老板送来粮食和布，跑两趟也没寻见你，不知你又窜哪儿打黑枪去了！"

奎勇捅捅特木尔："咋的，不用跳崖了吧？"

"哎呀，客气甚呢，你们人多势众，可以排起阵来跟鬼子干。我们不行，只能乱窜着找机会，逮机会就在背后打个黑枪，捡点洋落儿。"吕红喜把手伸向奎勇，"我可不是来要东西啊，我是送我大侄子来找你们领导汇报事情的。"

"是小勇啊，我光顾着看个儿高的了。"刘合一这才看清奎勇，拍拍他肩膀,"张禄也真敢派个半大小子来。"

"瞧不起呀?还有我两个安达呢。"

"三个小后生,顶个诸葛亮,跟我走吧,姚司令急等着听汇报呢。"

"刘叔,你们工委会不是在西沟门吗,怎么跑万家沟来了?"

"鬼子要大扫荡,我们工委的人全集中到万家沟来了。支队筹集起十挂大车的物资,正愁着咋送延安去呢。鬼子又来扫荡,姚司令正思谋着下步棋该咋走。"

支队司令员姚喆刚接替李井泉上任,便逢上鬼子大扫荡。情报说黑石旅团聚集了五千日伪军,明天一早就对西沟门和万家沟同时发起进攻。姚喆听完奎勇他们三个小后生的汇报,沉思着说:"绥中这一路,加巡逻又加哨卡,看来是不好走了……"思索片刻,在地图上画出两条红线,一条从大青山深处直奔绥东,向凉城方向转入山西,另一条在万家沟和井尔沟画了两个圈。他沉吟着自言自语:反扫荡我们是有经验的,重要的是给延安筹集的物资怎么运出大青山,特别是晋北这段路。到了兴县我们就算大功告成,那里是贺老总的天下了。"

刘合一提醒:"吕红喜过来了,他手下那伙人,都是走西口过来的山西人。"

姚喆两眼一亮:"怎么不早说?快请快请,我正需要这种人。"

吕红喜进门稍显紧张拘束,不习惯敬礼,一边鞠躬一边作揖:"姚司令,您这么大的人物,吱一声我就上赶着来见,可不敢说请,担待不起呀。"

姚喆握住吕红喜的手:"我是姚司令你是吕司令,怎么不能这样说?"

"可不敢,可不敢。"吕红喜有些急促,"您几千号人马,机关枪小钢炮,我不过是个草头王,三十来个受苦人十几杆老套筒。"

"张参谋！"姚喆忽然朝身后喊。

"到！"

"吕司令打鬼子多有建树，给他一挺轻机枪，每人配支三八大盖，10发子弹！"

"哎哟，我的姚司令……"吕红喜扑通跪下地。姚喆始料不及，手忙脚乱地搀扶："老吕，这是干什么，多大点事，过分，过分了啊！"他把吕红喜拉到摆满地图的桌旁说，"我们俩是有得一说：我姚喆有两张口，都是在地上觅食的。你吕红喜有四张口，上面两个口顶天，下面两个口落地。你是从大青山顶顶上吃到土默川沟沟里，从大黑河泉眼里吃到黄河南岸，我姚喆心里明白。"

吕双喜被说傻了，大睁着眼发愣。奎勇忙在纸上写个"喆"，又写"吕"和"喜"，解释了两个口和四个口，吕红喜赧颜道："我要识得这些字，还当什么草头王，早跟上姚司令干大事去了。"

奎勇不失时机地说："吕叔，现在你就可以跟着姚司令干大事啊。"

姚喆谦虚地说："不是跟着我，是合作打鬼子。"

"姚司令，刀山火海您下令，有了轻机枪和三八大盖，咱也敢面对面跟鬼子干一把！"

"不需要。反扫荡咱有经验，留半个警卫连，加上绥西游击队和本地民兵就足以对付。"

"啊？老刘说鬼子这次出动了五千人马！"

"听我给你分析。"姚喆指着地图开始分析形势：鬼子出动五千多兵力扫荡绥西，可是紧挨着的河套地区就有傅作义的几万大军。傅作义就算不帮共产党，但他逮机会就要打日本鬼子，鬼子不能不防，必须拿出相当一部分兵力防备傅作义。鬼子进山，不能带重武器，除了步枪手榴弹，最多带些机关枪和掷弹筒，这一来，天时地利人和就都到了我们手里。

姚喆用红铅笔点着万家沟和井尔沟说:"横看成岭,竖看成峰。大青山不但山多山高,而且沟多沟深。老吕,你整年钻山,你说,上山下沟,你一天能翻腾几座山?"

"三座也就得累趴下了。"

"大青山有多少山?我用一百兵能不能拖死狗日的五千兵?"

"哎呀呀,姚司令,我钻了半辈子山,光会顺沟顺岭逃,就没想到这一招。这活儿交给我吧,我遛死狗日的!"

"用不着,我另外交你两项重要任务,"姚喆换上严肃的口吻,"我的主力部队要转到外线作战,需要在绥中山里隐蔽三五天——噢,就是藏起来不叫敌人发现。"

"没问题,三五十天也没问题。"

"好,另一项任务更重要。护送十辆大车的物资去山西兴县,我们派了队伍但不熟悉路况人情和敌情。"

"姚司令,你算找对人了。我这三十多号兄弟,除了打劫……打劫伪军和日本人,为了糊口,也干点贩运……私货。您知道,我们三十多号人有一半有了家室,是需要养家的,贩运私货也是不得已。这么说吧,不管是运枪运炮运鸦片,哪怕是运些个大活人,我从来没失过手!"

姚喆笑道:"理解,理解,不过以后可不要干缺德的事了。只要你把心思都用在打鬼子上,养家糊口的事我包了。"

吕红喜垂着头喃喃:"姚司令,如果您不嫌弃我过去混日子,我想投奔您入伙。"

"好啊。"姚喆痛快地应道,"这次任务完成后,我派绥西游击队的宁政委去找你具体谈。"

刘合一和张参谋带吕红喜走了,奎勇忙补上位置,问:"姚叔——司令,还没给我们任务呢。"姚喆笑着点点头:"敢不敢陪我一起拖住日本兵?"三个小后生差点儿跳起来,齐声喊:"敢!"姚喆说:"那好,明天跟我一起上山遛狗去。"

第二天凌晨,鸡还没叫头遍,枪声就打破了山村的寂静。三个小后生本来就是合衣而卧,爬起身就往屋外跑。刘合一已经等在门口:"不慌,检查一下,别丢下东西。"三个人本来就没带什么东西,特木尔跑出去牵了马,跟上刘合一就往山里钻。也不知钻了什么沟,上了什么山,爬到半山腰,钻进一片桦树林才停下脚步。天已经泛出亮光,扒开树丛朝山下望,鬼子的骑兵已经到了万家沟,后面的步兵也浩浩荡荡地包围过来。

李桂茂站在一块青石上喊:"鬼子要上来了,咱们转移吧!"

刘合一卷支纸烟,不紧不慢地吸燃了问:"是不是有点害怕?仔细看着点,这可比你们玩瞎摸瘸子有趣多了。"

奎勇本有些紧张,但见刘合一那神闲意定、若无其事的样子,情绪立刻放松了几分,可以认真观察山下山上的形势了。仔细看过一会儿,终于看清鬼子是在围攻对面山头,许多黄色的身影在往山上爬,像放羊,可是枪声却时紧时慢响个不停。往山下看,敌人就像撒的一碗黄豆,沟里沟外,平滩圪梁乱糟糟散成一片,看不出章法。

"刘叔,鬼子的骑兵顺沟奔后山了,咱们送延安的十车物资转移了吗?"特木尔担心地问。

"放心吧,昨夜就和扫荡的敌人对插过去了。"刘合一朝东远望,太阳已经升起,一切都变得格外清晰。他啐口痰,"这个叫驴子,没想到暗地里还开了镖局啊,有两下!"

奎勇把目光转回来,见周围隐蔽着警卫连一个排,有坐有躺,有玩枪的有养神的,谁能相信这是面对五千鬼子兵啊!稍往上移移目光,哈,姚司令正隐蔽在几棵大树后,举着望远镜观察战场形势。奎勇心思一动,就朝姚司令爬去。

"姚司令,能教我看看吗?"奎勇早就听说过望远镜,还一次没玩过呢。"怎么，你也想指挥战斗？"姚喆边开玩笑边把望远镜递过来。奎勇接过望远镜，像模像样地学着姚司令将皮带套在脖子上，小心翼翼朝着对面山头举起望远镜，刚把镜头贴上两眼，突然"哎呀"一声，脖子猛缩，蹲下身，差点儿没把望远镜摔了。

"怎么了？"姚喆忙问。

"有个鬼子举着东洋刀，一下子就站到我面前来了，吓了一跳。"奎勇老实回答，引得姚司令和两个参谋哈哈大笑。

"多看两眼就放开眼界了，等鬼子攻上山头就该我们遛狗了。"姚司令向身边参谋吩咐。

"通知警卫连，十分钟后打响。"

"哎呀，敌人攻上山头了！"奎勇挪开望远镜，才发现姚司令已经朝山上爬去，忙追上去交还望远镜。越往上，山越陡，奎勇开始气喘。刘合一吆喝道："你们三个后生，抓住马尾巴往上爬省不少力。"

山腰响起警卫连的枪声，三八大盖射向山下，轻机枪扫向对面山头。霎时间对面山头也开火了，不但枪声密集，奎勇还能听到子弹在身前身后钻进泥土的"扑哧"声。他本能地喊一声："司令员！"冲前几步用身体护住姚喆。

"好后生，还没当兵就学会保护首长了？"姚喆靠在一棵树上，歇口气说，"放心，打不死人。再教你一手，山下的这条沟有多宽？"奎勇说："出山的沟都是喇叭口形，这里挨着沟口，怎么也有二三百米。"姚喆点头："差不多吧。那你说这个山头离那个山头有多远？"奎勇说："八九百米不止吧？"姚喆"嘿"地一声说："这就是要教你的。三八大盖有效射程不到五百米，歪把子机枪不到六百米，放心走，打不死。"奎勇不相信："子弹明明钻进我脚底下的土里去了，"姚喆解释道："最远射程当然不止五六百米，我说的是有效射程，就是能打准打死人的距离。"奎勇问："那要是打到人身上

103

呢?"姚喆继续朝山顶爬去,丢下一句:"能钻到肉里,钻不到骨头里。"

"说啥?"奎勇没听清。姚喆转回身放大声:"能伤皮肉伤不了骨头,要不了命!"

喊声未落,下面特木尔跟着就叫了一嗓子:"哎哟!"接着就坐到了地上。

"怎么了?"奎勇和李桂茂跟着蹲下来,只见特木尔捂着小腿:"腿、腿……哎呀,血!"他朝地上看,像是在找是不是踩了蛇。

"糟糕,给你们念真经呢,一下子念成藏经了。"姚喆也蹲过来,帮特木尔撸起裤腿,"还真中枪了。"说着,右手握住小腿肚子捏紧,左手指一抠,抠出来一颗露屁股的子弹头:"没事儿,瘸两天就好了,卫生员!过来上点儿药。"

奎勇望着姚喆意漫气闲的表情,突然明白了什么叫久经沙场,而且想起了一句诗:"曾经沧海难为水,除却巫山不是云。"

特木尔抓着马尾巴,瘸着一条腿翻过山来,忽然开心地笑了:"过瘾!姚司令玩遛狗,咱们是玩了场真正的瞎摸瘸子。"

"遛狗"和"瞎摸瘸子"的游戏,玩到第三天,鬼子和伪军忽然都撤走了。原来是大青山支队的主力拿下了旗下营,开始围攻归绥城……

回到万家沟,姚喆对三个后生娃说:"玩够了就归队吧。绥西的学生娃都走了去兴县那条路。你们见了贾力更和张禄,告诉他俩,走到国民党的地盘就放梁排长回山,我有事得找他。"

因为特木尔腿上有伤,三个小后生决定多歇两天再出发。这一耽搁,就又发生了一件意外的事。

十七
大堤上冒出一个人

不到一星期，特木尔的腿就只痒不疼了，年轻就是本钱，伤口好得快。这天早饭后三个人正想归队，被刘合一喊住了。

"小勇，姚司令叫你马上去见他。"

能被司令员点名相见，无疑是件荣耀事。奎勇在两位安达羡慕的眼神中闯闯地跟上刘合一走了。

走进司令部，奎勇还没喊报告，姚喆已经先发话了："小勇啊，你认识不认识这个人？他说是你的朋友。"

奎勇这才注意到板凳上坐了个人，背影只能看出穿的是伪军服，自己咋会跟伪军交朋友？莫非是哪个朋友奉命打入伪军内部？奎勇疑惑着走过去，刚看见半个侧面，差点儿跳起来："麻球烦，麻副官！"

原来防共二师就驻扎在旗下营，被转移到外线作战的大青山支队用两个小时就全歼了。麻副官被俘虏后，为了活命满嘴跑马，说他跟贾力更、奎勇是朋友，他是"身在曹营心在汉"，一直暗地里为共产党八路军行方便。审他的营长一听贾力更,怕是内线,不敢多问,直接送到了司令部。

麻副官听到声音,转脸与奎勇的目光撞出了火花。奎勇的目光是愤怒加疑惑,麻副官的目光却是乞怜和求助,就像抓到一根救命稻草似的,屁股从板凳上撅起,欠着身体喊:"小兄弟,小勇小弟,我们在王爷府是不是交了朋友?你给我讲月份牌的故事,给我算命算运,我们可是喝了一夜的酒啊。"

"放屁!"奎勇瞪起眼,"我刚懂事你就来抓我爹,我稍微大点你就来抓我,还敢说王爷府?你为了抓我,半夜追我追过了黄河,追几十里地还不罢休,又派巡逻队又加哨卡。"

"冤枉,冤枉,我冤枉啊!"麻副官"扑通"跪地上,"小兄弟,小爷,我的小爷呀,你可不敢这么说。你是虎,我是狗,丧家狗;你是火,我是金,狗头金。我咋敢抓您啊!都是警卫连的陈排长,他想当连长,硬说什么是金就不怕火炼,虎落平阳就被狗欺,硬带着人追出去了,我死活拦不住,跳黄河的心都有了。可……可我跳进黄河也洗不清呀。啊,对了,请贾力更来,他可以作证,我明知道你是奎勇,可我也说你叫奎世忠,这不是没出卖你还保护你了吗?贾哥让我多行善,喝大酒,少作孽,广交友。我说懂,不会吊死在一棵树上。"

"好了,你不用说了。"姚喆虎起脸来教训道,"你说啥也改不了你作恶多端的事实,只不过你还想脚踏两只船。"

奎勇抢一句:"何止两只船,他早就是个三姓家奴,坏事做尽,给奶就喊娘。"

姚喆用手势止住奎勇,用脚踢踢麻副官:"起来,起来,坐凳子上听我说。你说你身在曹营心在汉,少作恶,多行善,没有出卖奎勇,这都是实话?"

麻副官刚要坐回凳子,"扑通"又跪下来,举着手喊道:"对天发誓，有半句假，天打五雷轰！"姚喆让书记把记录拿过来，交给麻副官："你看看吧，如果是实话，就把你发的誓写下来签个名。"

"我写，我发誓！"麻副官跪转身，把记录纸放凳子上，颤抖着手写下誓言和签名。

姚喆看过签名，换了和颜悦色，说："麻副官，你过去是脚踏两只船，现在我要求你只能坐在一条船上，你的屁股往哪儿坐？"

麻副官鸡叨米似的点着头说："八路，八路的船！长官不嫌弃，我愿参加八路军，参加大青山支队！"

"不需要你参加。"姚喆扬扬手中的记录纸，"我要你继续身在曹营心在汉，明白吗？"

麻副官稍稍一愣，脑子终于转过弯来："明白，明白。我的命就在您手里攥着，我知道怎么做。"

"张参谋，请麻副官吃顿小灶，可以加壶酒压压惊，然后送他回城。"

"谢长官，谢长官……"麻副官一路喃喃着随张参谋走出司令部。

"小勇啊，你们索性再多住几天。支队这次打旗下营，除了枪械物资，还搞到不少大洋和蒙疆票，你们把钱带上再走。钱交给贾力更，路上可能要用一些，主要是交给组织上。中央要办陕北公学，就差钱呢。"

姚喆想了想，又说："别忘了叫梁排长回来，把今天的事告诉他。下次他进城，麻副官会配合他，他这个日本商人的身份就算有实证做实了。"

又过了三天，刘合一大清早送来沉甸甸的一个褡裢，放到炕上，喘口气说："看看够不够买你们三条命？"

三个人朝褡裢里看看，又掂掂分量，齐抽一口凉气。

李桂茂说："够买我十条命不止。我这辈子是赚不来这里的一成。"

特木尔说："别买我们仨的命呀，这够组建一个团去打鬼子。"

刘合一说："意思是丢命也不能丢钱！"

奎勇慢悠悠说："只够买两条命。"

"你说啥？"刘合一瞪起眼。

"三条命没了，钱肯定也没了。"奎勇平静地说，"只要留下一条命，这钱就丢不了。"

刘合一不满地皱起眉毛："小小年纪，你这不是学着抬杠吗？我的意思是……"

"刘叔，你别生气，这事儿司令员一说我就思谋过了。特木尔的骑术你知道吧？褡裢藏是藏不住的，只有捆在马背上最安全，真到玩儿命的时候，三十六计，跑特木尔为上计。"

刘合一咂咂嘴，有了笑脸："嗯，想得不错。特木尔上了马背，一个连的骑兵也奈何不了他。"特木尔却受辱一样叫了起来："叫我丢下安达自己跑？把我当什么人了！"刘合一照他屁股蛋上狠狠一拍："小鞑子，轻重缓急都分不清，在革命任务面前只有同志，少扯安达。"刘合一自己就是纯粹的蒙古族，骂"小鞑子"不但没贬意，反而透出亲近。特木尔捂着屁股不做声了。

"好了，咱们这就出发。"刘合一摸摸腰间的盒子枪说，"司令员要派人护送，我说目标太大了反而不好，我自己送你们到黄河边。"

奎勇认真道："刘叔，你膀阔腰圆的像格萨尔王，太招眼，跟我们三个不相配，来时就我们仨，回时还是我们仨，岁数不够大也是老江湖了，你说呢？"

刘合一想了想，放手道："那好，你们走吧。"

像来时一样，李桂茂引路，先走山路到绥中，找个山洞歇一夜，天不亮就溜沟、绕坡、钻庄稼、穿树林，一路急行，黄昏前赶到黄河边。想到刘合一曾经提醒他"一升米养个恩人，一斗米就会惯出个仇人"，虽然带了大钱，依然与船家讨价还价地来几个回合，三人一马才登上船。小船驶离岸边时，三个小后生突然发现大堤上冒出一个人，肩上方染一层晚霞，雕像一般注视着他们，那不是刘合一是谁？三个人心头一热，眼圈红红的互相看了看，谁也没作声。

　　船还没靠岸，两名伪军就堵上来。奎勇小声嘱咐特木尔："你就装作马受惊了，丢下那袋白面你就跑。"这也是刘合一交代过的。他说敌人封锁延安，鄂尔多斯也跟着受困，物资紧缺，当兵的三月半年吃不上一顿白面，所以白面比蒙疆票还诱人。

　　"过来过来，搜身！马背上驮的是甚？"

　　奎勇举着两手说："搜哇，甚也没有，就马背上驮了点马料和黑豆。"他挡住了一个伪军，特木尔牵马从背后溜过，李桂茂就举着双手去挡第二个伪军。就在这时，那马忽然嘶鸣一声，跃上大堤，打闪一样不见了，只能听到一串马蹄声。

　　奎勇猛回头，喊一声"马惊了！"却一下子僵在那里。特木尔没在马背上，正从地上拾起一袋白面朝第二名伪军冲过去："老总，搜我，快搜我，马惊了，我得追马呀！"

　　两名伪军根本没理会什么马，眼睛直勾勾地盯住那袋白面。奎勇跑过去说："老总，快搜一下，我们要追马呢。"

　　"扛着面袋子咋追？留下面滚哇！"

　　"老总，这可不行，这是给老人……老总，摘下帽子装满咋样？"

　　两名伪军互相一望，果真摘下帽子。

　　"你还不抓紧去追马？"奎勇一边帮忙往帽子里装面一边朝特木尔吼，特木尔这才朝堤上跑去。

　　两个军帽都装满白面，奎勇和李桂茂刚要走，一个伪军又喊："站住！"只见他脱开一只袖筒："装满袖筒就可以走了。"

　　奎勇和李桂茂忍住笑，叫天叫地喊冤，帮伪军把袖口扎死，装满一袖筒，袋子里的白面少了一多半。

"快追马去吧！"两个伪军脸笑成两朵花，"马可比白面值钱啊。"

奎勇和李桂茂撒丫子就跑，脸笑得比花儿更灿烂。跑出一里地，特木尔牵着马从一片灌木丛后转出来。

"你咋让马自己跑了？"奎勇问。

"我要是骑马跑了，你那一袋子面全留下，说不定现在都脱不了身。"

李桂茂哈哈笑道："这次理在特木尔这边，想得周到。"

当晚，三人回到大营盘，如释重负地把钱交给了贾力更，汇报了十几天来的情况。贾力更也介绍说，张禄已经带着其他同志过黄河住到了塔并召。王知勇利用这段时间，在当地几名木匠的配合下，把王府花园修葺一新。梁宇明的枪牌撸子与王爷的蛇牌撸子互换，结拜为蒙汉兄弟。"这次行军，收获大大的。"梁宇鸣这样总结。

"抓紧时间休息。"贾力更说，"明天跟奇王爷告别，去塔并召与张禄他们会合。"

十八
游击县长

塔并召是个不大的喇嘛庙，蒙语"召"就是"庙"的意思。庙里残垣断壁，荒草丛生，山门歪斜，香火全无。连年战乱，庙里只剩一个缺牙少齿只能喝菜粥的老喇嘛。唯一热闹的是燕子垒巢麻雀造窝，白天啾啾燕叫，麻雀叽叽喳喳，让你感到还算生活在人间。

今天例外，内蒙古赴延安的学生青年在荒庙里团聚了。那一番激动热烈，喊声笑声又嘘长问短，声浪起伏，一阵又一阵冲出大殿，溢出残垣，惊得墙外野兔立起身来探望，霎时间又逃得无影无踪。

老喇嘛颤巍巍地走进大殿，招手呼唤，好一阵才静下来听到他的声音："后生娃娃们，游击县长要来看你们了。"

游击县长？没错，张禄给大家解释，县长叫韩国良，是托县一个绅士，不甘当亡国奴，追随傅作义将军跑到后套，读过私塾，明白事理，受傅作义委任，做了托县县长。托县被日伪军占领，没办法上任，黄河以南是游击区，他就把县政府设在了塔并召。开始人们叫他流亡县长，"流亡"老被人听成"流氓"，有辱斯文，他便下令：以后一律改叫游击县长。

"游击县长来了！"奎英跑进来报告，贾力更和张禄随她迎出山门外。

"梁叔，"奎勇提醒梁宇鸣，"你该回去了，姚司令说到了国民党地头你就马上回大青山。"

梁宇鸣说："没听这是游击区吗？国民党、共产党、蒙疆政府、防共伪军，还有日本兵，太危险，到了国民党统治区我就走。"

"国统区也有很大危险呀。"

"国共合作，虽然有危险，但暂时他们不敢害命……"话没讲完，一阵喧闹声，游击县长进大殿了。给奎勇的第一印象是：这人不适合"游击"。他迈的是四平八稳的脚步，一身中山装洗得干干净净，熨得平平展展，面对欢迎他的学生青年，举手、点头、微笑，应承都透着知书达礼、温文尔雅的气息。稍走近些可以看清，眼角旁、嘴角下都有了深刻的纹路，配上灰暗干燥的皮肤，尤其是松弛多皱的脖颈，虽然胡子刮得干干净净，仍然不难看出老相了，至少人在六十岁上下。兵荒马乱的年代，能活到五十岁都被尊为"老"，这位韩县长可谓当之无愧的韩老，还能翻山涉水地"游击"吗？

"爱国学生们，抗日青年们，我代表托县国民政府向你们表示热烈的欢迎！"韩县长等掌声落下，提高声音，"自从卢沟桥事件发生以后，国民政府尽了最大努力，对内求自存，对外求共存。蒋委员长一再宣示：和平未到根本绝望时期，决不放弃和平；牺牲未到最后关头，绝不轻言牺牲。可是日本鬼子连这点活路也不给我们啊！"韩县长悲愤地哽住了，学生青年们早已在下面小声开骂："还有脸说，不当汉奸也早就是汉奸了！""攘外必先安内，从'九一八'就开始卖国！""要不是被鬼子攻占上海，屠杀南京，动了他的根本利益还不知跟那鬼子怎么共存呢！"……

年岁已大的韩县长显然耳背,根本听不见下面议论什么,大声疾呼:"同学们,同胞们,委员长讲得清清楚楚:我们不是求战,我们是应战,是被逼到最后的关头,不得不应战啊。再不应战都是死路一条……"他突然发现学生青年们乱了,虽然听不清楚说什么,但愤怒鄙夷的神色还是看得出,于是感觉演讲选错了对象:这些学生不是恐日、畏战、苟安的知识分子,更不是浑浑噩噩的芸芸众生,是一群嗷嗷叫的抗日热血青年。他忙改变成坚定口气:"所以,啊,所以!委员长被迫着发出了最后的吼声:地不分南北,人不分老幼,皆有守土抗战之责……"

站在韩县长身边的年轻人也穿了一身中山装,张禄曾向大家介绍他是县政府的秘书朱禄生。朱秘书看清了学生青年们的反感跟不屑,忙在韩县长耳边提醒:"县长,少说点吧。共产党抗日的决心和热情跟委员长根本不在一条水平线上,别忘了咱们要干啥。"

韩县长虽然是旧式儒者,却也是历经沧桑,从苦难中跋涉过来的乡绅,并非孤芳自赏的书呆子,马上明白了整个形势。他的任务是与共产党争夺这些青年。于是略显不自在地用手势向下压了压:"当然,当然了,在场的都是觉悟青年,热血后生,不用我说,本来就是投奔抗日而来。我们一定要让大家吃饱,休息好,送你们到想去的地方。现在快中午了,先去看一下过夜之处,然后请大家就餐。"

朱秘书引导大家来到村北一家车马店,店家早已逃到后套,土房两年失去管护,炕陷屋漏,四面走风。三十几个人睡两张大通铺,没被没褥,还是朱秘书向老乡借了些炕席铺上去。朱秘书不停地道歉:"条件艰苦,我们是游击政府游击县长,失了根基,囊中羞涩,为中午这顿饭县长都骂我两回了。"

奎勇疑问:"打游击——就你和县长?"

"发薪的有八位,除了我和县长,还有六个警卫和勤务,"朱秘书解释,"有的尚没军装,但每人给了一支短枪。"

奎勇更不明白了,说:"国民党有钱又有枪,你们为啥不自己组织队伍打鬼子?"

"吃粮当兵,打仗是当兵的事。我们是政府,不是军队。"朱秘书很神秘地告诉奎勇,"小兄弟,光有一腔热血不行,你岁数小,不懂社会,更不懂政治。老百姓如果拿了枪,转了身就会变土匪!"

奎勇被噎得目瞪口呆,半响发不出声。

午饭就在车马店院子里吃。店虽荒弃已久,井和灶还在。几个穿便衣的年轻人大概就是朱秘书说的警卫和勤务,腰里有枪,借了老百姓的炊具,在灶间忙成一团。

天刚过午,饭端出来了,是两大锅葵垒。

这葵垒是用土豆泥和榆树叶做的,掺了很少一点儿玉米面,怕土豆吃多了"烧心",还配了两盆菜:一盆是盐水浸沙葱,一盆是黄酱拌沙蓬。

"简慢了,简慢了。"韩县长不安地作揖道歉,"游击政府游击县长,我就是棵无根的草啊。国家危难,时局艰辛,还望大家多多体谅,多多担待。"

"韩老,您可不能这么讲,您准备的可是最有意义的一顿饭。"贾力更用筷子敲打菜盆,"大家看,沙葱、沙蓬,都是生长在最干旱、最贫瘠、有盐碱没沃土的苦寒之地,坚持在烈日、风沙、严寒之中,繁衍生息,奉献自我,无悔无怨更无愧!我们爱国学生,抗日青年就是要向它们学习!"

"谢谢贾先生,一番话就让老朽蓬荜生辉,糟糠变美馔珍馐。"韩县长两眼湿润,招呼大家,"吃吧,吃吧,自己动手。"他率先盛一碗,夹几根沙葱、沙蓬放上去,大口吃起来。学生青年们各自盛了葵垒,或蹲或坐,围在院子里用餐。

"贾先生，"韩县长蹲到贾力更身边，试探着问，"娃娃们都不大，是CP还是CY？"

贾力更一怔，没想到读"子曰"的老秀才居然知道共产党和共青团的英文缩写，看来自己还真有些看走眼了呢。他先以问作答："韩县长怎么会提这个问题呢？"

"奇王爷给我有交代，说送娃娃们去延安。"

贾立更哈哈大笑："去延安不假，这和CP、CP有必然联系吗？延安现在海纳百川，全国有志青年都往那儿跑，有几个是CP、CP？参加了CP、CP就该被派往各抗日前线去了。"

韩县长突然两眼大放光彩："没参加就好，这就好！我就说这些小后生最多不过十三四岁，不可能有什么政治背景嘛。"贾力更不解："这有什么好？"韩县长绕山绕水地说："我看出贾先生不但有学问，而且识时务。你肯定知道，蒋委员长就是办黄埔军校而一举北伐成功的，他最明白培养训练干部队伍的重要性。为抗日，他在峨眉、庐山、珞珈山举办干部训练团，都是亲任团长，那真是精英辈出，桃李遍天下。"贾力更不以为然道："办黄埔和北伐，那是因为有共产党的支持和帮助，他一背叛革命，有多少精英都化腐朽了？"韩县长多少有些尴尬："话也不能讲这么绝对嘛，共产党现在不是也承认他是代表中央，是领袖吗？"贾力更说："那是为了国共合作，共同抗日。"韩县长马上接住话头说："对，为了共同抗日。现在国民党成立了中央训练委员会，蒋委员长亲自挂帅，广招爱国有志的青年才俊。奇王爷说你带的这些娃娃个个都是有才有志的精英，我可以送他们进中央训练团。"

"我知道这个中训团，起于武汉，没开张武汉就失守了。迁祁阳，再迁桂林，又迁成都，年初迁到重庆浮图关才终于开张。可惜选址不好，想进门必须爬几百级台阶，许多教员和学员爬不动，都是坐竹制软轿子被人抬上去的。当地人送重病人去医院才坐软轿，所以都把中训团叫打针班了。"

坐在旁边一直静静吃饭静静听讲的奎勇忽然"扑哧"一笑，赶紧捂住嘴。

韩县长表情有些狼狈："有这回事吗？老朽没去，没听说过。不过延安我是听说了，人去了其实就是变苦力，挖窑洞，纺线织布，烧木炭，读不了几本书，最多练练爬山涉水，射击投弹。"

贾力更大声问奎勇："小勇，你是去延安吃苦还是去重庆坐软轿？"

"去延安吃苦！"奎勇忽地站起身，大声回答。紧随其后，学生青年们一片声地响应："去延安！""去延安！"谁也没想到奎晨光居然一脸顽皮地喊："我就喜欢爬山涉水打游击，最怕脱了裤子去打针！"

一片哄笑声中，贾力更笑着对韩县长解释："这孩子放羊长大的，爬山涉水不用教，只闹过一次病，一看郎中要扎针，拎起裤子就跑了。"

"人各有志，人各有志。"韩县长真被逗笑了。但他接连两天，都以路上还有危险，寻找机会拦挡着不让学生青年们出发，找机会就说点"中央""正统""名正言顺""国际承认"之类的话，婉转地请大家考虑。到第三天，突然准备出一顿大餐：猪肉粉条炖土豆白菜，主食是难得一见的白面馒头。

"贾先生，职责所在。老朽是食君之禄，忠君之事。我再提个建议，你不要见怪。"韩县长诚恳地说，"傅作义将军知道了你们的情况，派人来对我说，不去重庆是对的，他在后套筹建奋斗学校，急需你们这样的人才。本乡本土，抗日保民，这顿饭就是代他请的。黄河百害，唯富一套。他那里兵精粮足，各方面条件都比延安好得多，你看还能不能跟大家商量商量？"

"可以。"贾力更站起身，大声问，"同学们，同学们，今天这顿饭是傅作义将军请的。他在后套办了一个抗日奋斗学校，条件很好。你们是去延安吃小米黑豆还是去后套吃馒头莜面？"

"去延安！""吃小米黑豆！"……

韩县长也立起身喊："傅作义将军是坚决抗日的，他在晋绥首先应战日本鬼子，百灵庙一战，曾经挫败日本鬼子……"

奎勇突然喊一嗓子："我们不要应战，我们去延安是为了求战，要挑战日本鬼子！"

韩县长咂咂嘴，突然激动地喊："有志气！"他连连做手势，"吃饭，吃饱肚子去延安！"韩县长拉贾力更蹲在一起吃饭，说："这小后生打人打得厉害。平时没话，一说话就打人要害。应战还是求战，委员长听见了不知该咋想。"贾力更说："这群娃娃各有所长，你说的这个小后生叫奎勇，是个心里做事的娃娃。"韩县长压低声音，掏心掏肺地说："别以为老朽是阻碍你们去延安，往前走有军统的人，他们杀日本人不含糊，杀共产党更狠。我请了马占山的人来接你们，马占山是抗日名将，应该能护住你们……"

十九
马占山

"咱们去延安也算是一次小长征了,队伍里最小的才十岁,还有几位女同志,当领导的不能不考虑。"贾力更讲过这段话就请韩县长帮忙买来三头小毛驴。

张禄牵回毛驴唱起信天游:"一匹匹马来三头头驴,咱们的队伍势力壮……"

特木尔接过毛驴给女同学讲牲口经:"马骑前,驴骑后,骡子要骑正当中……"

梁宇鸣在跟马占山派来的四名便衣交谈:"你们军部驻防在榆林?"

"我们团在神木。"

"那太好了,这里到神木也不过一百多里,两天怎么也到了……"

更多的人陪贾力更向韩县长告别。

"韩老,感激的话我就不多说了,从您身上我们学到了不少东西。"贾力更将十块大洋塞到韩县长手中,"这是我们几天来的食宿费。"

"这可不行,你把我当啥?我不是那种人!"

"您误会了,游击县政府的困难我是亲眼见。"

"你们更困难,延安的情况我了解,哪里有你们这样花钱的!"

"您又误会了,这钱是刚从鬼子手里夺过来的。听过《游击队之歌》吗?去年就唱遍了晋绥。'没有吃,没有穿,自有那敌人送上前;没有枪,没有炮,敌人给我们造。'您是游击县长,这十块大洋就算我抛砖引玉吧,希望您也能从鬼子手里去夺!"

韩县长紧紧握住贾力更的手:"好,这钱我收下了,我要向你们学习,让《游击队之歌》唱遍咱托县!"

队伍出发了,虽然也遇到些小麻烦,但有东北挺进军的便衣护送,两天就到了神木县。这里驻有马占山东北挺进军一个团,团长姓吴,亲自宴请大家。席间,吴团长很自豪地告诉大家,东北挺进军是蒋介石给的番号,但是全军上下都自称"马家军"。海内外都知道是我们血战江桥打响了中国军队抗日第一枪,因此受到全国人民的热烈拥护和支持。就连共产党的毛泽东主席,也说咱们司令是民族英雄。现在马家军就有一千多名来自全国各地的"学生兵",如果大家愿意,马司令会亲自来欢迎大家入伍。

贾力更代表大家表示感谢,委婉地解释说他带的这些学生,大多只有十三四岁,最小的才十岁,还不适合加入战斗部队。先到延安学习培训,过几年,只要马家军欢迎,保证输送到马家军来。吴团长是东北人,大块吃肉,大碗唱酒,酒碗一放,快人快语道:"哈哈,贾老弟,延安培训完马家军就不敢要喽!"贾力更故意笑问:"为什么?"吴团长打个哈哈:"我们马司令追随少帅发动西安事变,跟共产党没少合作。你们是真抗日,但你们讲什么主义,规矩太多,我们受不了。"

席上响起一片会心的欢笑声。

宴会结束，吴团长正要送大家去休息，卫兵进来报告："政训处汪处长来了。"

"狗鼻子真灵，"吴团长面露难色，提醒贾力更，"他是戴笠的人，他要见，我也拦不住，但你也不用担心，咱还有马司令呢。"

说话间汪处长已经走进来。他穿一身与众不同的黄呢子军服，佩上校军衔，面孔白净，两目深邃，不到四十岁的样子，却给人城府很深的感觉。穿一双黑布鞋，走路既不风风火火也不四平八稳，是一种充满自信的从容脚步。

"吴团长，有学生来投军，应该报我们政训处审查，怎么招呼也不打一个，就搞这么大的场面迎接？"汪处长一嘴江浙口音，与东北官兵的高门大嗓形成了鲜明对比，语气温和却透着高高在上履行职责的强势。

"他们都是韩老韩县长介绍来的朋友，傅作义总司令都宴请过，我怎么不能？"吴团长冒着酒气嚷嚷，"人家只是路过，是去投奔延安，跟你打什么招呼？"

"这里是挺进军的防区，投奔延安进入我们的防区更要审查。军事委员会的规定你是真不知道还是装糊涂？"汪处长讲话调门平和不高，却始终透着一股强势，"好了，你喝高了，安排学生们休息去吧，留下他们负责的，我要问问情况。"

贾力更向张禄和梁宇鸣叮嘱几句便随汪处长离开。学生青年们来到住地，谁也没有睡，一直等到后半夜，贾力更终于回来了。

"大家抓紧时间休息，明天会有一场特殊的战斗。这个汪处长是军统的人，军统是国民党最大的特务组织，在兰州、重庆、昆明等地办了特训班，想通过威胁利诱，把大家送去当特务，我们必须横下一条心：宁死也要去延安！"

"宁死也要去延安！"所有人都喊出了自己的决心。

第二天上午九点，来人把贾力更、张禄、梁宇鸣请去谈话，学生青年们顿时有些慌，像抱团取暖一样，下意识地互相挤在一块盯着门口等候。只听一阵皮靴走来的"咔咔"声，进来一名上尉，用命令的口吻说："请大家一起跟我去会议室，听汪处长训话！"

年岁较大的李文青说："我们要等贾先生他们一起去。"

"贾先生他们已经先去了，军营里一切行动要服从命令听指挥。走吧！"上尉用不容置疑的口气下令。学生青年们互相望望，只好跟着他走出房间。他们被带进一个大会议室，大家发现会议室里根本没有贾力更他们，反而是门口站了两名持枪的士兵，不由得紧张起来，嚷嚷着要见贾力更。上尉突然吼了一嗓子："安静，全体立正！"

会议室里陡然一静，汪处长走了进来，眯细了眼睛打量着问："领队不在就慌成这样，这点儿胆子还要去延安？"

一句话就把大家都问住了，互相望望，勇气陡然升起，各自找座椅，不请自坐，看他讲什么。

"贾先生昨晚跟我说，你们没什么政治背景，都是爱国的学生青年，不对，我看绝大多数还只是少年。既然是学生出身，又爱国，我说几个人名看你们知道不知道：曾仲鸣、张敬尧、路日鸿。"

奎勇心里咯噔一下，这不是大汉奸吗？难道这个汪处长跟这些汉奸是一伙的？

屋里静了片刻，汪处长摇头道："既然是学生，又要抗日，又要报国，怎么能不关心国家大事，你们不看报纸，不听抗日宣传吗？"

奎勇忍耐不住，大声回答："他们都是大汉奸，人人得而诛之！"

"好，回答得好！看来你们还是关心国家大事的。自古英雄出少年，你叫什么名字？"汪处长向奎勇探过身去问。

"他叫奎勇，嗜书如命。"坐在旁边的李文青代替回答道，"不管是书是报，只要是有字的纸，拿到手里就要看。"

"很好，党国就需要这样的人才。"汪处长不动声色又问，"那你知道是谁杀了这三个大汉奸吗？"

奎勇望着汪处长轻轻摇一摇头。

"大家谁知道？向奎勇学习，知道就说。"汪处长的目光望住谁，谁就摇摇头。目光扫过一圈，他突然一改讲话的风度，尖厉地吼出一声，"是我们军统！"

所有人都被这一声惊呆了。

"我今天就是要给大家讲讲军统是干什么的。它的全名叫国民政府军事委员会调查统计局，是直接向蒋委员长负责的情报机关，特务机关……"汪处长如数家珍地开始介绍军统的组织形式、工作内容，潜伏组、行动组、随军组、防谍组……如何在日伪占领区搜集、监视、监听，获得各种情报，如何执行特殊任务，绑架、逮捕、刺杀日伪高级官员，为抗日做出多少贡献，牺牲了多少无名烈士，做一名特工有多光荣、多艰难、多刺激，多么令人向往……

说到令人向往处，他突然一停，又朝奎勇探过身去："这样的组织，这样的事业，你不想参加吗？"

奎勇望着汪处长眨眨眼，又摇摇头。

"多喝开水身体好，少说话威信高，但是不说话就没威信了。"汪处长像先生讲课一样，"说，心里怎么想就怎么说。"

"那你们为啥还封锁抗日的根据地，还要逮捕、绑架、迫害坚决抗日的共产党员？"奎勇鼓起勇气问，准备听到雷霆大发的斥骂。不料，汪处长却大叫一声："好！"

"问得好！"汪处长连连点头，"为什么呢？为了国家，为了主义，为了领袖！我们只有一个国家，就是中华民国；一个主义——三民主义；一个领袖——蒋委员长！谁危害中华民国，危害三民主义，危害蒋委员长，哼哼！"汪处长鼻子里哼出两声，眼里忽然冒出骇人的冷光，"正所谓身怀利器，杀心自起。要杀人，没人能跟军统比。特权在手，使命在握，想杀谁，只要领袖使个眼色，他就死定了！"汪处长逼视着奎勇，话外有音地问，"你很聪明，听懂了吗？"

"谁这么大口气呀？妈了个巴子的，"随着粗门大嗓的东北骂腔，一个面孔黑瘦，身子骨却硬实，蓄着八字胡的军官走进来，"噢，是汪处长！难怪在我马家军里也敢身怀利器，杀心自起！'九一八'，老蒋下令不许抵抗，老子抗了，抗出个民族英雄，是不是没给你使眼色啊？"

"马司令！"汪处长忽然失去强势，退后两步，把主位让给马占山，难得有了笑脸，"卑职在给学生们宣示委员长的一个国家，一个主义，一个领袖！"

"讲够了没有啊？要不要我也讲个江湖规矩啊？"

"请马司令训示。"

马占山把汪处长丢一边，面对学生们拍一下胸脯："我，马占山，七岁放马，十八岁落草为寇，二十岁追随张大帅当个哨官。张大帅教我的是君子不党。我投绿林就是听了大帅的话：土匪做大当皇上，绺子做大就是官。老子投绿林，杀官兵不眨眼；老子受招安，剿匪是先锋，响当当做了军长！这些个全都是拜张大帅所赐。张大帅把日本鬼子当猴耍，他亲口对我讲：跟鬼子打交道，得骗就骗，得抢就抢，扩大地盘，壮大自我，翅膀硬了就杀狗日的！哎，妈了个巴子的，大帅要是不死，少帅要是有一半像他爹，老蒋下十道不抵抗命令，东北也不会拱手送给日本人……"

马占山眼里忽然涌出泪花，学生们却像听天书一样听直了眼。

"要杀人，没人能比大帅更便当，那才是北洋在手，军权在握，想杀谁使个眼色，马上就会有一群人抢着去做。正因为如此，大帅才一再要求我们不可不戒。如果把权力用得无所不至其极，就会民将不民，国将不国。你敢逼良为寇，老子就敢笑黄巢不丈夫！汪处长，你说是不是这个理？"

"是，是，是。"汪处长额头沁出一层汗粒。

"江湖规矩千万条，说到底就是四个字：兄弟义气。我现在只问学生娃娃们一句话，你们是想去军统还是想跟我马占山一道打鬼子？"

全场静得能听到马占山的喘气声。

"那就是还想去延安了？"

"去延安！"轰雷般的一声响。

"妈了个巴子的，汪处长！"马占山在讲桌上狠拍一巴掌，惊得所有学生都煞白了脸，"你听清楚没有？这帮学生崽子还是要去延安，你说咋办？"

二十
猪哇、羊呀送到哪里去

汪处长猜不透马占山的心思,试探着以问为答:"要不先留下再说,我帮司令再做做工作?"

"胡咧咧啥,这不是祸祸规矩吗!"马占山一嘴东北腔,"中国当今的敌人就是小鬼子,凡是打鬼子的中国人都是兄弟,关帝庙里我是发过誓的,只要是兄弟,我马占山就要相扶相助,携手奋斗。这群学生崽子铁了心要去延安,我马占山护犊子,送你们去见打鬼子的八路军!"

"噉"的一声,学生青年们都跳起来,"感谢马司令!""向马司令致敬!"摩登姐妹王淑敏和黄梅梅还喊出了"马司令万岁!"

马占山朝门外喊:"吴团长,进来吧!"

吴团长走进会议室,立正敬礼。身后跟着贾力更三人,学生青年们更加放下心,只听马占山向吴团长下令:"由你派人,护送这些学生崽到米脂县我们与八路军的交界处,交给八路军就算完成任务。"

"是!"吴团长请示,"司令,天快过中午了,就在团里吃了饭再走吧?"

"也好,吃饭算送行,饭后赶紧打发他们走。"

饭后,吴团长从警卫连里抽出一个班负责护送。班长是位姓马的山西人,识文断字,精明干练,热情善谈,一路走一路与大家神聊。奎勇跟着张禄走在队伍最后面,悄悄问:"现在用不着麻秆送信了吧?"

张禄说:"把你们送到延安,我和老贾马上又要组织第二批学员去延安,麻秆送信是少不了的。"

"贾叔是前锋开路,你是后卫收容。"奎勇说,"《说岳全传》讲,马前张保,马后王横。"

"不全一样,他俩只保护岳元帅一人,我俩要保护去延安的全体学员。"

"梁排长回大青山了,姚司令不知又派他什么任务?"

"不管啥任务,归绥城里少不了又要热闹一场了。"

队伍忽然停下来,前面有争吵声。张禄和奎勇赶上前,原来是路旁有一排枣树,马班长和几名士兵打枣吃,被贾力更拦住,给他们讲"三大纪律八项注意"。马班长正摇着两手说:"不用你讲,三年前红军东渡黄河到过我家乡,不拿群众一针一线,对吧?那是管红军,管八路的。我们是马家军,我就是姓马的投奔姓马的,别说吃几个枣,就是猪哇、羊呀,那都是送给咱抗日的马家军,从来不要钱!"

贾力更苦笑道:"咱参军前不也是老百姓吗?当兵不能忘本,本就是工农,军民团结才能打败日本鬼子。马兄弟,马班长,不管红军、八路,还是马家军,如果这些枣树是你家的,如果你还没投奔马家军,这枣被打下一地你咋想?你还送猪哇、羊呀的去吗?"

马班长眨眨眼:"那你说咋办?打下一地枣儿,不许吃,烂地里……叫我说，不是冒傻气就是沽名钓誉地哄人呢。"

"地上的枣大家捡了只管吃，树上的枣不能再动了。"张禄朝贾力更递个眼色，转向马班长，"兄弟，你看咋样？"

"这还差不多。"马班长带头去拾枣，只有去延安的学员们都坐在原地不动。马班长皱起眉头喊，"你们带队的都说了话，再不吃就真是矫情冒傻气了。"

"大家都捡着吃吧。"贾力更带头去拾枣，张禄找出一张纸在写什么，奎勇心里一亮，拉着王知勇跟上贾力更去拾枣。很快，马班长发现了问题：他带的兵争抢着去拾新鲜的好枣，赴延安的学员们只拾早先落地的旧枣，带虫眼儿的枣。他叹口气说："唉，烂枣少吃，吃多了胀肚！"他见张禄拾块石头将一张纸条压在树下，过去一看，纸上写着："老乡，走路饥渴，吃了一些树上的枣，留下一块大洋买枣钱。谢谢！赴延安学员队。"

马班长转身望住贾力更，摇摇头，又点点头，突然朝他的手下吼道："走了，走了，带路上边走边吃！"

贾力更还是同马班长走在最前，嘴里嚼着枣问："老马，你摇摇头又点点头，啥意思吗？"

马班长咽下口中的枣说："摇头是觉得你们这些人实在是怪，点点头吗，你们真行！"

"啥叫真行？"

"三大纪律八项注意是谁定的？"

"从红军时期的不拿老乡一块红薯到三大纪律六项注意，又到红一方面军的三大纪律八项注意，是毛主席定了三大纪律六项注意，林彪司令员又给加了两项注意，就成了三大纪律八项注意。"

"毛主席和林彪跟在你们后面还是有千里眼顺风耳？"

"啥意思？"

"纪律是人定的，人还能被尿憋死？"

"嗨，你这位兄弟说甚呢？参加革命是自愿的，又没有谁来强迫你。"

"所以我说你们真行，没人跟着，自愿被尿憋死！我就是不自愿，所以三年前没参加红军。活不下去，走西口；吃粮当兵，就投了马家军。抗日第一军呀，去年又跟日本鬼子动了一次枪炮，刚撤到榆林，猪哇、羊呀的都送来了，吃多少不用掏钱，进城下馆子都没人敢要钱，换成八路？"马班长用力摇摇头，"自愿被尿憋死，真有你们的！"

贾力更知道，现在跟他谈主义、说理想都是对牛弹琴，顶多听着舒服，没啥大作用，还不如省下力气走路，不由得加快脚步。晚霞染红西天时，队伍进了瑶镇村。

村子不小，店铺也不少，可奇怪的是既不卖给他们东西也不留食宿。马班长赧颜解释："我们是吃粮当兵，地方是民国政府说了算，政府规定不许卖一针一线给延安。我要是玩儿个横的，你又拦住不让，总不能真让尿憋死吧？"

贾力更点点头："当然。"

张禄插一嘴："那就是说，村里人都知道我们是去延安的喽？"

"还用问？估计汪处长早跟县政府打过招呼了。"马班长说，"离这儿不到二里路就有军统站一个电台，要想不被尿憋死，只有去那里解决食宿了。"

"不去。"贾力更一口拒绝，反问道，"猪哇、羊呀，你想吃甚吧？我来解决。"

"你说甚？"马班长瞪大眼。

张禄又插一句："只要你敢耍横，要甚有甚。"

"早说话呀！"马班长得意地笑了，"就前面那个大车店，走哇！"

"慢着。"张禄一把扯住马班长，认真道，"店里如果有人不许跟店家耍横。"

"话都让你说了，不跟店家跟谁？人家刚才已经拒绝你们了。"

张禄带了神秘的笑容说："吃好睡下，政府和军统的人来了，你就要横；不来，咱们睡到天亮就出发。"

"日鬼甚呢？"马班长嘀咕着随贾力更和张禄选了两间大通铺一间小客房，请当兵的睡一屋，男学员睡一屋，女学员睡小客房，然后就吆喝马班长去厨房帮忙。

马班长一进厨房就愣住了。一块肥猪肉和半扇羊就吊钩在房梁上，萝卜白菜土豆装满柳条筐，掀开几口缸盖看看，白面、莜面、小米都是现成的，专为客人准备的一样。张禄已经吆喝上了："老马，各显神通啊，会做甚就忙甚，甚也不会就去添炭拉风箱。"

马班长梦呓般喃喃："店家疯了？要逃跑还不把东西先藏好！"

贾力更笑道："活该军统的告诉村里我们是去延安的人。"

张禄也笑道："没钱咱只能饿肚皮，钱少了吃小米干饭就腌菜，谁叫咱刚从鬼子手里夺了不少钱，猪哇、羊呀，招待马兄弟一班人没问题！"

马班长忽然沉默了，什么人来了才能叫老百姓这么放心？他闷着头拉风箱，炉火一闪一闪，映红他若有所思的脸孔……

吃饱睡足，一夜没人打搅，直到队伍出发，店主也没露面，街坊邻居都知道他串亲戚去了。整个车马大店就像开在传说中"路不拾遗，夜不闭户"的"贞观之治"的盛世年代。

以后的行军，马班长话越来越少，问题越提越多，问得贾力更直冒汗，当然也跟天热走长路不无关系，但他也不得不把奎勇叫到身边帮忙，毕竟这少年喜欢"心里做事"，更何况，幼儿园的问题，教授未必能回答好，幼儿园教师却可以讲得清楚。

事实证明贾力更的选择是对的，比如马班长问："什么是共产党员？"贾力更回答："共产党员是无产阶级的先进分子。"一个问题马上变成什么是"无产""阶级""先进""分子"四个问题,为解释这四个问题,马班长那里又产生了十几个问题。

"小勇,给你马叔讲讲,你眼里的共产党员是什么人?"

奎勇犹豫地望望贾力更。

"放心,马司令是共产党的朋友,马班长听司令的。"贾力更鼓励道。

奎勇像小大人似的,咳一声才说:"首先,去南京投奔汪精卫的那是汉奸,去重庆投奔蒋介石的那是国民党,去延安投奔毛主席的那才是共产党。"

马班长说:"我如果跟你们去延安,我就是共产党了?"

"那可不行。"奎勇摇头,"共产党是有规矩的,你连三大纪律八项注意都做不到,不守共产党的规矩当什么共产党?"

马班长点头:"我知道你们规矩多,不拿群众一针一线,所以政府不许卖给你们一针一线,看你们怎么补衣服。"

奎勇笑了:"那算什么事?更重要的是吃苦在前,享福在后;冲锋在前,不怕牺牲;撤退在后,不怕献身。最最重要的是心甘情愿,不用长官在后面拿枪逼着,是自愿的,是争先恐后,前赴后继,是砍头也要大喊三声'共产党万岁!'"

马班长不再言声,走出百十步,仰天叹一声:"天下真有这号人啊!"

贾力更指指奎勇,又指指身后的队伍:"而且越来越多!"

一路走下来,马班长与奎勇聊出一个简单明确的结论:共产党不是为某个人解放、过上好日子而奋斗,共产党是要建立一个让天下百姓都过上好日子的新中国。

第三天下午,到了米脂县城。与八路军交接后,马班长不肯走了。因为这里是抗日民主政府的县长来迎接,称呼这些学员是蒙古小八路,要开欢迎晚会。沿街百姓自发地围上来欢迎,还真有送肉送蛋送大红枣的。他说好像到了新世界,他要再看看,他们一个班都想留下来红火红火。

最兴奋的也许是奎勇,不仅因为见到了许多穿灰布军装的八路军战士,见到了从未见过的热烈场面和气氛,更因为他经县长介绍,在欢迎的领导中认识了一位从延安过来的"大学者"安波。县长说安波是延安鲁迅艺术学院民乐部的主任,来米脂采风。奎勇不知道什么是采风,县长说:"大学者问什么你就答什么。"安波问东问西,奎勇讲到"猪哇、羊呀送到哪里去"时,安波抓住他双肩,居然如获至宝一样喊起来:"蒙古小八路,你给了我一份最珍贵的见面礼呀,住下来我要去找你!"

二十一
梦归靠山窑

"勇,你怎么了?一早上失了魂儿似的。"贾力更在奎勇肩上拍一巴掌,"马班长跟你告别呢。"

奎勇还没明白怎么回事,手一阵生疼,这才看清是马班长同他握手。

"小勇啊,咱们聊一路,我是多有受益。"马班长直言不讳地说,"共产党,八路军,我服了!我虽然只读过两年私塾,得民心者得天下的道理还是明白的。要不是老贾说我任务在身,不能损坏八路军和马家军的统一战线,我也要带这一班人去投延安了!"

奎勇莫名其妙地喃一声:"启发和启蒙不一样。"

马班长这才发现奎勇眼神有些散漫,一边摸他额头一边问贾力更:"小八路会不会昨夜出汗被风激出病了?"

贾力更也摸摸奎勇额头:"没事,八成是夜里兴奋过度失眠了。"

"小勇再见啊!"马班长用足手劲一握,奎勇居然没喊疼,眼神终于又聚敛一些:"我会梦见你的。"马班长心里一热,松手转身去集合他的一班人。

王知勇和特木尔在不远处喊:"小勇,队伍准备出发了!""快点儿呀,安叔来跟你告别呢!"

听到安叔两个字,奎勇散漫的眼神一下子凝聚起来,像燃起了两团炙热的火,飞一样跑到安叔身边,紧紧抓住他的手喊:"安叔,我能上鲁艺吗?"

"当然可以。"安波大声鼓励,"有没有潜质,我一眼就能看出来。你不但是可造之材,只要勤学苦练,将来定能成大家。"

"您采风回来,我去鲁艺找您?"

"咱们延安见!"

队伍走在边区的土地上,人人都觉得宽心、轻松、新鲜、亲切。大家一路看景一路热烈地谈论,只有奎勇,不声不响。他要厘清进入解放区这段时间,哪些是梦,哪些是真实发生的事。

他想起自己曾经高唱《义勇军进行曲》,对,那是梦回归绥城,他和同学们上街宣传抗日,一人唱起万人和。他热血沸腾,总觉得还应当再做点什么,还有更多的热情和力量无处发泄……他还想起唱《游击队之歌》,对,那是梦回大青山,梦回塔并召:"没有吃,没有穿,自有那敌人送上前;没有枪,没有炮,敌人给我们造!"一句歌声连老秀才那样的县长都要拿起枪了。一声歌、一句词居然有这么大的力量和作用,他更觉得自己应该更多地干点什么。他耳边忽然响起深情的一句话:"启发和启蒙不一样。"对,是安叔说的,是大学者安波昨天找他"采风"说过的话。

奎勇终于厘清什么是昨天真实发生的事情。

他被安波请到住处,张口先问:"安叔,啥叫采风?"

"你们土默川民间都唱什么调?"

"二人台,爬山调。"

"你会唱几首?"

"《卖碗》《挂红灯》《走西口》……"

"我去土默川体验你们的生活、收集这些民歌就叫采风。"

"县长说您是小调大王。"

"那是抬举我呢。我今年在陕北收集了两百多个民间小调，都是老百姓喜闻乐见的曲调，往里填些新词，就可以宣传群众，让更多的人团结在共产党、八路军的周围共同抗日。"

"噢，我说呢，在归绥城唱《义勇军进行曲》，一人唱万人和；在大青山和塔并召唱《游击队之歌》，人人都想上战场，我总感觉要干点什么，你这一启发，我就明白了，也应该拿起笔来唤起民众去战斗……"

"不是启发，是启蒙。"安波语重心长地说，"启发和启蒙不一样。"

"怎么不一样？启发、启蒙……"

"你不知道采风是什么意思，我刚才问你土默川的民歌，是给你个提示，然后告诉你答案，这叫启发。启蒙不同，是对你已经有的潜质和智力进行开发，让你有能力去自己认识和发展。就比如诗词歌赋，不是什么人都能写的，要有一定的潜质和智力才行。这潜质和智力就包括了知识、灵感、兴趣、爱好、性格等等。你的情况贾力更给我做过介绍，是可造之材。这样吧，再过俩月延安准备开农展会，毛主席和总政都交我个任务：创作军队拥政爱民、政府拥军优属的节目。今晚米脂给你们开欢迎会，咱也编个节目试吧试吧，为延安的演出打个基础。你讲了'猪哇、羊呀'的故事，我已经选好一个《打黄羊》的调调，咱们抓紧时间往里填填词……"

半个小时的"启蒙"，一首《拥军爱民》词便写出来了：

> 土默川来了蒙古兄弟，
> 一心抗日的小（呀）八路；

遵纪爱民走千里的路,
保卫咱边区不(呀)怕苦。
蒙汉团结是一家亲,
米脂哪一家不(呀)领情;
猪哇、羊呀送到哪里去,
送给咱亲人八(呀)路军。
八路军爱民个个能,
推碾子拉磨又(呀)扫院;
帮咱们种来帮咱们收,
拥军优属是咱(呀)情愿……

  晚上欢迎会,选了米脂的婆姨和绥德的汉子,拿着花鼓和响锣唱这首歌。巧的是正逢秋收大忙,许多八路军战士在帮助老乡扛着庄稼往回走,一见麦场上欢迎会开得热闹,也围过来看。绥德的汉子正唱到"猪哇、羊呀送到哪里去",随着一声锣响,绥德汉子即兴停住歌声,敲锣的小槌朝八路军战士们一指,吼一嗓子:"送到哪里去?"台下百姓响雷一样回应:"送给咱亲人八(呀)路军!"

  米脂的婆姨绥德的汉应声继续开舞欢唱:"嗨来梅翠花呀,嗨呀海棠花,送给咱亲人八(呀)路军……"

  欢迎会上,这是一台最受欢迎的节目。歌舞刚停,台上台下拥军爱民的口号声响成一片。奎勇忍不住流出热泪,脑袋里像是开了一扇窗,他看到了马家军的战士也都个个抹眼泪……

  以后的日子,受到"启蒙"的奎勇无论睡觉做什么梦,总少不了去鲁艺学习,像安波一样出去采风,创作……常常从梦中笑醒。终于走到了延安。清凉山、宝塔山、延河水……这些听人讲述过无数遍的景物,一下子都变得有了生命,像母亲一样张开双臂迎接这群"蒙古小八路",那种漂泊游子终于回到家的幸福与激动简直无法用语言来表达。他们住进了中央组织部招待所，贾力更宣布："明天放假一天，晚六点之前归队。"在一片欢呼声中，有人背诵起诗词来。

"四面边声连角起，千嶂里，长烟落日孤城闭。"奎勇拉扯一下王知勇，"明天我给你讲北宋名臣范仲淹镇守延安府的故事。"

王知勇摇头："我又不懂诗词，研究延安的窑洞古塔建筑还差不多。"

"纪律规定不许一个人外出活动，你不陪哥你陪谁？"

"那我看建筑的时候你也不许烦。"

"秤不离砣，砣不离秤。"

两个奶头结拜的兄弟拍了巴掌。

第二天一早，学员们都像小马驹一样活蹦乱跳地冲出招待所，互相结伴，上宝塔山，洗延河水，逛延安城……六点之前都赶回了招待所，只有奎勇和王知勇迟到了半个多小时。

贾力更双手叉腰，歪着脑袋打量一头汗水的奎勇："多跑了一个桥儿沟？"

奎勇低着头说："你规定的不许单独活动，是我硬拉着知勇作伴，跟他没关系。"

"奶头结拜啊，"贾力更口气一紧，"在纪律面前，就不允许有奶头结拜。"

"我是哥，责任在我。"奎勇还想解释。

"什么哥呀弟呀，在革命队伍里只有同志，懂吗？"贾力更喘口气，声音变平和，"说说吧，去寻梦寻得咋样？"

王知勇终于得到说话的机会："鲁艺那儿也有个天主教堂，和归绥城里的差不多，我们一下子就想起当年的《资本论》，大胡子神父，耶稣和马克思。"

"转眼快十年了，"贾力更眼圈一红，变得像个慈祥的老人，"你们成长起来了，是该寻自己的梦了，但是，"贾力更停顿一下，提高声音说，"你们要记住，来到延安，我们首先是革命战士，一切行动都要服从革命的利益、革命的需要！"

"是，记住了！"奎勇痛快地回答。他寻梦鲁艺，不正是符合革命的利益、革命的需要吗？

可是，隔一天他的痛快就变成了痛苦，因为中央组织部李富春部长来看望慰问大家，正式宣布："党中央正在筹备恢复陕北公学，地址定在杜家沟。那里没有现成的教室和宿舍，你们是第一批学员，一切都要靠自己动手来创建。"

晚饭时，王知勇兴冲冲地对奎勇说："哥，咳，该叫同志哥了，我全问清了。杜家沟那里适合打靠山窑，窑顶跟这里一样要做成拱形，其他门窗桌凳全是咱俩的强项，这叫如鱼得水呀。"

"那是你！"奎勇吃不下饭，将筷子一撂，忧心忡忡地长叹一声，"安叔要是再不回来，我的梦就归到你的靠山窑了！"

二十二
蒙古老八路

　　一个多月来，奎勇的心情就像陕北的天气，时而秋高气爽，阳光明媚；时而阴雨绵绵，一场秋雨一场寒。

　　安波迟迟未见，贾力更却走了。奎勇心慌意乱，冒雨追上贾力更："贾叔，我的事儿咋办呀？"贾力更安慰说："放心，误不了你寻梦，我已经和西北工委会有关负责人谈过了，安心等通知吧。"奎勇冒凉气的心像雨过天晴见了阳光，一下子热起来，连续过了几天乐滋滋的日子。挖窑洞抢着上，休息时还要配合王知勇锯木板、凿榫卯，做门窗板凳。可是希望越迫切，失望来得越快，一个多星期也打听不到消息，更糟糕的是把他们这些蒙古小八路与国统区投奔延安的青年们编到了一个队。国统区来的革命青年有留学生、大学生，最低也是高中毕业生。蒙古小八路呢？李文青算文化程度最高的，也不过相当于初中毕业。大家说不到一起，吃不到一起，习俗更是不同，别提多烦人！好不容易张禄从西北工委回来了，奎勇忍不住彷徨与苦闷，想找他诉苦，打听消息，偏偏他又在跟别人谈话,只好守在一边等。

到底还是少年心性,等不过两分钟,一肚子的憋闷烦恼就变成了满心的好奇,这位陌生的老八路居然是在用纯正流畅的蒙古语与张禄交谈。延安居然有这样的"老鞑子"?须知,外人如果说什么老鞑子、小鞑子,他肯定会恼火,蒙古人自称"鞑子"才有一种认祖归宗的亲昵之情在其中。土默特蒙古族第一批来延安的这些蒙古小八路,受生活环境影响,除了简单的生活用语,还没有一个人能用蒙古语沟通思想,交流感情,表达意见呢!他开始认真观察这位八路军"老鞑子"。

没错,只有内蒙古大草原上的长风烈日才能熏陶出这副黑里透红、粗犷刚硬的面孔;全身找不到一点赘肉,只有强烈的骨感;年纪不超三十岁,个子不高,下盘敦实;眼睛不大,眼缝里闪着锐利的光芒,只有行走在风沙迷漫的戈壁里不失方向的人才会有这样的眼神。可惜,奎勇始终没听懂他们在说什么,而且越来越多的蒙古小八路听到了他俩的交谈。虽然听不懂,却让人血液沸腾,那是融入血液的乡音,就像听到了亲人从遥远的草原发出的呼唤,纷纷停下了挖窑,停下了做门窗板凳,陆续围过来。

张禄与那位老八路似乎统一了意见,朝大家招呼:"过来吧,都过来过来,"他见人差不多到齐,大声说,"给你们介绍位老八路,啊,他叫王铎。我呢,要赶回大青山去,咱们土默特的第二批学员也要过延安来了,我和老贾呢,还是马前张保,马后王横,负责护送。这一个多月的时间呢,就由王铎同志和大家共同挖窑建校,同吃同住同劳动。他不但是老八路,还是老延安,人熟地熟,大家有什么困难、有什么愿望和要求都可以跟他敞开来谈。现在请王铎同志给大家做个自我介绍。"

"达雅尔赛。"王铎先用蒙古语问候一声,"大家好。"这种简单的生活用语所有蒙古小八路都耳熟能详,立刻引来一片热烈的回应:"其赛白努!""他赛白努!"……

奎勇心里暗暗叫苦:老八路要是一直用蒙古语讲下去,他们这些蒙古小八路可就麻烦了。可是,王铎用善意的眼光缓缓扫过大家,忽然换成汉语:"该介绍的,张禄同志都介绍了。我只说一个希望,希望我能成为你们当中的一员,而不是一月两月,我愿和大家同学习,同生活,同奋斗。"

热烈的掌声和欢呼声响成一片:"巴雅尔日兰!乌格图雅!""欢迎您!""热烈欢迎!"……

"亿贺白亿日啦。"王铎表示"非常感谢",马上换成汉语说:"吃饭时间还早,我们继续干活吧!"大家稍稍一怔,就这么简单?王铎已经朝山坡上爬去,大家紧随着,簇拥着,一起来到工地,挖窑的,运土的,平整洞前地坪的……忙碌成一个整体。

"张叔,老八路是工农干部吧?"奎勇拉住告别的张禄问。

"你根据什么说?"

"厚道,实在,简单。"

"他是东北大学的高材生。"

"啊?"

"你们相处的日子长着呢。"张禄丢下这么一句话就脱身而去。奎勇却觉得这句话有点儿"天机不可泄"的味道。这个张禄,什么时候学起算命先生了?装神弄鬼,有话不明说!咳,鬼神都是人想多了想出来的,不想就很简单:这位老八路一时半会儿不走人。既然这样,奎勇决定放缓寻梦的脚步。总不能上来就跟一个陌生人求助吧?尽管他"在延安人熟地熟",还是先观察、熟悉,然后再张口。

一星期过去了,善于用心做事的奎勇虽然没与王铎发生多少个人交往,却有了一定的结论:这位东北大学的高材生不是风雅清高的知识分子,也不属满腹经纶的儒者;既不像天赋才华的诗人,更不似放浪不羁的才子。怎么说呢？似乎属于踏实耕耘的教育者，又像见解精辟的政治家，而且脾性居然跟自己那么相像！

　　王铎少言寡语，性格内向，喜欢听，喜欢看。无论小八路们讲什么，他都听得那么投入，那么津津有味，专注忘我的神情常常让奎勇想起自己在归绥城古楼里听说书人讲三侠五义时的情景。这使得小八路们格外兴奋，人人争抢着讲自己的故事，个个都想在老八路面前显摆显摆。奎勇常常懊恼自己缺少这方面的"天赋"，因为王铎每次听完大家讲故事后，总像想知道故事的下文一样，意犹未尽地留下一两个小八路，"且听下回分解"。

　　奎勇属于没被留下"且听下回分解"的少数人之一，但这并不影响他去了解王铎，认识王铎，因为"没有不透风的墙"。

　　第一次被留下的是奎生格和李桂茂，这很好理解：一个是庄稼把式，一个是流浪汉；种庄稼最接地气，流浪汉故事最多。奎勇守到半夜，这两个人才回来。他迫不及待地问讲了什么，说了什么。两个人的回答令人意外："老八路说最艰苦的劳动是动脑子，叫我们别学朱圪坦，要给我俩开小灶。"

　　"朱圪坦？"奎勇笑了，"是诸葛亮吧？"

　　奎生格拍响巴掌叫起来："嘿，你怎么知道说的是诸葛亮？老八路说诸葛亮就是种地出身，说开小灶就是让我们从朱圪坦变成诸葛亮。"

　　原来，朱圪坦是确有其人，他是五塔寺里种地烧火的喇嘛，出身贫苦，北伐开始时就投身革命，由奎元士介绍先去外蒙古党校，又去莫斯科东方大学，就因为没文化，受不了动脑子的苦，不肯坚持学习，参加革命十几年了，最后只能被安排到乌兰巴托郊区种菜去了。老八路说动手动脚容易，难的是肯动脑子肯学习。

　　他要给两个人"开小灶"，每天补习文化，要准备吃别人吃不了的苦，争取一年后能跟上大家的学习进度。还说朱圪坦变成诸葛亮,才能为革命做出更大贡献。

第二次被王铎留下的是奎晨光和特木尔,奎勇照例向他们打听谈了什么。两个人都余兴未尽地说:"爽!从牛、马、羊、驴等牲畜到骑马射箭摔跤,无所不谈无所不知。到底是老鞑子,叫人长了不少见识。"说到最后,两个人皱起眉头承认也有很不爽的话题。

奎晨光说:"老鞑子跟不上时代,劝我们学蒙文蒙语。"特木尔说:"可不是吗,我说咱来延安是学打日本、闹革命的本领来了,要学蒙语到牧区找亲戚就行了,何必来延安。"奎晨光加了一句:"土默特蒙汉杂居,早就讲汉语了,不会蒙语回去一样做工作。"

奎勇点头:"听口音,老鞑子是东部区的,可能不了解咱西部区。"

奎晨光摇头:"东部不假,他是辽宁海城的,但是西部他比我俩还熟悉,从归绥、包头、五原、临河到百灵庙、西苏旗、阿拉善全跑遍了。"特木尔自嘲地撇撇嘴,点头附和:"老鞑子一句话就把我们呛住了。他说你们干革命就为解放一个土默特?从准格尔、鄂托克、郡王旗到百灵庙,从阿拉善到西苏旗,有多少牧民只会讲蒙语,更不用说东部区的各旗各盟了。难道我们就不去宣传不去做工作了?大家都没有解放,就你们土默特一家能解放吗?"

三个人谈话到此,面面相觑,只剩思考,无话可说了……

经过几次打听和观察,奎勇对王铎有了初步的结论。用从延安所学的新名词来讲,是教育者,是政治家。特别是一个月后,他有了一种冲动:该找老八路王铎去谈谈自己寻梦的事了。

这个念头来得如此强烈,又像特木尔骑着追风马迎面冲来一样,甩镫下马,冲着奎勇喊:"老八路说了,下次开边区体育运动大会,他请进驻鄂尔多斯的骑兵团来做马术表演,让我准备好跟他们比赛!"

奎勇知道特木尔这个愿望是前天晚饭时跟王铎说的,这么小小的一件请求,老八路居然如此认真,两天就办妥了。他马上又联想到前几天打听到的两个消息,那是王淑敏和黄梅梅被留下谈话后,回来向他透露说:"老八路讲了,土默特第二批学员马上就到。他要向组织上建议,成立一个独立的蒙古青年队,与国统区来的留学生大学生分开,根据蒙古小八路的具体情况分别施教!"这个消息引来所有蒙古小八路的欢呼。接着又是李文青谈话后,兴高采烈地向奎勇透露:"老八路说我的文化程度明显比大家高,又读过《大众哲学》《世界革命史》,说要把我调去文化程度更高的六十三队去学习。"

奎勇为李文青大哥高兴,更为自己庆幸。看来这个蒙古老八路不但是教育者、政治家,更是一个不讲空话、只做实事的实干家!对,不能再拖了,今晚就去寻梦……

二十三
步枪还是机关枪

王铎和蒙古小八路一样，住在新打的窑洞里。窗户上糊着麻纸，虽然映出灯光，但看不见里面的人。奎勇在门口走走停停，索性又蹲下，想着怎么开口。可是口还没张，门已经打开了。

"进来吧，"王铎招呼一声，径直去倒水。等奎勇在板凳上坐下，把搪瓷杯送到他手中才慢条斯理地说，"贾力更跟我说，当年你要是不喊一声开饭了，他还真以为你是个哑巴。"

奎勇不好意思地笑了，双手捧着杯子取暖一样，只是不张嘴。于是，窑洞里静下来。这真是坐禅的遇上闭关的，搭伙静修一般。这种安静让奎勇有些尴尬，甚至有些急。这一急，脑子反而闪过一道亮，如同电石火光：连"吃饭喽"不值一提的陈年琐事，老八路都知道，还有什么事他能不知道？

"我想去鲁艺。"奎勇终于蹦出一声。

"我以为你还要让我继续猜谜呢。"王铎的声音透着一种亲和力，"刚到延安就有了目标和计划，难得。组织上已经在考虑这个问题了。"

"真的？"奎勇差点儿跳起来，可一看对方不动声色地坐在凳子上，马上又坐稳了。心里却嘀咕：真像《三字经》里说的，"性相近，习相远……"不对，大概是年龄的差距，他突然觉得老八路有点老气横秋似的。

"这次在鄂尔多斯采风都有什么收获呀？"王铎的声音永远是微风习习，难得有抑扬顿挫，奎勇却从中感受到了"尺度"，这句提问不正是自己来寻梦的谈话"把手"吗？

"鄂尔多斯可是歌舞之乡啊，从塔并召到王爷府，从蒙古包到庄户人家。唉，可惜那时候我还没被启蒙，要不然我可以采风一连串。"奎勇最怕"无聊"的闲扯，谁要说他像哑巴，他回敬的口头禅就是"很无聊""太无聊"。碰上"有聊"的话题，他就可以滔滔不绝：从塔并召没牙的老喇嘛说到王爷、梅林和管家，从农户的房东、伙计说到蒙古包里的牧人一家。讲着，学着那曲调，正到了高潮，忽然停住了嘴，惊讶地望着王铎："你，你怎么知道得这么清楚？"

原来，奎勇讲老喇嘛，刚学着哼哼两句，王铎就说："这是蒙语民歌，源自萨满和祭祀文化。"讲到王爷的歌喉，王铎说："这是鄂尔多斯长调。"讲到梅林和管家，王铎说："他们唱的是鄂尔多斯短调和蛮汉调，这时候肯定有许多人会跳起舞来。"

"我在土默特只听说过长调和蛮汉调。"奎勇小声解释。

"嗯，你蒙语和蒙文没过关，承载鄂尔多斯历史的蒙古语民歌，你想采风就不可能了。你知道长调，鄂尔多斯长调的特色是什么？"

奎勇眨眨眼，摇摇头。

"鄂尔多斯是守护宫殿的部族，他们的长调是宫廷风格，旋律优美独特，节奏舒缓自由，风格高贵典雅，何况还是奇王爷唱的，自小受熏陶，当然纯正。没有一定的知识去采风，你是发现不了其中的文化传承的。"

奎勇感觉到王铎的话外音，有些紧张了。

"你生活的土默特旗，最流行最受欢迎的就是蛮汉调，你对蛮汉调了解多少？"

奎勇抿紧嘴巴。他心里明白：在老鞑子面前最好的选择就是不吱声。

"蛮汉调就是蒙汉调，是游牧文化和农耕文化碰撞融合的产物，从产生、发展到今天已经快有两百年了，你想听听吗？"

奎勇用力点点头。

"明嘉靖三十年，蒙古阿勒坦汗发展板升农业，广招汉族农民来农耕，从土默特到鄂尔多斯到巴彦淖尔的广大地区，形成了以蒙古族为主体、汉族为多数的蒙汉杂居的局面。到了清朝，顺治皇帝怕蒙汉团结起来闹事，就把农牧分界，建了二十里的'黑界'。蒙古族不许入界放牧，汉族不许入界种田。到了清朝末年，清政府无力再管，汉族开始到'黑界'里来种地，并且向蒙古族交地租。于是，交流越来越密切。感情交流的最好方式就是喝酒，喝了酒最能抒情的就是唱歌。汉族唱晋陕的爬山调，蒙古族唱简单易学的蒙古短调，唱来唱去，这里的民歌既有蒙古短调的旋律特色，又包含晋陕民歌的唱词唱法，就形成了现在的蛮汉调。从《乌玲花》到《二道圪梁》，终于变成独立的鄂尔多斯地方特色民歌。"讲到这里，王铎忍不住轻声唱起来：

> 大清朝的圣旨开垦的风，
> 刮来了种地的伙计汉族人。
> 蒙古人的草地汉族人的工，
> 同吃一股股泉水好交情。

灌一壶壶烧酒炖一锅荤，
打一黑夜拼伙弹一黑夜琴。
地掌柜的琴弦地伙计的心，
蒙古曲儿汉唱红火两族人。
……

歌已尽，声未绝，仍在奎勇心中缭绕。熟读唐诗宋词的他忘情地叹道："好雨知时节，当春乃发生。随风潜入夜，润物细无声。我明白了，学习是前进的基础。"王铎还是不变的轻声细语："你悟性很高，感情丰富又能自律。只要肯学习，有了深厚的文化底蕴，肯定会有大出息。"

受到鼓舞的奎勇站起身，想在临别时说点儿有情有意、又亲又敬的话，一时无从措词，竟冒出一句："小鞑子谢谢老鞑子！"

王铎脸上难得绽出一丝浅笑："谢谢你们小鞑子都把我看成老鞑子，不过，我是汉族。"

"啊？"奎勇有些吃惊。

"我在东北大学选择的是边疆政治系，外语选修的是蒙古语。我们班只有两个人选修蒙古语，另一个就是我的入党介绍人孔飞。"

"孔飞？"奎勇又激动起来，大声说，"我认识！他来土默川开辟工作，跟我爸爸、我姑姑都认识，我还给他放过哨呢。"

"我知道。"王铎淡淡的一句带过，认真嘱咐，"你下一步怎么走，我们都要认真想想。"

夜里奎勇失眠了，翻来覆去，居然想起在私塾里读《四书五经》那个名篇里的名句："鱼与熊掌不可兼得。"若是像《孟子·告子》所言，舍身取义，当然不会这么难选择，难就难在去"鲁艺"或者留在"陕公"都是"义"。他脑子里时而闪过声情并茂、才华横溢的安波，时而闪过"随风潜入夜，润物细无声"的王铎，都是人生难遇的长者、师者、尊者啊！这边过电影一样浮现出米脂的婆姨绥德的汉敲锣打鼓在唱"猪哇、羊呀送到哪里去"，那边又浮现出一群蒙古小八路在宝塔山下延河边上齐唱："红缨枪，红缨枪，枪缨红似火，枪头放银光，拿起红缨枪，去赶那小东洋……"

一夜无眠，奎勇被哨声惊起。下山跑二里路在延河边洗脸漱口，在河滩上出操，新的一天又开始了。"鱼和熊掌"的问题还要慢慢去想。

厨房在山下，操一口四川腔的老红军赶一头黑毛驴，每天从三里外的东山沟拉来饮水。大家排队取水，都亲热地叫他川叔。川叔总是用一种慈祥期待的目光望着这些蒙古小八路，有时会忍不住抱起奎晨光的弟弟，向还不满十一岁的奎照光亲一口，问："幺儿，想家了不？"奎照光稚气的声音很坚定："不想。"川叔笑出一脸细纹："这就是咱的家，好好学，出去办大事！"每逢这时，奎勇总感心头一热，体会到了什么叫忠诚，什么叫信念。

早饭后上山坡，大家纷纷将麦秸、蒲草抱出窑洞摊开来晒。新打的窑洞泛潮，洞内没有床和炕，只有略高于地面的土台子，睡一宿，铺垫的麦秸和蒲草都湿透，撒了水似的，白天一定要拿出去晾晒。平日里半工半读，上午在窑洞前的地坪上课。刚来不久，主要是文化课和政治课的普及教育，顺便摸清每个学员的文化基础。下午劳动，主要是挖窑、做木工活儿；也有砍柴或去拔落绳草，卖到市场解决学习生活用品的经费。

今天上午没课，集中人力收拾几孔新打的窑洞。因为贾力更和张禄已经带领第二批学员住进中组部招待所，今天午前就要来到"陕公"。

山下的厨房升起炊烟，阵阵饭菜的香味儿飘上半山坡来，引得大家直咽口水。到延安陕北公学近两个月来，一日三餐都是小米饭、化盐汤，只有周末可以吃一顿小米饭、煮胡萝卜汤。吃过一次馒头，还是一个月前的事呢。

哨声响了，学员们欢蹦乱跳地跑到窑前集合。只见山下驶来一辆三套的胶轮大车，车上装满了行李，车后跟着一小队新学员。仔细辨认，哈，几乎全是相识相熟的土默特青少年。山下不知谁喊了一声："到家了！"刹那间，山下的朝山上跑，山上的往山下冲，转眼便拥抱热闹成一团……

贾力更和张禄费好大劲才把所有人集合在一排窑洞前，请陕北公学的干部处处长武光给大家宣布命令。

武光是1930年就参加革命，并担任中共北平市委委员、团市委书记的老同志，有丰富的青少年工作经验。他没有重复土默特工委如何做工作把大家引领到延安来，也没有重复党中央和西工委如何重视培养少数民族干部，开门见山地宣布命令："同志们，同学们，为照顾蒙古族青少年的特点，经西工委和陕北公学领导研究决定，从即日起成立蒙古青年队，在陕北公学里单独编队，单独进行教学和生活管理，编号为五十五队！"

一阵热烈掌声和欢呼声过后，武光又宣布："经西工委和陕北公学党委研究决定，任命王铎同志为蒙古青年队的政治指导员。"

又是一阵热烈的掌声和欢呼声。武光明白，这些十几岁的青少年，文化程度普遍不高，最烦先国际后国内地讲半天大道理，还不知道到底要办什么事，只有直截了当地说出他们最关心的内容，然后才好轻松地谈话："单独编队，单独管理，就像是在我们革命大家庭里有了一个民族特色的小家庭。小家庭也要有个家长啊，这个家长就是你们的指导员王铎同志……"直到这时，武光才详细介绍了王铎的情况。

其实，这些决定也正是奎勇和学员们所期望的，如今"名正言顺"，大家更是亲如一家人了。

不过，有了这个特别的"小家庭"，奎勇更难选择去"鲁艺"还是留在"陕公"的蒙古青年队了。王铎也再没提这件事，两人好像都有意回避这个敏感而又困难的决定，直到春节前出现一个情况，他们才不得不做出最后的决定。

那是个星期天，奎勇拉着王知勇出去逛街，不知不觉走到了桥儿沟，突然听到一阵熟悉的歌声："正月里来是新春，赶上了猪羊出呀了门。猪哇、羊呀送到哪里去？送给那英勇的八呀路军……"

奎勇的心里咯噔一跳，撒腿就往鲁艺跑，果然是安波回来了。

"咳，蒙古小八路！"安波也是又惊又喜，亲热地拉住奎勇的手不放，"回来这几天赶着排节目迎春节，正想抽时间去看你呢。"

奎勇低垂着头嘟囔："您一直没回来，我只好找指导员，指导员说多考虑考虑。"

"你们指导员叫什么？"

"王铎。"

"老王啊，我认识他。"安波豪爽地拍一下胸脯，"几个月前在准格尔采风还碰见过他，单骑匹马晒得黑不溜秋。"

"他也采风？"

"他是考察社会。"

"指导员没明说，但他的意思好像不太赞成我来鲁艺。"

"你放心，就凭我们俩的关系，一句话的事。"安波回头看看排练节目的青年男女，叮嘱道，"我正忙，你先回去，明天我就去找你们的王指导员。"

奎勇忐忑不安地回到队里，这事儿要不要向王铎说呢？不说怕产生误会，说了又怕惹出更多矛盾。唉，两个大人，又是老师，自己才是个小学员，就别瞎掺和了。

说不掺和，要做到也很难。第二天晚饭后，学员们三五成群地去延河边溜达，奎勇却独自在山下徘徊，他看见安波和王铎一起走进窑洞。他一边提醒自己别瞎掺和，一边魂不守舍地乱晃荡，三晃两晃，鬼使神差地晃到了窑洞前。就听见一个高音传出来："老王，凭咱俩的交情，你这么讲就不太仗义了吧？"接着像是有个低音，却听不清说什么。他索性凑到窑洞口，还没听清那个低音，高音便陡然又起："就是讲个先来后到，你也不能跟我抢人啊！"

现在能听清王铎平和的声音了："安老师，这么严肃的问题怎么能讲先来后到？"

"先来后到不严肃，后来先到就严肃了？老王，别忘了上次咱俩说的，你们辽宁人都是上几辈子我们山东人闯关东过去的。"

"安老师，友情归友情，道理归道理。这么说吧，我问你一句话：小勇这孩子，你说他是机关枪呢还是步枪？"

"啥意思？"那个高音停顿片刻，声音突然加高了三度，"啊，用你问？要是步枪你还跟我抢吗？多的是！当然是机关枪。我们部队有的一个连队都没一挺，那是绞肉机，当兵的第一次世界大战就都知道了。"

"还是的吧，机关枪就不能当步枪用。"

"啊？跟我就是步枪，跟上你就成机关枪了？"安波显然是发火了。正在这节骨眼上，耳边响起一声喊："小勇，干啥呢？怎么学会贴门板了？"

奎勇吓得一激灵。糟糕，是张禄回来了，他和王铎住一个窑洞。

二十四
军歌

屋里的争论声戛然而止,门被打开,安波变成了温和的声音:"小勇,进来吧,正说你的事呢,听听也好,我们都会尊重你的意见。"

奎勇有些不安,有些犹豫,王铎随和地说了一声:"来了就听听也好,进来呀!"张禄在后面轻轻推一下,奎勇勉强走进窑洞。

"我知道你们搞政治的对我们搞文艺的有些……"安波重新拾起话头,"怎么说呢,步枪还是机关枪,总归是看不起。"

"安老师,话可不能这么说啊。"张禄插进来,"王铎比您大两岁,始终尊称您安老师;您比王铎小两岁,一直叫他老王。"

"我不习惯称官职。"安波坦诚直率,"我知道你们俩是一伙的,睡一个铺,吃一锅饭,胳膊肘当然不会朝外拐。"

王铎被逗乐了,是无声的笑,先对张禄说:"安老师怎么想就怎么说,而且都是大实话,这样的同志最可信,你少说两句吧。"接着转向安波,"安老师,这里肯定有误会,您能不能听我多说两句,咱们慢慢讨论?"

可能有小八路在场,作为长者,安波不能不注意形象,多了耐性,坐到土台子上:"你说吧。"

"首先,我没有一点儿看不起文艺的想法。一人唱起万人和,一首好歌、一篇雄文就能唤醒多少民众拿起刀枪上战场。这一点请你相信我。"

"我信,关键是你也要从思想到行动都能真相信。"

王铎又被逗乐了,说:"安老师厉害,会抓要害,要我拿出行动。其实这个行动毛主席和党中央早就拿出来了,要不然怎么会成立鲁艺呢?我就推荐过人去鲁艺。从延安鲁艺到华北华中的分校,培养了多少文艺工作者?到现在没有一千也有五六百吧?穆青、贺敬之、冯牧、郑律成、刘炽、王昆……"王铎如数家珍地点了一串名字,正要转变话锋,安波趁热打铁地顶上来一句:"为什么有的同志一遇到自己身边喜欢的人就不放手了?"

王铎这次没乐,反而变严肃了:"问得好。我们经过努力,做了大量工作招来的这些蒙古小八路,也是毛主席、党中央交给的任务。我们蒙古青年队,满打满算现在也只有三十几个学员,我问你步枪还是机关枪,你说步枪多的是,机关枪有的部队一个连都没一挺。我这些学员放到内蒙古地区去,多半旗县连一个人都分不到。内蒙古一个旗,少说相当于一个团,大的则到师级。用你的话讲,那是一个团、一个师都没有一挺机关枪啊!"

安波怔了片刻,咂咂嘴,声音变得低沉而又狐疑:"现在的主要任务是抗日,主战场在华中、华东、华南……"

王铎不急不忙,等安波说完才问:"安老师,国共合作抗日,为啥国民党还要封锁我们?"

"反动本性呗。"

"打走日本鬼子以后,国共能和平吗?"

"我看很难。"

"那你看这天下最终是国民党的还是共产党的?"

"搞政审啊?我当然坚信是共产党的。"

"好。下棋不能只看一步,看三步也不够。要有战略思考。毛主席、党中央为啥现在就狠抓抗日民族统一战线,制定各项民族政策,培养少数民族干部?我是学边疆政治的,以蒙古族为主体的内蒙古地区,从东到西有一百多万平方公里,占了国土总面积的九分之一。这么大的国土,且不说抗日和国共斗争,将来建设新中国,需要多少民族干部啊?现在我队伍里的三十多名学员,哪个不是党的掌上明珠啊?奎勇的家庭背景、文化修养和斗争生活经历老贾肯定都给你介绍过,我说机关枪不能当步枪用说错了吗?"

安波沉默了。

王铎像是对安波讲话,又不时望着奎勇:"喜欢书法、唐诗宋词、文化艺术,好事啊,毛主席也喜爱呀。但是,为了祖国北方边疆,为了蒙古民族的彻底解放,科学社会主义,民族政策,蒙文蒙语,直至党的建设,行政管理、政治经济学都是必学的内容……"

安波忽地立起身:"不用讲了,我认输了。"他跨两步,拍拍奎勇的肩膀,"小八路,毛主席领导全党日理万机,但诗词书法也都是当世大家,我们比不了。但是可以向他学习,作为业余爱好一样可以有作为。就这样吧,告辞了!"

"安老师,我会去看您的……"奎勇声音哽咽,他流泪了。王铎受感染,眼圈一红:"这孩子心太善,真难为他了。"

送走安波,张禄感慨:"行啊,王铎,外柔有韧劲,内刚有尺度。小勇,你随你妈,心很善良,肯替别人着想。但将来办大事,就要顾大局,不能全陷到感情里去,凭感情办事。"

去留的问题解决了,奎勇却没有丝毫轻松。原以为来延安有吃有住,只要像在土默特小学那样肯用功,能吃苦就可以了,今天王铎与安波争论的一番话,他才知道毛主席、党中央把他们这些小八路招到延安来,是准备叫他们担负什么样神圣而沉重的责任。他想起八路军军歌的最后一句:"争民族独立,求人类解放,这神圣的重大责任都担在我们的双肩!"

又是一个难眠之夜。再疲困,刚睡着,耳畔就回响起军歌,那是梦到了延安中央大礼堂,鲁艺的男女学员们在郑律成的指挥下首唱这支歌,立刻引起轰动。第二天蒙古小八路们就拿到鲁艺油印的词曲,当天就唱遍了山上山下……十年土地革命战争,二万五千里长征,民族危机,红军改编为八路军,平型关大捷,游击战,根据地反扫荡,来延安最先学习的这些知识点,气势磅礴地汇入这首歌,使他梦中又重温了一遍人民军队的战斗成长史。

据说在朱总司令提议下,这首歌荣获甲等奖。对,前几天还看到朱总司令挽起裤腿过延河,可惜离得远,没看清。这神圣的重大责任都担在我们的双肩。对,诗词书法也不能丢,要向毛主席学习。

似梦似醒的一夜,虽然没休息好,哨声一响,冲出窑洞又是精神抖擞的小八路!

在河滩里出操还没结束,指导员王铎跑过来,一改往日的沉稳厚重,像小青年一样地喊:"吃饭吃饭,抓紧吃饭,把内务整理好,一小时之后,朱总司令要来看望咱们蒙古小八路!"

小八路们跳着脚嗷嗷叫,只有奎勇发愣:世上真有这种事?梦啥啥就来。他伸出舌头一咬,哎呦!疼出泪来。是真的!奎勇连早饭吃没吃,吃的是啥都记不起来了。他的记忆是在一阵雄壮的口号声之后恢复的。朱总司令并没有像阅兵那样威武地走过去,而是喊一声"稍息"!然后逐个跟小八路问候交谈。问到奎照光时,索性把他抱起来:"小鬼多大了?"奎照光说:"十一岁。"王铎说:"1929年出生,没过生日,还不满十一岁。"朱德竖起大拇指:"不简单!自古英雄出少年,红军长征时,最小的战士才九岁,叫向轩。他七岁就参加红军,在通讯连当战士。九岁参加长征,爬雪山、过草地,当上了通讯班长。将来建立了新中国,那时的孩子们听了可能会不相信,但这就是真实的历史,真实的红军!"他放下奎照光,对王铎嘱咐:"现在条件比那时好多了,方方面面一定要照顾好。"王铎说:"是!请总司令放心。"

问到特木尔,朱总司令说:"蒙语特木尔是什么意思?"特木尔胸脯一挺:"钢铁!我的全名是乌兰特木尔,红色的钢铁!"朱总司令又竖起拇指:"这个名字好!斯大林在俄语里也是钢铁的意思,是硬骨头!今年多大了?""十三岁。""有汉族名字吗?""有,奎成烈,要成为烈士的意思!"朱总司令说:"还是特木尔好。不怕牺牲是对的,但不要为当烈士而当烈士,一定要好好学习,长大了再去打日本,救中国。"

朱总司令终于走到奎勇面前:"你叫什么名字?"奎勇敬个标准的军礼:"奎勇!"总司令又问:"今年多大了?""十四岁!"王铎又补一句:"1926年3月出生,下个月就该过十四周岁的生日了。"总司令慈祥地一笑:"你这个指导员对战士的情况掌握得详细,很好。娃娃们还小,纪律规定不许庆日,但娃娃们例外,他们都是革命事业的后备军啊。""是!总司令。"朱总司令抓起奎勇的手看看,摸摸,点点头:"来延安四个多月就磨出茧子了,可以算老兵了。"王铎又介绍:"他可以算名副其实的老战士。出生前,父亲就去了莫斯科,五岁才第一次见到父亲,开始给大人望风放哨,与国民党兵和后来的日伪军周旋斗争,经历过不少风险考验。"

"噢,你父亲叫什么?"朱总司令弯下腰问。奎勇说:"奎元士。"朱总司令扭头问王铎:"是跟张闻天他们去莫斯科的那个蒙古族青年吗?"王铎说:"就是李大钊组织的那一批,张闻天、王稼祥、杨尚昆、伍修权……还有蒋经国,都是一条船上的人。"

"哈哈,我跟你父亲还有点儿交情呢。"朱总司令亲昵地把奎勇拉到身边,"他按照古田会议的决议,把共产党的支部建到了国民党新三师的所有连队里,蒋介石不发饷,我让贺老总给他们送去了过冬的棉军装和一千大洋。毛主席听说后专门把他请到延安,说抓军队抓得好,抓得对。可惜我当时不在延安,没见过面。"奎勇小声说:"父亲跟我说过。"

"你呢?"朱总司令转向奎勇身边的奎晨光,亲切地问,"小鬼,你叫什么?"

"报告总司令,我叫奎晨光!"

"哎呀,你们这些名字取得可有学问了,晨光、照光,把太阳出来的过程用到名字里去了。"朱总司令朝队前队后扫一眼,"你们这个蒙古青年队有多少姓奎的呀?"

王铎回答:"占了一半。"

"这是怎么回事?"

"他们都是本家兄弟姐妹,参加革命本来就有很大风险,会流血牺牲,群众有顾虑,动员工作困难较大。奎元士同志说共产党人要以身作则,先动员自己的亲人,所以第一批来延安的多数是自己的亲人,以后工作才好展开。"

"怪不得特木尔又叫奎成烈!我们共产党人就要有这种吃苦在前,风险在前,以身作则,不怕流血牺牲的精神。咱们的贺老总,两把菜刀闹革命,本家亲人牺牲了一百零九位。白匪凶残啊,对苏区施行的是茅草要过火,石头要过刀,人要换种,比日本鬼子的'三光政策'还要狠。如果把亲人全算上,贺老总的亲人被杀的有两千多,比古代的灭三族有过之无不及!"

王铎瞅一眼奎勇,低声说:"前天刚得到消息,奎元士同志的家也被日伪军烧光了,片甲不留。"

朱总司令面色沉重,望住奎晨光身边的王知勇:"小鬼,听到了吧,害怕吗?"王知勇大声回答:"不怕!"朱总司令点点头:"好样的,你叫什么名字?"

"王知勇。"

"有蒙古族名字吗?"

"报告总司令,我是汉族。"

朱总司令望住王铎:"我们蒙古青年队里也有汉族小八路?"王铎解释:"土默特以蒙古族为主体,汉族占多数,几百年蒙汉杂居,男婚女嫁,早就都是沾亲带故的了。"

朱总司令眼睛一亮,把王知勇拉近身边:"你和蒙古族沾什么亲?"王知勇说:"我爸和小勇的爸爸是奶头结拜的兄弟,我和小勇也是奶头结拜的兄弟。"王铎解释:"这是土默特的习俗,邻里互助,谁家有困难了,把娃娃送过去,两娃娃吃一个母亲的奶,就叫奶头结拜。"朱总司令连声叫好,说:"奶头结拜,这比七大姑八大姨的沾亲带故意义深刻得多。这说明民族矛盾和隔阂都是反动统治阶级造成的,在民间,蒙汉早就是一家亲了!这样的例子要多宣传。"

朱总司令跟所有的蒙古小八路都握手慰问之后,大声问:"你们会不会唱《八路军军歌》?"

"会!"

"好,我来指挥,咱们大家一起唱!"

于是,雄壮激昂的《八路军军歌》冲天而起:

> 铁流二万五千里,
> 直向着一个坚定的方向!
> 苦斗十年,
> 锻炼成一支不可战胜的力量。
> 一旦强掳寇边疆,
> 慷慨悲歌奔战场。
> 首战平型关,

威名天下扬，嘿！
首战平型关，
威名天下扬！
游击战，敌后方，
铲除伪政权；
游击战，敌后方，
坚持反扫荡。
钢刀插在敌胸膛，
钢刀插在敌胸膛！
巍巍长白山，滔滔鸭绿江，
誓复失地逐强梁。
争民族独立，求人类解放，
这神圣的重大责任，
都担在我们双肩！

　　夜里，奎勇还是难以入眠。家被烧光了，爷爷呢？母亲和弟弟逃出来了吗……

二十五
好葫芦锯好瓢

早操刚结束,奎生格就拦住奎勇:"指导员昨天讲的家里情况你听清楚没有?"

奎勇点点头。

"具体情况你问清了吗?"

奎勇摇摇头。

"那你还不赶紧去问问?"奎生格又急又气,"这么大事,你居然……走,我跟你一起去问清楚,这孩子!"

毕竟是自己的亲舅舅,奎勇理解他的心情。母亲结婚时,这个舅舅才两岁,后来天灾人祸,家里一贫如洗,十六岁就投奔姐姐,帮姐姐下地干活,直到这次一起来延安。临出发时,塔拉拿出一双新布鞋给他穿上,说:"岁数不小了,出去闯世界吧。帮我照顾好你这个外甥。"舅舅没多少文化,所以一路走来,凡事都是奎勇拿大主意,舅舅听外甥的。现在是家里出了事,舅舅作为长辈,娘家人,当然要出面做主了。可是,奎勇却摇头说:"我想了一夜,我不能去问,你更不该去问。"

"为甚?"舅舅大不了几岁,跟外甥说话多是商量的口气。

"你想啊,我们不是在艾力赛,是在延安,是一个新的革命家庭。指导员就像家长,肯定要比我们考虑得全面,考虑得多。若不是朱总司令来了,恐怕这点儿消息指导员也不会说。既然说了,我们是什么心情他肯定知道,该讲什么,该什么时候讲,他肯定也有考虑。我们就不要给他添乱了。"

奎生格用异样的眼光打量一阵他这个外甥,忽然扑哧一笑:"行,跟你妈一样善,总是先想别人。我投奔我姐和姐夫,打闹三四年也就是帮着种个地混个饱。这次跟我外甥出来闯天下,咋也得混出点儿出息,当个什么管人的人。"

奎勇被逗笑了,难得笑出了声:"老舅,你早就有出息了,现在就该是管人的人了。"

"我连你都管不起,还能管了谁?"

"不但管我,还要管咱整个蒙古青年队。"

"我凭甚去管?要笑人哩。"

"就凭你偷种的那二亩菠菜地,你以为我不知道呢!"

"怪不得老人都说外甥是条狗,吃饱饭就走。连两亩菠菜都瞒不住!二月清明菠菜老,三月清明菠菜小。现在种菠菜,正当时,总不能天天吃盐水泡小米饭吧?"

"就凭这两亩菠菜,我保你升官发财。"

"你是个正经人,咋也学会那个幽啥的了!"

"幽默!学习不长进,新词也记不住。指导员上政治课,说国民党不发饷还搞封锁,前年毛主席说过摆在咱面前只有三条路,你说,哪三条?"

"毛主席说哪三条就是哪三条。"

"哎哟,老舅,我真服你了。一条饿死,一条解散,第三条就是自力更生，发展生产，自己养活自己。"

"毛主席走哪条我就走哪条。"

奎勇哭笑不得，捂着嘴巴憋半天才大喘一口气说："毛主席要发展生产，自己养活自己。"

"我就说嘛，活人还能叫尿憋死？"奎生格终于可以发表高见了，"陕北荒山野岭这么多，一万个人也种不完的地，干啥还要饿死，傻了？聚一起还没半年又解散，那不是疯了？毛主席说得对着呢！"

奎勇顺势引导："武部长在会上说，罗校长叫咱蒙古青年队自治，成立学生会，选举学习委员、文体委员、生活委员……你说这劳动委员让谁干？"

"罗校长说让谁干？"

奎勇无奈地啧一声："选举，要大家选举。算了，我也不想再问你了。大家一定会选你，庄稼把式谁能跟你比？你就是劳动委员了。奎委员！"

"哎呀，"奎生格睁大眼倒吸一口凉气，"一下子就当那么大的官？听川叔讲，毛主席开始也才是个毛委员。"

"你这个委员没那么大，但也不小，现在只能管咱青年队的四十号人马，不过还要陆续来人，到年底咋也得百十号人马。你说，从指导员开始谁没种过地，土默川最大的地主也雇不起我们这样百十号的壮劳力吧！"

"那是呀，真有那么一天，什么猪哇羊呀，我自己就一下子备齐，咱们掌柜的跟伙计们也闹腾他一夜！"

"你以为呢，咱在家谁不养猪养鸡鸭，现在这么大个家，不但种粮种菜，还得养猪养羊，还要养牛养马。"

"说得对，种地不上粪，等于瞎胡混。"奎生格是个讲实际的人，手捏下巴直接就想到干活上，嘴里念念有词，"白露早，寒露迟。冬小麦是过季了,延安就算有地方能种春小麦,找块地也来不及了。唉,人挨地一时,地误人一季啊!梨花白,种大豆,青蛙叫,落谷子,看来还得吃一年豆面小米饭了。清明前后,安瓜点豆,小满芝麻芒种全。头伏萝卜二伏菜,末伏种的好油菜。估计今年吃菜问题不大,还可以卖钱买白面……"

"老舅,你也不要一个人盘算,特木尔牧马、晨光放羊,我姐喂猪养牛,也都是一把好手。"

"那是,牛粪冷、马粪热、羊粪居间二年乐,猪粪人粪岁有歌,是要好好商量商量。"

"老舅,我以为种地只卖力气就行,这里的名堂也是一套一套的啊。"

"那是。私塾里教的是'子曰',你姥爷教我的都是'古人云'。牛吃粗草,粪可以烧火,肥力很差,但是用于果木可以改良土壤。马就不同了,马吃料,拉的屎都有虫鸟去抢,里面有粮食啊。羊吃百种碰头草,比牛吃的粗草营养高,肥力持久。猪和人都是吃粮为主,说难听点,王爷天天吃肉,疴一橛子油屎比咱装的一肚子青菜屎肥力都要高……"

"行了行了,"奎勇忙不迭摆手,"越说越恶心。就这么定了,晚上开个会商量商量,我负责请指导员参加。"

奎勇向王铎请示晚上开会的事,王铎没有表态,只望着奎勇不吱声。搞得奎勇有些不自在了,才说:"你为啥不问家里的情况?"

奎勇说:"该说的时候领导就会找我了。"

"谢谢,我确实也没有得到更多的消息。"王铎感动地说,"我种过地,当过教员,你比我教过的学生都更懂事、心善,比他们成熟得早许多。我们是半工半读,你能首先提出生产的事,也证明了这一点。说吧,开会主要想解决什么问题?"

"临来时,我老舅只说了一句:不缺人,不缺地,巧妇难为无米之炊。"

王铎笑着点头:"也是个人物,今晚我们就讨论怎么解决种子、农具和钱。"

晚饭后,奎勇、奎生格、奎晨光、特木尔、奎英聚到了王铎的窑洞里。

"特木尔的汉名叫奎成烈,咱们开会可不是开奎家店啊,要搞五湖四海。"王铎对奎勇吩咐,"去,把王知勇和任其久叫来。"

王知勇是奶头结拜,木匠把式,自不必说。任其久是第二批刚来的青年,比奎生格还大两岁,不知请他来是为什么。

"任其久是土默特哈素乡人,家里有十间房,百亩地,牛马猪羊成群。他是师范毕业,他父亲是土默特顶尖的木匠,王知勇的父亲都比不过。种地、放马、木工手艺不说,他不肯留家继承父业,跑去参加长城抗战,失败后又加入八路军大青山支队,这次被送来延安学习。你们说该不该请他来发表意见?"

"哇,老革命了!""大学问呀!"

"叫他捐点儿猪马羊给咱!"奎生格"啧啧"几声,"抛下那么红火的日子不过,跑出来跟咱干这种杀头的买卖,这是真闹革命呀!"

"老舅,你真得加强学习了,甚好话一到你嘴里就变了味儿。"奎勇起身说,"我去请他俩!"

人到齐了,张禄也闻风而至,正气喘吁吁找地方坐,王铎已经开讲:"过几天咱们就有菠菜吃了。发展生产,自给自足,奎生格走在最前面,队里提出表扬。现在要扩大生产,巧妇难为无米之炊,今天我们就讨论怎么解决种子、农具和钱的问题。"

张禄刚在土台子上挤出一块地方,屁股没坐稳就抢先道:"跟指导员干事就是痛快,气都不等人喘,开拳就打。我先说个情况:陕公已经下来任务,1940年,就是今年一年必须开一千亩荒,而且要种下粮食,要有好收成才行。分给咱青年队三百五十亩,大家说咋干吧！"

"三百五十亩，那还念不念书了？"

"半工半读，当然要念。"

"农忙了干整天，农闲了念整天，也是半工半读，这有啥难的？"

"大家讲得都对，现在只谈种子。"王铎也是种地出身，懂几句农谚："什么样的葫芦什么样的瓢，什么样的种子什么样的苗。不要以为能出苗的就是好种子，三百五十亩地，都种什么，需要多大量，土质、节气、气候、选种都要考虑。"

张禄手指奎生格："庄稼把式，你先说。"

奎生格发言极具特色，永远像在算账，永远像自言自语，又永远让旁听的人跟着他一起思考实际："四十号人，三百五十亩地，找地、选地、刨地、平地、种地。年纪大的刚开始一天刨三分地，年纪小的和女女们刨一分半。半个月后年纪大的能刨半亩，小的能刨三分。选地半个月，刨地用不了两个月。春雨惊春清谷天，夏满芒夏暑相连，秋处露秋寒霜降，冬雪雪冬小大寒……延安跟土默川的土质气候也差不了多少，我看种子问题不大，现成就够了。"

奎晨光和特木尔睁大眼齐问："说啥呢？你掰扯掰扯指头就有了？"

任其久笑着点点头，痛快承认："有了。"

奎生格目光始终盯着任其久："你知道我咋想的？"

"你算完账两眼就直勾勾盯住我，还问我咋想的？"任其久转头望着王铎，"指导员，按节气来算，在陕北这疙瘩今年还可以种谷子、糜子、玉米、高粱、荞麦。这些种子我家里都可以捐一些，不过，还存在两个问题。"

王铎伸伸下巴："你说。"

"种地不选种，累死一场空；好种出好苗，好葫芦锯好瓢。我家的种子都是地选的，应该还可以。但是土默川与延安气候和土质还不尽相同，出苗结籽问题不大，能不能丰收，不敢保证。再说呢，我家留种是照一百亩计算的，虽然留不少宽裕量，解决三百亩肯定不够。俗话说，家选不如场选，场选不如地选。我们是无法在地里选种了，粮食都归了仓，只能在家里选种来解决不足的那部分。"

"问题不大，家选也差不到哪里去，费些工夫而已。"奎生格又开始算账，"谷三千，麦六十，高粱八百实打实。种子年年选，明年我们就能卖种子了！"

奎英大声说："老舅别光是你俩讲啊，也给我们解释解释，长点儿知识。"

任其久解释道："一穗谷子有三千籽，一穗麦子六十粒，一穗高粱种下去，产量可达八百斤，要不怎么说选种最好是在地里选呢，在地里选一株颗大穗圆粒子饱的谷种够你在家拨拉一上午也选不准。"

王铎两手一拍："太好了，种子的问题就这么办。"

任其久说："我的意见是留下五十亩，一定要买些本地的种子来种，这样可以和我们引进来的庄稼有个对比。一方水土养一方人，如果比土默川的庄稼长得好，我们自己不是也有了本地的种子？"

奎勇不无担心："买的种子可别瞎地呀。"

任其久笑道："放心，直接到农户家里去买。农民和奸商不同，而且有家有业，跑了和尚跑不了庙。俗话说，种子买得贱，空地一大片，只要价钱出得合理，保证都是好种子。"

王铎舒口气，又拍一声巴掌："好，种子就这么定了。说说农具。"

"农具没问题。"王知勇胸有成竹地接过来说，"锄镰锹锨镐叉犁，山上开荒最当紧的无非是镢头，所有农具问题只要有木匠和铁匠，都会迎刃而解。我已经联系了两家铁匠铺，木工有我和任其久,用不了两星期全解决。"

奎勇说:"别忘了我可以搭把手。"

奎生格说:"铁匠铺可不会给你白干啊!"

没等其他人发表意见,奎勇忽然拨拉一下老舅的脑袋:"老实点!"

一阵善意的笑声,原来奎生格又盯上了任其久……

二十六
老舅

窑洞里,王铎难得一笑,难得幽默一句:"咱们不是入伙梁山,别老盯住有钱人,杀富济贫死路一条,自力更生才是正道。"

奎生格也随大家尴尬地笑笑:"我又没说甚。"

王知勇说:"老区群众都相信咱八路军是买卖公平,讲好了,不要钱,秋后算账。丰收之后,连本带息,用粮食抵账。"

"太好了,多打造些农具,过两天我又要去大青山,带十五名蒙古青年来延安。"张禄眉飞色舞地说,"光种粮不够,咱还得种他几十亩菜,惊蛰之前,最晚清明之前各种菜籽都给你们带回来。"

于是,明光闪烁的远景和愿景激励得大家血脉偾张,你一言我一语,越说声越高,越谈越长劲,小小窑洞像开了锅一样,声浪激荡得那盏小油灯跳舞似地忽闪个不停。

男同学都说:"砍一天柴能卖两元钱,三十个人干一天就是六十元。"女学员说:"拔落绳草回来做扫帚、笤帚、马帚,我们也能挣两元钱!"王知勇说:"我和任其久出去揽木工活挣得更多,能挣大洋!"

"不干正事了?"王铎打断大家的议论,严肃地说,"休息天砍柴拔草可以,出去揽工不行。半工半读、种地养殖是为了继续学业而不是为了钱,筹钱主要是组织上考虑的事。可以告诉大家,绥察公署已经从他们节约的行政经费中拿出一千元支持我们的学习和生产,姚喆司令员这次来延安开会也为我们蒙古青年队送来了二十块大洋。学习需要笔、墨、纸、书、灯油,如果我们砍柴拔草能解决学费,组织上给的这些钱就可以发展生产,能招收更多的蒙古青年来延安学习。"

"指导员说咋干咱就咋干,不能掉到钱眼里去。"奎生格起身撸撸袖筒说,"咱文化不如你们,干活不含糊。我的学费自己解决,还可以包几个小的和女女的学费,省下的钱全去发展生产。"

奎勇朝老舅竖大拇指,因为贾力更跟他说过,工农干部最大的优点就是服从领导听指挥。

任其久慢条斯理地说:"学员们都是劳动出身,自己解决学费都没问题,关键是钱首先用在哪里。是先买猪羊,还是先养鸡鸭兔子?要不要买牛买马?……"

王铎点头:"摊子不能一下子铺太大,滚雪球式发展,先搞见效快、回钱快的项目。"

奎晨光抢先说:"那肯定是先养羊了,羊子养羊子,三年一房子。"奎英举起手使劲摇:"不对,六畜兴旺猪为首,五谷丰登粮为先。先买猪。""羊无空肚,一年两孕,一孕俩崽,崽又生崽,不出五年就成群了。""猪一孕就十几个崽,崽又生崽,你比得了吗?""羊吃草不用钱,猪可要吃粮!""吃粮不吃粮,回头看看田。一猪能肥几亩田,才吃你多少麸皮谷糠……"

"不争了,猪和羊肯定是首先要养的,鸡鸭费不着多少钱,真需要认真考虑的应该是大牲畜,驴马牛是过两年养还是现在就动手？"奎生格话音未落，特木尔在他身后嚷开了："咱还有三头驴在陕公呢。"张禄瞪他一眼："趁早别想。那是用大青山支队捐赠陕公的钱买的，本来就是校里的，别忘了连你也是陕公的学员。"

奎勇冒出一句："咱们蒙古青年队，有羊没有牛马显不出蒙古特色呀。"王知勇说："可惜特木尔的追风马不是母马，下不了驹。"奎生格已经又盯上任其久："你别紧张啊，从你家牵两头母牛来，不白要，秋天还钱。母牛生母牛，三年五头牛。两头母牛就是十头牛，咱的问题也解决了。"

"我不紧张。"任其久说，"给大家讲个故事，牵不牵牛你们定。归绥城古楼里说书的谁去听过？"

土默特的青年谁没听过？都举了手。

"商朝时，土默特这地方叫鬼方，广州那地方叫蛮方。周灭商，鬼方和蛮方都立了功。姜子牙封神，武成王黄飞虎，被封为东岳泰山天齐仁圣大帝，总管人间吉凶祸福，他把鬼方改称昆夷。那时就是水草丰茂、牛羊成群的好地方。有一年广州遭灾，有个人家交不起租，父亲被抓走，儿子哭号三天，惊动了黄飞虎。黄飞虎骑的是五色神牛，说鬼方与蛮方还没与中原文化融为一体，所以他决定由鬼方帮助蛮方，就从土默川这里选了五头不同颜色的牛拉了粮食去广州救灾。跑几千里路，五头神牛不服水土，又累又病，到了广州都瘦成羊那么大点。广州百姓得救了，五头牛全瘦死了。广州人还以为送粮的是五只神羊，为了纪念，就把这座城市叫了五羊城。"任其久问："你们在鼓楼听过吗？"

大家都说没听过，只有奎勇说："我听父亲讲过，是陈济棠去莫斯科考察时对他讲的。"

讲故事是为了说道理。任其久不慌不忙往下讲："奎生格喜欢听古人云，古人云：千里骡马一处牛。啥意思？骡马可以满世界跑，牛不服水土只能待在一个地方。我怕你牵两头牛来到这里，最后瘦成两只羊,更不用说万一病死了。"

"有这么玄乎吗?"奎生格听入了神,半信半疑坐回土台子上。

"今天这会开得不错,理论联系实际,还听了段说书。"王铎总结道,"我看就到这里结束吧。种粮种菜、养猪养羊明天就开始行动,买牛买马的事过些天再考虑。"

刚出门,任其久就问奎勇:"一北一南,你父亲咋就认识南天王陈济棠了?"

奎勇说:"我父亲在莫斯科跟蒋经国是同桌,陈济棠在莫斯科考察,看望蒋经国,我父亲叫他们是南蛮子,他们说我父亲是北鞑子。"

蒙古青年队从上到下就都动了起来。看地选地的,伐木备料做农具的,选种买种的,挑猪找羊的,最忙的当然是奎生格,因为大家选他当了劳动委员。

奎生格本来是推让任其久当劳动委员的,任其久头摇得像拨浪鼓:"劳动谁能跟你庄稼把式比?我是万金油,哪病也能抹抹,啥病也治不好。家里地不少,雇着长短工呢。我主要是上学,回家种地、养猪、放羊都是搭把手,动嘴多,动手少。劳动委员干活要带头,我可吃不了那个苦。"奎生格一听吃苦,就不好再推让,可是当领导是要动嘴呀,他干活一向是听人吆喝,可从没吆喝过别人。幸亏他有个好习惯,懒得再多想,盯住王铎说:"指导员,你说句话吧。"

王铎差点儿笑出来,奎生格这个人透明得就像没有杂质的水,一眼能看到底。你问他国家大事,他准是"毛主席咋说咱咋干";你问他陕公学校里的事,他肯定说"罗校长咋说咱咋干"。至于蒙古青年队里的事,当然是"指导员咋说咱咋干"。

"劳动委员就是你来干吧。"王铎对奎生格说,"吃苦是必须的,还要学会动脑子。搞生产事多人散,一个人肯定忙不过来,让任其久跟你当副委员，帮你吆喝。"

奎生格说："我听指导员的。"事情便这么定下来了。

奎生格办事不但踏实，而且也是有计划有办法的。他先亲自去找地选地，让任其久负责跟家里联系种子，找老乡买种子。他找地先找人，找过三个老农之后就盯住了老红军川叔。川叔参军前也是种地的受苦人，每天拉水回来总喜欢找人摆龙门阵。奎生格比川叔多读两年私塾，川叔比奎生格多活了十年，两个人都不会讲官话，互有所长，聊起来特别投机。奎生格问："川叔，让咱们一切行动听指挥，都听谁的指挥？"川叔说："当然是听领导的，红军不许叫长官。""那么多领导听谁的？""官大一级压死人，当然听官大的。""不是不许叫长官吗？""不叫长官不等于不是长官，我当班长时就得听排长的，排长要听连长的，连长要听营长的……所以你要先知道他是什么官，这个官有多大，你就听官大的指挥准没错。""那毛主席的官最大，咱也见不着听不着呀。""见是容易见，有时候走路都能碰上，可他不会给你下命令，他给司令军长下命令，司令军长给师长旅长团长下命令，一级一级传下来，到你这就是指导员下命令了。""那指导员就代表毛主席了？""应该是吧，毛主席一声号令，全党全军步调一致才能得胜利。不过也有例外，个别胡说的就被纪律掉了。但咱们当兵的没事，只要服从命令听指挥，当官的错了我们也没错。"

"噢……"奎生格感觉这是来延安之后听得最明白的一堂课。那以后，奎生格和川叔只要一见面，奎生格就喜欢叨唠，川叔就喜欢摆龙门阵，两人互相交流都没少涨知识。

这次找地，奎生格一上午找了三个老农，问到一个好消息：朝东山沟方向走四里多路，就有一块慢坡地，足有五六百亩。东山沟？那不正是川叔每天拉水的地方嘛。川叔一天送三次饮水，午饭送水时被他拦住说："川叔，指导员给了我个官职。""啥子官么?""劳动委员。""芝麻绿豆还啥子委员,那是叫你卖力呢。""咱除了卖力还能卖甚?至少要种三百五十亩粮食。老农说你拉水那疙瘩有五六百亩慢坡地?"川叔笑道:"我正琢磨这块地呢,吃过饭我带你去!"

到了地头,川叔说:"看仔细了,已经开始冒绿了,夏天这里除了草就是羊粪蛋。我拉水去队里有三四里,来这里不过二里地,有水有粪去哪儿找?"

原计划十天半月选地,如今一天就找好了!奎生格兴冲冲赶回队里,想给全队一个惊喜,没想到,却被奎勇抢了先。

"老舅,今天送你个惊喜。"奎勇把他拉到自己的窑洞口,"你看!"

哇,窑里堆了不少镢头,王知勇一头汗水,带着几名学员还在那里忙着给镢头装木柄呢。

"这么快?"奎生格大喜过望。

"铁匠铺里镢头现成的,我和知勇带着几个学员去林子里搞木柄,不到半天的成果!"

王知勇抹着汗转脸喊一声:"老舅,今夜就全搞好了,现在就等你的地啦!"

"我也给你们一个惊喜!"奎生格把找地的情况一说,窑洞里响起一片欢呼声:"明天就去开荒!"

"咱的计划要改改了,先种菜再种粮。"奎生格又开始掰扯手指头算账:"韭菜、冬瓜、南瓜、蒲瓜、苦瓜、春柿子、春茄瓜、春菜椒、四月豆、五月鲜……过五一劳动节我就能请大家吃上豆角焖面!种子,关键是菜种,这些菜开了荒马上就可以种,我找任其久去!"

"别找了,他还没回来。"

"说曹操,曹操到,任其久,来报道。"随着话音任其久走进窑洞，很夸张地给奎生格敬一个军礼，"报告奎委员：大事不好，小事不妙，您要的种子，咱们没搞到！"

"开甚玩笑哩，你说正事。"奎生格把任其久敬礼的手拉下来，"别给我折了寿。"

"真的。"任其久变严肃。

"咋的，忘带钱了？"

"八路军的牌子不用一手交钱一手交货。"

"一天了，甚都没打闹上？"奎生格真急了。

"唉，说来话长哟！"任其久丧气地一屁股坐到了土台子上。

二十七
三人行，必有我师

窑洞里的学员都停下手里的活，朝任其久围过来，"咋了？""出甚事了？""你快说啊！"

任其久一本正经地拉长声音说："开会时都讲得好好的，早上奎委员给我的命令也是搞粮食种，那菜种是张禄说好从土默川带回来，又没说让我买。"

"你个挨刀的货，"奎生格大舒一口气，巴掌高高举起，轻轻扇在任其久身上，"你吓死个人哩！"

"这叫计划赶不上变化。"任其久憋住笑说，"种地又不是考试，给你们放松放松还不行……"

他还没讲完，一群学员拥上去把他按倒在土台上，喊着："这就让你放松放松……"有挠痒的有打屁股的，滚成一团。

"好了好了。"奎勇怕闹过火，及时叫停道，"老舅，给大家说说下步咋弄吧。"

窑洞里静下来，奎生格习惯性地捏住下巴，很像自言自语地说给大家听:"明天开始,咱连干他三个整天,种十亩菜没问题,然后恢复半天学习、半天开荒。我思谋的是——哎,小勇,你念叨的那首医了疮、剜了肉的诗是咋说的呢?"

奎勇随口念道:"二月卖新丝,五月粜新谷,医得眼前疮,剜却心头肉。我愿君……"

"对,"奎生格截住声说,"居家过日子,现在不是闹春荒的时节,空房出去讨饭的最多,我们吃公家饭的也要为公家想。如果这会买回猪来拿甚喂?最好等到四五月份菜陆续下来了再买,我想还是先买吃草的羊哇。"他说着就匆匆走出了窑洞。

"他肯定找那几个挑猪选羊的去了。"奎勇说,"咱们赶紧把这些镢头装完,别误了明天开荒。"

任其久边干活边对奎勇说:"给家里要种子的信也已经发出去了。听人说中华邮政是国民党办的,常扣发重要信件。不放心,我又找了边区通讯站,通讯站同志说插了鸡毛三天送到,不插鸡毛要一星期左右。咱又没那么急,为省钱我就没插鸡毛。"

"多少钱?"

"去年还一角呢,今年刚降到三分四,站里那个老同志说咱蒙古小八路命好。"

"川叔也这么说,他说陕北这里有讲究,若要麦,见三白。"

"三白,啥意思?"

"也是农谚,就是腊月里下三场雪。咱来之前,两年没见白;咱一来,下了四场,遍野都是白茫茫,麦子肯定大丰收。"

"你也关心农谚?"

"咳,我老舅张嘴不是农谚就是古人云,我回来就都记在本子里了。你说的农谚我也记下来了,千里骡马一处牛,对不对?"

"有心人。"

"我从小喜欢诗词。都说歌舞起源于劳动,其实农谚也是从歌谣里分化出来的。《诗经》里的'莆田''大田''七月''臣土'不都是农谚吗。我原本想去鲁艺，到民间采风，可是……不说了，镢头当紧。"

剩的活儿不多，很快就搞完了。大家各自回窑睡觉，奎勇被任其久拉住了。

"指导员让开展谈心活动，我想跟你聊几句。"任其久拉着奎勇在窑洞前的土坪上席地而坐，"我不肯当劳动委员不是怕吃苦。"

"我明白，长城抗战你都去了，还怕吃苦？你是谦让。"

"不是谦让，你老舅确实比我合适。从红军到八路军，咱这子弟兵不说全部，我看百分之九十九都是农民吧？咱蒙古青年队还有个蒙古特色吧？你老舅是地道农民，地道的蒙古族。而我呢？严格说来应该算小知识分子，又是汉族，你说谁更能融入农民、融入蒙族群众中去做好工作？……你别打断我，听我说完。我想说的是，你老舅不但比我更了解农民，更熟悉农业生产，而且真诚、朴实、厚道。张禄跟我聊了步枪还是机关枪的事情，我也看出你是组织上重点培养，准备干大事的人。希望你多观察老舅的说话办事，不只是农谚记在本本上。比如老舅刚才撇下咱们就跑了，你以为就是问个猪羊琐事？"

"为了甚？"

"他跑地里去了，明天你就会明白。都说三人行必有我师，你学老舅不要光往本本上记，要用心思去观察，去琢磨，将来办大事必能用得上。"

"任老师，谢谢你的肺腑之言。"

"我们是同学。"

"你刚才还讲三人行，必有我师。何况论年龄，你比我舅还大两岁，论学问，我在土默特高小的老师还不如你师范毕业，论见识你……"

"不说了。抓紧休息，明天还要刨地。"任其久紧握一下奎勇的手便走开了。

第二天一早，不到五点奎生格就挨着窑洞把大家叫起来集合，有些学员开始发牢骚："奎委员真是新官上任三把火啊。""农家只说收麦子如救火，这喊人刨地倒像失了火。""早饭也不吃就出发呀。"

牢骚停了，因为指导员王铎站到了队伍里。奎勇用起了心思：幸亏有指导员在，如果换作我该咋解释？老舅嘴笨，可别发火。没来得及想出辙，奎生格已经盯住任其久问："你来凑甚热闹？说好你去买菜籽。""饭还没吃呢，黑灯瞎火去哪儿买？""抢种十亩菜地，我们在田间地头吃。""谁家农忙不在地头吃？伴着风沙也没话说，快带上队伍走哇！"

奎生格问："指导员，你讲两句？"王铎说："自治，自治。""那好，咱走哇！"奎生格挥挥手走了。

一路上再没听到牢骚，奎勇心想：什么大道理也比不上这两句实在话。

到了地头，奎生格站在队前，唠家常似的说："大家都是种过地的，在家种的是平地，用犁翻地，山坡上用镢头。挖窑用的是镐和铁锹、耙子，会用镐就会用镢。刨地比挖窑更能放开手脚，不怕你不积极，就怕你太积极，先开十亩荒练练手，种上菜。领导要求开三百五十亩荒，这片地有六百亩，有你们卖力的时候。来哇，天麻麻亮，能看清标记了吧？一字排开，稳住劲干。"

大家看清了山坡上刨出了一条条直线，奎勇心想：看来老舅是一夜没睡啊！

"小英，不叫你们来肯定要闹情绪，来认认路也好。你叫上淑敏和梅梅回去帮厨，把早饭按时送来。这活儿不轻，来回要跑不少路。"

"老舅真会指使人，我把照光也带上吧，他还小。"

"不行。男娃子，留在这伤不了身，跟上你走会伤了心。叫什么……自尊心！"

一直留心老舅的奎勇不由得望了一眼开始刨地的任其久，耳边又回响起那声"三人行，必有我师"。

"知勇，耕而不耢，不如做暴，懂吗？"

"不懂。"

"农谚，意思是说，耢田而不耕地，还不如让地荒着。这十亩地今天刨开，明天必须抓紧平整。上午干干你就回去，多做几个无齿耙好耢地用。"

"明白，保证不误事。"

奎生格"霸占"的那片荒地，比别人宽出一半，可是才干不过半小时，已经把大家甩下了一截距离。他把镢头朝地里一戳，回身喊道："干地里活儿不许搞比赛啊，要比就比出力，不许比速度。"

"不比速度咋知道出力没出力？"

"要比谁做的活儿细，做的质量好。都停下，歇口气。"奎生格检查几个人干过的活儿，没有表扬也没有批评，把大家聚拢到自己刨翻的地旁，说："人哄地皮，下一句，谁知道？"

"地哄肚皮。"众口一词。

"看来确实都种过地。再说一句看谁能对下一句：大树底下——"奎生格嘴慢，被奎照光抢了过去："好乘凉！"

奎生格半张着嘴，被说愣住了。奎勇忙帮助解围："老舅，你是要说大树底下无丰草吧？"

"啊，对，谁知道下一句？"

"父母身边好吃饭！"奎照光又抢了一句。大家都哄笑着说对得好。奎生格朝奎照光额上点一指头："你可要喜欢死个人哩，小勇，你告诉大家下一句是什么？"

"大块之间无美苗。"

"你懂吗？"奎生格俯身问奎照光，奎照光顽皮地挤挤右眼。奎生格转向大家说，"这意思是说田里不能留下硬地，尤其是大块地。咱是种粮种菜，不是上山种树，不能把地刨成鱼鳞坑。大家检查一下我翻的地，做到我这个样子就算出了力。如果刨成鱼鳞坑，一口气刨到山顶上，那也是人哄地皮，地哄肚皮。再有半个多小时该吃早饭了，这段时间大家对照我翻过的地把自己的活儿做细，做好。我是二十出头的壮劳力，照光是才十岁出头的娃娃，比速度比谁干得多那叫不公平。好了，开始干活吧。"

奎勇始终不知道谁把地刨成了鱼鳞坑，因为没人能比老舅干的活儿好，都做了一定的返工。

三天时间，早晨五点下地，晚上提着马灯回队。翻地、平地；筑埂、修沟、做畦、播种；什么菜要育苗移栽，什么菜直接播种；是条播、散播还是点种，奎生格都有一套一套的农谚和"古人云"。比如"种子洗澡，庄稼病少""若要虫子少，除尽田边草"……干活儿他没具体批评一个人，只在最后完工时表扬了全队的人："干得好，人人不惜力气，没一个偷懒耍滑。这只是开头，练练手。咱盯住的是六百亩，准备好腰酸腿疼胳膊肿，吃多少苦，过年咱就能享多大的福……指导员，你给总结两句？"王铎说："自治，自治。"

隔天晚饭后，奎勇陪老舅在延河边散步，感慨地说："老舅，我看你很有些领导方法呢。"

"啥领导？地里来地里去。"奎生格憨厚地笑笑，"咱自小给人打短工，下地都是长工带着，干甚活儿都是长工罩着我们这群短工，不用学也知道那一套。"

"难怪管用。"奎勇喜欢琢磨问题，"地里来地里去好像说得不准确，毕竟还是跟人打交道。人里来人里去？也不准确，意思是有，该怎么表达呢？"他一时也没想清楚。

二十八
拔节

　　第三批蒙古青年来到延安，不但带来了菜种粮种，还给奎勇带来了好消息：母亲塔拉躲过敌人的追杀，带着两个弟弟逃到鄂尔多斯，在新三师与父亲奎元士团聚了。姑姑奎清去了大青山支队，只有爷爷躲在村里，想恢复被烧毁的家。

　　比奎勇还要兴奋的大约就是老舅奎生格了。经王铎推荐，他去延安大学农场指导农活儿，忙了三天赶回来，没歇气，直接来到慢坡地，学员们你追我赶干得正欢。一个多月来，这位一辈子没吆喝过人，只是被人吆喝的劳动委员，现在已经习惯了吆喝人了。他掏出铁哨，"嘟嘟"几声，学员们便停住手，陆续走下坡来，纷纷打趣："几天不见，春风满面啊。""奎委员是不是要当农场场长了？""人家是不放心，怕咱又刨成鱼鳞坑，跑回来监督监督。"……

　　"没人把你们当哑巴卖。"奎生格回嘴逗道，"这才几天就忘了腰酸腿疼胳膊肿的时候了？一群白眼狼。"

是啊，这些小年轻，虽然都种过地，但最多是在家搭把手，没干过重活，更没整天挥过镢头，一个个累得腰酸腿疼胳膊肿。每天上山爬不动坡，下山滑哧溜跌跟斗，吃饭端不稳碗，学习抓不紧笔……那些天忙坏了奎生格，每天收工回来就下厨烧热水，给学员们泡脚、热敷、捶肩捏腿，翻来覆去那句话："褪毛破壳有一变，快了，就快了，褪毛破壳有一变……"说也怪，青年队规定的是上午学习，下午劳动，头几天只要下工的哨声一响，这些学员就会扔下镢头一屁股坐到地上不想多动，才一周的时间，在奎生格"褪毛破壳"的唠叨声中，听到哨声没人再坐倒，都是有说有笑朝山下走。十几天过去了，下工的哨声响起，没一个人再扔镢头，力气没处用似的，越发干得猛，直到三声哨声后，听见奎生格骂人了，才恋恋不舍地走下山。更怪的是，像李桂茂这样没念过书的人，过去一天记不住两个字，现在出力越多脑瓜越灵光，不但一天能记住十来个字，还能多弄清几句革命新词儿，张嘴闭嘴也能说出"革命不分先后""团结就是力量""民主集中制""抗日统一战线"……

现在，奎生格嘴里也时不时能冒出点"文化"来："三天没见，我又得刮刮眼了！"他逐个打量着小年轻们，不时用手比比高低，捏捏赤膊上的肌肉，"拔节了，都拔节了！"

"说甚呢，农场里没待够啊？"任其久发话道，"咱又没种麦子，谁拔节了？"

奎生格说："农场里种了不少麦子，我告诉他们寸苗尺水，灌满麦地，夜里咯在田头地角一跂蹴，就能听见麦子咔咔的拔节声。你说这延安山好水好是不是神仙宝地？咱来了不满一年，不知是小米养人还是知识养人，你瞧瞧这些小年青，男娃娃窜个子，女女们长胸脯，一个个欢天喜地，脸生红光，哎呀呀……"

他似乎没讲完，被学员们一阵轰笑欢呼打断了，女学员们都被说得不好意思，掩口扭身，嘀咕着："还当老舅呢，没个正经。"

"好，咱说正经事。"奎生格把脸故意一绷，"组织上要求的三百五十亩菜地咱是开完了，自己要种的五十亩地也都平整完了。这块坡地还剩二百来亩荒，大家说，是撂一年荒呢，还是一口气开完它？"

"开！""一口气干完！"……

"毛毛虫破壳变蝴蝶，我就知道你们翅膀硬了，我不说开也管不住你们去开完这片地。走哇，接着干！"奎生格抓一把镢头就朝坡上走，学员们又吼又叫地相跟上。任其久扯一把奎生格，小声问："驴发情嘴拌，猪发情跑圈，羊发情咬尾，你懂吗？"

"牲口经嘛，我咋能不懂！"

"人发情脸蛋红，你就不懂了。春天了，说话注意点，别动不动就盯住女女们的胸脯，老不正经。"

"你比我还大两岁呢，"奎生格巴掌举起，重重落下，"啪！"扇在任其久背上，"你才老不正经！"任其久开心大笑，找到自己的镢头一阵猛刨。奎生格在他身边一边发力刨地一边数落："我看你就是闹春呢，熬不住就回家去说一房媳妇，别在这丢人现眼……"

"喂！大家听好啊，奎委员发话了！"任其久忽然停下手中镢头，朝学员们喊："他说大家已经习惯了抓质量，翅膀也都硬了，可以互相找合适的对手展开劳动竞赛。大好的春光，咱也闹他一货春！"

"闹他一货春！"学员们嗷嗷叫着响应，互相找了年龄相仿的对手开赛，满坡镢起镢落，你追我赶，直赛到夜黑透，奎生格吹哨四五遍才算叫停下来。马灯照路，一路走来歌声不断。或齐唱《八路军军歌》《红缨枪》，或点名叫人唱《走西口》《王爱召》。走到延河边，有人喊："黄梅梅，来一个！""《挂红灯》好不好？""好！"

"春分刚过，咱别唱正月的歌了。"黄梅梅清清嗓子，放开歌喉："蝶儿飞，鸟儿唱，阵阵清风送花香。春天里来到宝塔山，开荒种菜又种粮。生产学习精神爽，愉快的歌声多嘹亮！"

"这歌清爽啊，适合娃娃们唱。"奎生格问，"过去咋没听过？"

"你外甥刚作的。"任其久说，"队里现在五十多号人，指导员让成立了个俱乐部，选他当主任。"

"咋的，不负责我们这些落后生的补课了？"

"能不管吗！你是他舅。"任其久说，"不过明天上午的学习他肯定不参加，听说要去请什么人给队里题字。"

队伍在延河边停下，大家谁也不想马上离开，或洗或涮，然后静静地眺望沿河两岸：窑洞在山坡上一排排整齐地排列着，上上下下灯光闪烁，就像城市里一层层的高楼大厦。没有谁再放声歌唱，好像是害怕惊醒一个美妙的梦……

"开饭了！"厨房那边传来奎勇的喊声，学员们这才慢慢离开延河边。

第二天吃过早饭，奎勇带着准备好的三种纸张奔延安自然科学院。

延安自然科学院位于南郊七里铺，据说，唐末安史之乱时，杜甫曾在此一石堰下，头枕麻鞋，避风夜宿，后人便在此凿成石室建成杜公祠。北宋范仲淹在石崖上书写了"杜甫川"并勒石，由此得名杜甫川。奎勇来到延安大半年，当然要参拜诗圣留下的遗址，所以熟门熟路，不用打听便找到了延安的自然科学院。

他要见的是"延安五老"之一的徐特立。从辛亥革命支持武昌起义，到1927年在"白色恐怖"中参加共产党，参加南昌起义；从中华苏维埃共和国的教育部部长，到边区政府任教育厅厅长，全党全军都说他是"对己学而不厌，对外诲人不倦"，就连毛主席都曾经是他的学生。然而，百闻不如一见，奎勇见过许多德高望重的老人，有的望而紧张，有的望而起敬，更有的望而生畏。只有见到徐特立，居然是望而生情，一种融入血液的亲情，一下子想到了久别的爷爷……

徐特立清健矍铄,穿一身灰布军装,虽然打了几块补丁,但十分干净整齐;他头发稀疏斑白,行动却是脚勤手健,一阵风似的迎到门口,抓住奎勇的手:"小八路,蒙古小八路!"他的目光始终不离奎勇,那是一种能融化人心的亲情脉脉的目光,几乎把奎勇手上每块茧子都揉揉按按:"两只手十三块茧子四块硬皮,啧啧!"接着帮助理军帽、抻衣襟、掸尘土,然后拉入座椅,同自己面对面地坐谈,从姓名、年龄、家庭问到如何来到延安、进入陕公,以及大半年来的学习、生产、生活情况。奎勇足足讲了两个小时,徐特立才亲情满满地抚着他的手说:"小同志,谢谢你给我上了一堂生动的课。"

奎勇发了怔,甚至有点儿吃惊,以为自己听错了:"您,您说……我是来汇报的。"

徐特立轻声慢语解释:"陕公1937年7月创办,我兼任过副校长,后来迁到河北。1939年陕公在延安恢复招生,你们蒙古小八路是第一批来到学校的。毛主席对陕公曾经有句评价:'中国不会亡,因为有陕公。'我感觉评价似乎有些高。今天听你一席话我才明白,评价完全正确,中国不会亡,是因为陕公源源不断地培养出像你们一样的小八路!陕公的教育方针老师给你们讲过吗?"

奎勇点点头:"讲过。坚持抗战、坚持游击战、坚持持久战、坚持统一战线。"

徐特立说:"有这四个坚持,有你们这些小八路,中国就不会亡——唉,其实你跟我孙女差不多大。"

"徐爷爷!"奎勇紧紧握住徐特立的手,徐特立顺势把他搂到胸前:"中国不会亡,就是因为有你们继续坚持下去!说吧,要我写什么?"

"励志的,徐爷爷定。"奎勇把自己带来的三种纸放到桌子上,说,"没买到宣纸,不知您习惯用什么纸?"

"毛边纸和宣纸都适合写大字。"徐特立先拿起那张毛边纸,忽然意识到什么,问,"你写大字吗?"

奎勇说:"在家写,来到陕公,我们半个月发一张纸,有时一个月才发一张纸。"

"嗯,这已经不错了。"徐特立感慨道,"三年前,斯诺来延安,说哪怕一张最普通的纸都是最奢侈的东西。咱们中央的机关干部每月最多也只能发五张纸,会议记录、书信往来、开药方,常用桦树皮。你发现没有,国民党越封锁我们什么,我们很快就会越有什么。"徐特立拿起第二种纸,问:"知道这叫什么纸?"

"马兰纸。"

"用什么做的?"

"马兰纸应该是马兰草做的?"

"孩子聪明。"

"我们叫它落绳草,又叫绊倒驴。"

"咱们'抗大'有位化学家,叫华寿俊。你国民党不是封锁吗?那我自己造!他发现边区漫山遍野的马兰草,纤维精密坚韧,牲口都不吃,正好用来造纸,只用两个月就试验成功。再过几个月政府新建起四家造纸厂,到那时你就有纸写大字了。"徐特立拿起第三种纸问:"知道这是什么纸吗?"

"有光纸。"

"这种纸一面光一面糙,又薄又脆,做记录写标语可以,不适合写大字。"

徐立特把有光纸放下,重新拿起毛边纸问:"这种纸为什么叫毛边纸?"

"这种纸是用竹子纤维制作的,纸张绵软吸水,但是纸边毛糙,所以叫毛边纸。"

"讲得好,看来你是学过书法的,徐爷爷再给你一种新解释:

这种毛边纸不但适合书法，还适合印刷。明朝有个大藏书家毛晋，嗜书如命，年年买入大量的竹制纸供人印书。他在每张纸边都盖个'毛'字印，就是他的姓。印书人都用这种纸边印有'毛'的纸，所以就叫毛边纸。"

"我讲的是外形，徐爷爷讲的才是来历，谢谢徐爷爷。"

徐特立教一辈子书，做事讲规矩一丝不苟。他将毛边纸和马兰纸认真打好方格，然后用毛笔一笔一画地题上词。放下笔后对奎勇说："孩子，从今天起我们就是忘年交了。还剩一张纸，就是小了些。"

"原想让徐爷爷试笔用，但徐爷爷直接一气呵成了。"

"我留着这张纸，是为了看你写。"

"徐爷爷，我，我怎么敢呀！"

"既然喊我爷爷，就该放开手脚，无所顾忌。你见过孙子怕爷爷的吗？哪个老人不是俯首甘为孺子牛？"

奎勇凝神静气，然后问："爷爷，写什么？"

"你讲给我许多经历，讲的最近的故事我总结为八个字。你就写：'寸麦尺水，拔节有声。'"

奎勇执笔，饱蘸浓墨，也是一笔一画，缓慢运腕行笔，写出八个大字。

"好，师古临帖，颜筋柳骨。"徐特立把笔拿过来，写下自己的名字，说，"这八个字是我说你写，是我们老少第一次合作。这里包含了老的期盼，少的努力。懂吗？"

"懂了，徐爷爷！"奎勇受到了极大的鼓励，眼神被泪水模糊了……

二十九
特殊考验

边开荒边种菜，干了四个整天，完成种五十亩菜的任务，蒙古青年队恢复了半天学习半天劳动的生活。

恢复学习的第一堂课是蒙文蒙语，教师就是学员们熟悉的王铎和张禄。大家迎着旭日，坐在窑洞前的土坪上，听张禄讲课。

"延安有位毛主席的老师，谁知道叫什么？"张禄开课先提问。

"徐特立！"有半数学员喊出姓名。

"他不但培养了毛主席和烈士蔡和森，延安不少大人物都是他的学生呢。咱们陕公的校长罗迈（李维汉），写《义勇军进行曲》歌词的田汉，'抗大'教育长许光达，都是他培养出来的。今天的课堂，我们就从徐老的题词开讲。"

话音刚落，奎勇和王知勇举着一个木框上来，挂在平时挂黑板的窑壁上。张禄用教鞭指点木框里粘的题词："检查一下你们的学习成果。念！"

学员们随着张禄的教鞭一字一顿地念道："坚持抗战，坚持游击战,坚持持久战,坚持统一战线。"

"不错,看你们的嘴巴我就知道你们全认识。这几个字在延安随处可见。再看下一个。"

奎勇和王知勇已经把第二个木框挂上窑壁,大家仍是跟着教鞭一字一顿地念:"忠诚、团结、紧张、活泼。"

"再念第三个。"张禄的教鞭指向挂起的第三个木框,"寸麦尺水,拔节有声!"刚念完,学员中便响起议论声。张禄说:"第一幅题词,说我们陕公的教育方针是培养抗战干部;第二幅题词,是说我们陕公的校风;第三幅题词,由奎勇讲讲是什么意思。"

"我去请徐老题字,刚一握手,他就不肯放手了,又摸又按,说我磨了十三个茧子四块硬皮,还帮我整理军帽军衣,我当时就差点儿落泪,亲爷爷也不会对亲孙子关心到这么细致入微啊。"奎勇说着,两眼又湿润了,"我汇报学习生产的情况时,说我们劳动委员是庄稼把式,把我们比成了拔节的麦子。徐老说比得好,就总结出八个字,让我代笔来写。他说这样才能表达出老一辈的期望和我们小一辈的努力。他还准备来我们蒙古青年队讲课,同我们做忘年交朋友!"

学员们热烈鼓掌欢呼,张禄不失时机地说:"同学们,我们欢迎徐老的最好方式是什么?就是用蒙文蒙语讲出、写出这三幅题词。今天的蒙文课就是学会这三幅题词,大家有决心没有?"

"有!"

"好,我们现在正式开课,我念一句,大家跟着念一句:'牙盒太白拉独辉伊格巴仍塔拉那'(蒙语"坚持抗战")。"

毫无疑问,这是效率最高的一堂蒙文课。下午开荒,学员们又创下了一次新的纪录。生活越紧张,学员们越活泼,那种无忧无虑又总是伴随着欢天喜地的日子过得实在是太快了。仿佛一眨眼,荒山变成了良田;再一眨眼,又变成了绿色的海洋……

中元节已过,蒙古青年队又弥漫起紧张的气氛,因为秋收的日子到了,各项准备工作都在抓紧进行。偏偏这时,无忧无虑的奎勇忽然感觉浑身不爽了,委屈郁闷地找到王铎,正准备出门办事的王铎停下来问:"出啥子事了?"

"我要入党!"

"想入党是好事,怎么苦着一张脸?"

"我跟我姐一起来的延安,昨天你带我姐他们三个去悄悄活动,为啥不带我们去?"

"我们党在陕公是不公开活动的。陕公要坚持统一战线,学校里民主人士、国民党员、绅士资本家都有。来到延安并不等于入了党,入党是要履行手续的。"

"那我现在就履行。"

王铎换了严肃的口吻:"共产党不是谁想参加就可以参加的,是有标准有要求的。"

"我哪一点不如我姐?"

"入党要求的第一条是年满十八岁的无产阶级先进分子,你才十四岁,比你姐就差一大截。"

奎勇瞪大眼半晌说不出话。

"当然,特殊情况不够年龄的也有,那就更要加强学习,提高觉悟,用党员的标准严格要求自己,接受组织上的考验。"说到这里,王铎像是忽然想到什么,认真问道,"比如现在有个困难任务,你能替我去完成吗?"

"能!"奎勇用力一挺胸脯。

"李桂茂病了,知道吗?"

"早上出操,他肚子疼得厉害,是我和特木尔把他送到医院去的。"

"对,你和桂茂是安达,他得的是盲肠炎,必须手术割掉,可他无论谁劝，一听说要割开肚子就死也不答应。再拖下去，肠子一穿孔，那就真要死人了。你骑特木尔的马尽快赶到医院去，不管用什么办法，让他同意手术才行。"王铎一本正经地补充一句，"这是组织上对你的一次特殊考验啊！"

"保证完成任务！"

答应得痛快，骑上特木尔的追风马，心里才开始犯愁。宁死也不割开肚皮，这工作可怎么做？劝他手术的肯定有不少医生和领导，说话分量哪个不比自己重？他甚至有些后悔，真不该接受这次"特殊考验"。想到考验，他忽然感觉有了一点儿希望……

跑进病房，只见李桂茂疼得蜷缩成一团，像草原上受惊的刺猬。奎勇平静一下呼吸，坐到病床边沿上，拍拍李桂茂肩背："桂茂，我来看看你。"

蜷缩的李桂茂侧过脸从牙缝里挤出声："你别劝，我要熬不过去，死也要个全尸。"

"不是那意思，一个肚疼放俩屁窜次稀不就好了？是兄弟我气坏了，才找你诉诉苦。"

"谁欺负你了？"李桂茂咬牙忍着痛问。

"指导员。"

"啊？"

"你知道，我姐参加党的活动了，为啥没我俩？我找指导员去，他说来到延安并不代表入党，参加共产党是有标准有要求的。有就有吧，你说把我给损的呀。"

"指导员不是那种人啊！"

"那是没到时候。他问我还记不记得徐老给讲的红军团长牺牲的故事，这谁不记得啊，负了重伤，为了不当俘虏，自己从伤口伸进手去，一把就将肚里的肠子扯断，扯出一地。他说，他说，唉，太难听，不说了。"

李桂茂紧紧按着肚皮，疼了片刻才喘着粗气说："你讲嘛，都说啥了呀？"

"他说参加共产党都要经受过考验才行。你看那个李桂茂，动个小小的手术就吓得要死，这种人能入党吗？他要是被敌人抓住，根本不用上刑，抽两鞭子或拿把小刀在鼻子前晃一晃，保证马上叛变。只当个叛徒还算轻的，说不定还会变成大汉奸反过来。"

"别说了！"李桂茂突然大叫一声，手从肚子上拿开，举成拳头喊："老子不会当叛徒，老子死也不会当汉奸！叫医生，叫医生来，老子不用打麻药，现在就把肚子给老子割开，看看老子哼不哼一声！"

"桂茂，好样的！这下我可有话跟指导员说了。"奎勇边朝门外跑边喊，"医生，医生！手术……"

第二天，奎勇再来看望李桂茂，李桂茂已经仰面静静地躺在病床上，眼球随着奎勇转动，身体不敢动。

"桂茂，好点儿没？我跟指导员说了，你不要打麻药就让把肚皮切开了。"

李桂茂一脸尴尬地说着什么，奎勇把耳朵贴过去，才听见他焦急地解释："打、打了，不打麻药不给切肚皮，你、你叫指导员，该、该说我吹牛……"

"别急，别急，"奎勇不敢把玩笑开下去了，俯耳小声说，"你也太认真了。你做手术我就守在外面，还不知道你打了麻药？我跟指导员也讲了不打麻药不给做手术，所以你只好麻了药。"

"唉，丢脸呀，丢尽了……"李桂茂眼角流下一行泪。

"咋了，疼？"奎勇忙用袖子帮他擦去泪水。李桂茂哽咽道："连下面的毛也给刮了，还是个女女给刮的……"

奎勇把头一扭，终于忍不住，笑得浑身乱颤，好不容易透过一口气，才回身严肃地说："你这个封建脑瓜，肚子疼成那样还管是男是女？女人来这医院生孩子，还有男医生负责接生呢。那要是你老婆，是你跳黄河呀还是你老婆跳黄河？"

这句话管用，李桂茂的泪一下子就被顶回去了。赧颜地舔舔嘴唇，没话找话道："你说日怪不？医生说我的肚皮切开又缝上了，可我只要不动就一点儿不疼，看来手术也就是个屁大点儿的事。"

"就为你这个屁，进山烧木炭都没叫我去。"

"我知道开始做得不对，那也不能就骂成个屁呀。"

"懒得跟你说，待会儿肚子又疼起来就叫我一声。"奎勇说罢，就捧着书到窑门口看去了。说也怪，李桂茂像被念过咒一样，没过多久，肚子真的疼起来，不是刀口疼，是肚子里面刀绞一般痛。他没有哼一声，忍住，再忍住……

快中午了，奎勇收起书，走过来问："咋的，还没放屁？"

李桂茂惊讶地睁大眼："你咋知道我要放屁？"

"你个缺德的，告诉你肚子疼了叫我一声，放了多少屁？"

"两个……比我一辈子放的屁加起来还要长……"

"没事了，就等你这个屁放出来我就可以回队了。"奎勇朝门外走，回头又嘱咐一句，"待会护士给你送粥来，先少喝点儿，明天就能下床了。"

"你咋知道我要放屁了？"李桂茂抢着再问一句，奎勇头也没回地说："留个悬念问护士吧。"

下午，护士端来一碗米粥，李桂茂嘴巴蠕动几次也没好意思问。

咳，悬念就悬着吧，还是等回队以后问奎勇吧……

三十
悬念

从医院出来，奎勇跳上追风马，两腿一夹，直奔东山沟的慢坡地而来。他有些急，因为贾力更昨天已经带着第四批蒙古青年回到延安，一早他听到王铎和贾力更谈事，说的是鄂尔多斯新三师，什么民族矛盾和阶级矛盾。父母兄弟都在新三师，他急忙上前去问，王铎却说："上午你不用下地去了，赶紧回医院，看李桂茂手术后放没放屁。什么时候放屁了，你就什么时候回来。"

"指导员，不是开玩笑吧？管天管地也管不了人家拉屎放屁……"

贾力更挥挥手："我们在谈正事，快去吧，留个悬念问护士。"

看来不是玩笑，这个悬念可存不住，一到医院他就问护士，这才知道剖腹手术，灌了一肚子气，如果不放屁，那就是肠粘连或肠梗阻，严重了还得重新割开。气就气在李桂茂放屁不吱声，耽误他一上午。看看日头当头，已是午饭时光，说不定贾力更已经在地头田间端着饭碗讲故事了，难怪他恼火地把悬念扔给了李桂茂，刮个毛都羞得掉泪，看他咋跟女护士张口……

正是秋收大忙季节，蒙古青年队又暂停了上午的学习。奎勇催马疾驰，望见满山坡全是穿着灰军装的学员在忙碌，不禁松口气，放缓速度：还好，没误了听故事。

两棵老杨树下，五位送饭的女学员挥动八角帽，又是吹哨，又是叫喊："指导员，开饭了！听见没有……带个头！奎委员，你也吆喝一声啊！"

蒙古青年队现在已经有了近百名学员，短短一年时间已是家大业大。六只羊羔买回来半年，已经到了发情期；四头小猪崽也养了近五个月，都开始跑圈了。因为买的全是母羊母猪，任其久带个学员到处去找寻好种羊种猪。俗话说：兔一、猫二、狗三、猪四、羊五、牛十……再过四五个月，到春节时可真要猪满圈、羊满坡了。鸡鸭养得不算多，但每个星期天吃顿韭菜鸡蛋馅的饺子包子是没问题的。遇上病号饭，面条里肯定要卧上两颗鸡蛋，这"大日子"过的，真比在家时的"小日子"红火滋润得多了。

学员们终于随着指导员来到田间地头吃午饭，只有奎生格带着两个徒弟还在田里忙选种。大家都明白"家选不如场选，场选不如地选的道理"，没人去催他们。平时奎勇也要跟着老舅去选种，选好的种子要做出标识，等大家再干活时才最后吃饭。跟老舅能学到不少知识："一要质，二要量，田间选种不上当""高粱选尖尖，玉米要中间""丢两头，种中间，玉米棒子没空尖"……奎勇明白，理论要与实践相结合，农谚也要跟实践相结合才能真学懂，否则就是纸上谈兵，成事不足败事有余。

今天他没去跟老舅选种，因为贾力更来了。他就是学员们"一解乡愁"的灵丹妙药，他说的每句话、讲的每个故事，都像磁石一样吸引着大家，唤起各种美好的忆念和无尽的想象……

奎勇从贾力更那里陆续得知，他的婶娘和堂姐也上了大青山，婶娘在一次行军中连人带马摔到了冰河里，受了伤。他的堂姐嗓子化脓高烧昏迷，请来个郎中"扎羊毛丁"，用一个铁勺子伸到嗓子里钩呀钩，放出一口又一口的脓血，嘿，两天后居然烧退了！还有那个自小认识的麻副官，过去叫他三姓奴才，现在可真是脚踏三只船了。在防共二师为日本人办事，被大青山支队俘虏后开始暗中当了梁排长的线人。特别是在奇王府听贾力更说日军小松原师团长肯定会切腹自杀，没过俩月应验了，所以对八路军是又惊又怕，不敢轻易得罪。但是现在他又多了傅作义一条船。是傅作义派人与他联系的，他没敢瞒着梁排长。考虑到正是国共合作时期，梁排长表示同意，并且从麻副官那里得知，国民党已经给傅作义这一级军官下令："要从政治限共转入军事限共。"对了，还有那个"叫驴子"，手下一半人马受不了八路军的纪律约束，被傅作义拉跑了，但叫驴子没有跑，带着剩下的一半人正式加入大青山支队，还在争取入党哩……

这次贾力更没有讲土默特和大青山的情况，开口就骂蒋介石。

"狗日的蒋介石，见我们发动百团大战，取得震惊世界的战果，不但不嘉奖，反而命令八路军和新四军必须都撤到黄河以北，还必须把五十万军队缩减到十万，你说他是不是狼子野心！去年他发起第一次反共高潮，制造了十几起惨案和事变，这还没过一年的时间，他又要开始新一轮反共高潮了，毛主席对此提出了十六字方针：人不犯我我不犯人，人若犯我我必犯人。咱蒙古青年队这一年来发展迅速，成绩不小，但是我估计很快会有大的困难和牺牲在等着我们，日本鬼子和蒋介石都会对我们下手，大家要有充分的思想准备。"学员们或蹲或坐在贾里更身边围了三四圈，听到这里个个义愤填膺，斥骂和声讨之声响成一片，指导员王铎站在人圈外，用力敲响饭碗，提高声音说："同学们，老贾要求我们做好充分的思想准备，这是出于对形势的正确预见。蒋介石抗日是被全国人民逼的，国民党军队在正面战场一触即溃，几个月就丢了大半个中国。我们共产党、八路军坚持抗战，挺进敌后，他是打了小算盘的，以为我们这点儿军队，缺枪少粮，到敌后还不是羊入虎口，肯定会被凶悍的日本军队一口吃掉。他做梦也没想到我们越战越强，从几万军队发展到几十万，拖住了大部分日军和几乎全部的伪军，使抗日进入了相持阶段。蒋介石在发布所谓的《中央提示案》时说，他最懊悔的就是过于自信，自信八路军和新四军会被一口吃掉。现在借日本人的刀没达到目的，他就要亲自举起屠刀了。我们处在两大矛盾中间，中日民族之间的矛盾是基本的，国内阶级之间的矛盾是从属的，但一直是尖锐的。今后的一两年，我们很可能要经历一番更艰险、更困苦的斗争生活，大家有没有克服困难，争取胜利的决心？"

"有！"

"请组织上考验我们！"

"请组织上看我们的实际行动！"

奎生格不知何时来到地头，大声说："管狗日的谁来，咱仓里有粮，心中不慌；来两只狼咱就打一双。可是丰产不等于丰收，入不了仓就是浪费，浪费就是犯罪。这可是组织上说过的话，希望大家把活儿做细。下午先收玉米和大豆间种的那一百亩地，我已经看好了，咱寒露前把这一百亩地种上麦子，明年就有馒头吃了！"

奎勇没有随大家往坡上跑，他被贾力更叫住了。

"小勇，指导员给我介绍，你这段时间干得不错。我这就返回大青山去，路过新三师，我会把你的情况告诉你父母。"

"你能经过新三师？"

"不经过，是专程绕一下。麻副官从傅作义那边探听到，国民党蒋介石准备对新三师动手了，由何应钦和胡宗南直接派去一个叫包清华的参谋长，摸清底细后实行清党，我要向你父亲传达中央的有关指示。"

"把队伍拉到延安来不就安全了？"

"你以为是小孩子打架呢，打不过就找父母。新三师虽说有我们二百多共产党员，支部建在了连上，但毕竟是国民党军的番号，受胡宗南管辖又在傅作义十几万大军的地头上，还有个统一战线的问题，一旦动起手来会是什么结果还很难说。"

"过去常听我父亲讲，先下手为强，后下手遭殃……"

"问题就在这里。为了坚持统一战线，在政治上立住脚，我们只能后发制人。可是国民党最后会走到哪一步，至少现在还是个悬念……"

"我就最烦这个悬念。"

贾力更笑了："哈，就为了早上放屁的事？我那也是有感而发！我知道你嘴严，父母都在新三师，所以透露点儿消息，注意保密，不要跟任何人讲。"

奎勇懂事地点点头："明白，贾叔放心。"

"年底我还要带一批学员过来。组织上准备把我们蒙古青年队扩建成一个民族学院，说不定到时候悬念就都解决了，我们也可以举杯相庆了。"

"贾叔，学员不许喝酒。"

"知道，只要感情在，喝啥都是酒。懂吗？以茶代酒。"贾力更握着奎勇的手，另只手在他肩上一拍，"再见！"

贾力更走远了，奎勇觉得自己的心也被带走了一片。每天无论多忙，只要有片刻闲暇，心思马上被悬念牵着飞到了新三师、土默川、大青山……

秋收结束了，延安《解放日报》传来的消息是国民党汤恩伯、韩德勤、顾祝同等部频频向新四军挑衅袭击。

冬小麦种完了，延安《解放日报》传来的消息是国民党政府军事委员会发出"皓电"，命令在大江南北坚持抗战的八路军和新四军合并，开赴黄河以北。中共中央据理驳斥拒绝，但为顾全大局，答应将皖南新四军部队开赴长江以北。

雪花飘飘洒洒落满山野。延安《解放日报》传来新消息：国民党令长江以南的新四军在12月31日前开到长江以北，黄河以南的八路军、新四军在1941年1月30日之前必须开到黄河以北地区……八路军对日发动的百团大战尚未宣布结束，蒋介石就开始背后捅刀了！

元旦过去几天，惊人的消息传来：国民党调动八万大军，包围进攻奉命北移的皖南新四军军部直属部队九千余人……震惊中外的皖南事变爆发了。悬念已不成悬念，周恩来为《新华日报》题写了："为江南死国难者致哀！""千古奇冤，江南一叶；同室操戈，相煎何急？！"

可是，说好年底带蒙古青年回延安的贾力更始终没有音讯。联想蒋介石宣布取消新四军番号，并下令向新四军其他部队进攻，新的悬念沉甸甸地压在了奎勇心头：大青山那边出了什么事？新三师的危机会不会演变成第二个"皖南事变"？

三十一
悼念

春节刚过，新学员终于来到了延安。奎勇放不下心中的悬念，跑出二里地去迎接，一眼就认出贾力更骑的那匹大青马。可是……马上的人不是贾力更，而是一名二十多岁的蒙古族青年。

"贾力更呢？我贾叔没来？"

蒙古族青年看看他，没有回答，低着头走过去了。奎勇忽然发现队伍里一张熟悉的面孔，失声喊道："姑姑，姑姑！"

来人正是他的亲姑姑奎清。

"哎呀，小勇，是小勇啊！"奎清抓着奎勇双肩，上下打量，"长高了，壮实多了！贾力更可没少跟我说起你。"

"贾力更呢？我贾叔呢？"

亲人相见的喜悦瞬间从奎清的脸上消失了，她略一犹豫，沉重地说："他为护送我们……牺牲了。"

"啊？"奎勇一下子僵住了。奎清默默地点一下头，表示这是真实的消息。奎勇想说什么，嘴巴半张着硬是发不出声，也透不过气，只有泪水夺眶而出，顺着鼻尖扑簌簌成串滚下。奎清帮他擦泪，扯着他的手随在队伍旁边默默地走过一段路。奎勇终于透过气来，抽抽噎噎地说："他本来说年底带你们过来，还要给我们讲新三师的情况，还要成立民族学院，还要和我举杯相庆……"

奎清理解奎勇此刻的心情，不紧不慢地讲述经过："我们本来是准备年底前赶到延安的，可是国民党忽然掀起反共高潮，胡宗南派了嫡系下到各部队监督封锁延安，原来的交通线被切断了。日本鬼子认为是个机会，调集两万人马对大青山根据地实行铁壁合围，分区分片扫荡。贾力更决定带我们随部队突围，转由山西入陕。突围时，他叫我们跑不动的牵着他的马尾巴爬山，爬过山头摆脱追兵后，却再没看见他。过了一天姚司令才告诉我们他牺牲了，当时大家全都哭了……"

蒙古青年队的学员，多数是经过贾力更的动员，由他护送来到延安。听到他牺牲的消息，有的失声痛哭，有的默默流泪，再加上皖南事变的影响，有些学员情绪激昂，纷纷找指导员请战、求战，要求上前线与日本鬼子和国民党决一死战。

让学员们失望的是，王铎像大青山上峰峦夹峙、陡壁峭立的一块大青石，隐忍千年不为雷电风雨所动。正是开春时节，若是回到艾力赛村西的麦儿沟，冰水会从高高的山崖上冲落沟底，冰块带动石块，回音震耳欲聋。可是王铎既没有震耳的回音，也没有激愤的动作，只是静静地听，静静地记，静静地表个态。学员们下来互相打听指导员讲了什么，结果都是大同小异的表扬和鼓励："立场坚定""态度鲜明""化悲痛为力量""靠拢组织积极上进"……就是不说能不能上战场。

第二天早晨出操，指导员没有参加，通讯员传出一条小消息：指导员面壁站了大半夜。便有人猜测：当领导的不会在学生面前掉泪，八成是独个儿悄悄哭呢……

果然，上课时，王铎两眼有些浮肿，并且戴上了眼镜。平时他只在看书写稿时带镜子，上课是从来不戴的。

"请同学们起立。"王铎的声音有些喑哑，同学们马上明白要做什么，起立的时候都脱下了帽子，"首先，让我们为牺牲的贾力更同志默哀三分钟。"

春寒料峭，冷风如泣如诉，在耳畔时响时停。奎勇低垂着头，多少往事在脑际闪过：艾力赛村与麻警官的周旋，归绥城里土默特小学的嘱咐，鸟儿素村的动员，行军路上的麻秆送信，王爷府里斗智斗勇，塔并召与游击县长的谈话，神木县与马占山司令豪情相会……三分钟是那么长，像一部长长的电影；三分钟又是那么短，呼吸之间便戛然而止："奎勇同学，听到没有？坐下。"

奎勇茫然四顾，这才发现默哀已经结束，四周围同学都已坐回矮凳，剩自己独个满面涕泪与指导员相对而立。

"同学们，还记得去年麦收时节贾力更同志与我们一起劳动，在地头田间跟大家讲过的话吗？"

"记得！""他说蒋介石狗日的……"

王铎用手势止住学员们议论，低沉地说："那是我和贾力更同志经过讨论，达成一致的观点。他说蒋介石开始第二次反共高潮，日本鬼子肯定会借机对我们下手，更大的困难和牺牲将摆在我们面前，大家要有充分的思想准备。连日来，不少同学找我请战求战，说明大家都记住了贾力更的嘱咐，做好了思想准备……"

"到前线去！""到敌后去！""人不犯我，我不犯人；人若犯我，我必犯人！"……

王铎点点头，用手势请学员们安静。

"对，人若犯我，我必犯人。这是我们党的斗争方针。但是斗争还要讲策略，我们党经过慎重考虑，已经确定了斗争策略。什么策略？那就是政治上取攻势，军事上取守势。为什么不能政治、军事都进行大反攻呢？那就要分析我们面临的两大矛盾：对日的民族矛盾，现在仍然是基本的矛盾，首要的矛盾；而与国民党的阶级矛盾，仍然是从属的矛盾，处在次要的位置。如果我们与国民党爆发全面内战，最高兴的肯定是日本军国主义，这将会对我们国家和民族带来巨大的损失和危机。就连蒋介石也明白这个道理，所以才公开声明：今后再不会发生此类剿共事件。从国际上看，苏、美、英都已经发声：如果蒋介石坚持剿共，就断绝一切对华援助。从国内看，所有民主党派、人民团体，全国人民都反对国民党发动皖南事变，就连国民党内部的有识之士，无不发出忧虑之声和反对之声。毛主席说我们战胜敌人有三大法宝：统一战线，武装斗争，党的建设。徐特立为我们题词的四个坚持就是基于这三大法宝而确定的陕公教育方针，从而培养出更多更优秀的抗日干部……"

这无疑是一堂正式的政治课，学员们不时发出提问，王铎理论结合实际形势给以回答和解释。奎勇静静地听着，虽然没有提出任何问题，却随着课堂上师生之间的互动，回忆思考了许多。

他首先想起到延安四个月后，有天下午贾力更忽然来找他一起去医院看望马占山。贾力更说："前天我去看过马司令，他还问起过你呢。"奎勇诧异："他怎么住延安的医院呢？"贾力更说："他到重庆开会，回榆林经过甘泉时，下车打猎，猎枪炸伤了左手，被送到延安医院急救，连毛主席都马上去看望了。"奎勇有些犹豫："毛主席都去看望了，我算老几，万一人家不见……"贾力更拉着他边走边说："这是政治任务。别忘了咱来时，他是帮了忙的，更别忘了咱蒙古青年还要源源不断来延安，建立感情建立友谊就是发展巩固和东北挺进军的统一战线。"奎勇拖着脚步说："你们当领导的去就是了，我一个学员算老几。"贾力更瞪一眼："还是社会经验少，我巴不得天天去看望能行吗？人家打问你了，这不就是借口可以多见一面、多留点儿印象了？以后万一有麻烦，再找马司令不是也容易些?"奎勇恍然大悟,马上放开了脚步。

那天是带了延安的特产柿子和大红枣去看马占山,聊得非常愉快。奎勇问马司令受伤的情况,马司令右手一拍桌子:"妈了巴子的,都怪警卫参谋给我拿错了枪。我在齐齐哈尔,老毛子送我一杆苏制猎枪。到了榆林,胡宗南又送我一杆德国造猎枪。警卫参谋心想用新的吧,妈了巴子的,第一次用就炸了膛。"马占山抬抬吊着绷带的左手,"奶奶的,炸掉一根老大,炸断一根老三,剩下三根指头也都皮开肉绽,你们说这是咋整的?"

贾力更说:"没有闭锁?弹药问题?……"

"你说。"马占山盯住奎勇,奎勇眼球转了转:"我不懂猎枪,但是我想……苏联跟我们是统一战线,德国跟日本是统一战线!"

"哈哈!"马占山开心大笑,一巴掌把奎勇的肩膀拍歪了:"讲得好,跟老子想到一块去了。这次在重庆开会,老蒋说日本打中国,德国打英国,咱打不赢咱拖着他,反正咱地方大、人口多。拖到啥时候?拖到美国和苏联都被拖进战火,战局就会改变了。德日意是一伙,咱美苏中英也是一伙,一伙对一伙,用你们共产党的话说,不就是统一战线对统一战线,咱还会输吗?"病房里响起一片笑声……

想到马占山讲国际上的统一战线,奎勇自然就想起了新三师的统一战线问题。

这是贾力更与他的谈话,而且没料到是最后的一次谈话。斯人已去,声音却又在耳边响起:新三师有二百多共产党员,支部建在连队,三个团长都是党的人,但毕竟是国民党的番号,受胡宗南管辖,又在傅作义十几万大军的地头上,还有个统一战线问题……一旦动起手来,新三师会怎样?自己的父母兄弟会怎样?这个悬念整整纠缠折磨了奎勇近半年,直到延安截获胡宗南发给新三师师长的一道密电:"令你部就地处决奎时雨,限三日内开赴甘肃靖远县进行整顿，有违抗者均就地处决。"与此同时，胡宗南已调集河套、榆林、宁夏的部队向鄂尔多斯新三师围过来……

父亲和新三师的命运将会如何？奎勇的心一下子提到了嗓子眼。

三十二
新三师

　　皖南事变爆发后,新三师上下立刻被一片紧张气氛所笼罩。最紧张的莫过于参谋长包清华,他虽然是何应钦和胡宗南派来的,实际还有军统局的背景,是军统局随军组的人。连老百姓都知道新三师是"穿国民党军装的八路军",他岂能不知身处其中的危险?且不说发生兵变的责任,就是隐藏在部队中的共产党组织进行报复,第一个目标肯定就是自己。或者绑票,或者打黑枪,根本防不胜防。几次给胡宗南打电话,得到的命令都是不许撤离,原地坚守,安抚部队,稳定大局。军统局戴笠更是严厉:"这是查清新三师内部共产党组织的最好时机!"

　　包清华深知军统家法严厉,再不敢生逃离的念头,只能硬着头皮坚守。他上任时只带了一个警卫班,自保的办法是两条:一是只坚守在司令部,不下部队,以防不测;二是尽量坚守在师长白海风身边,只要白海风不下部队,在师部他与白海风几乎形影不离。至于去查共产党,在"稳定大局"期间,他是绝不敢有什么明显的动作。

师长白海风也很紧张。他是黄埔一期毕业生,加入了共产党,他还是奎元士在莫斯科东方大学的同学。大革命失败后,两人分道扬镳。白海风脱离共产党,追随了他的校长蒋介石。他心里明白,若不是有这层师生关系,同时又是蒋经国在莫斯科东方大学的同学,他根本保不住这个师长职位。因为他仍然同情共产党,对政治部副主任奎元士在部队里发展地下党员,他都是睁只眼闭只眼;为解决军饷还同奎元士一道去延安见过毛主席。鄂尔多斯这个地方虽然贫穷,但是山高皇帝远,又有统一战线这块招牌,他周旋在国共两党之间,日子过得还算可以。皖南事变一爆发,形势骤变,国共两党无论谁先动手,新三师都会变得血雨腥风……

他首先试探包清华:"参谋长,新三师这块牌子是我跟校长讨来的,师长当然是我,可人马都是奎主任百灵庙起义的老底子,万一上峰逼我们……啊,我们俩可就麻烦大了。"包清华忙不迭地说:"安抚部队,稳定大局,千万不能乱动。"白海风接着又去找奎元士:"老同学,在延安毛主席让我争取政府解决部队的经费和武器共同对日,这皖南事变一爆发,万一延安那边……啊,我是说万一,这部队可咋办?"奎元士说:"人不犯我,我不犯人。我们党政治上取攻势,军事上取守势,多看看报纸就明白了。"

白海风松口气:看来国共都不打算放弃抗日民族统一战线,再多看看报纸,国际上苏美英都反对皖南事变,蒋介石也明确表示不会再发生此类事变。看来上面传说的蒋介石骂胡宗南:"皖南解决了新四军,鄂尔多斯到现在没解决新三师,娘希匹!"这也许是谣传?

到了4月份,政府拖欠新三师的军饷全部补齐,国共两党相互指责之声也渐弱渐消。可白海风还没高兴几天,胡宗南一纸命令,像晴天霹雳传下来:"根据抗战形势所需,新三师调离鄂尔多斯,限

5月15日之前到达甘肃靖远县整顿。"

谁都不难明白"整顿"是何意，白海风传达命令时隐去了这两个字，但仍然如他所料，全师上下立刻炸了窝一般，爆发出激烈的反对之声。白海风向胡宗南紧急发报，不敢提共产党的影响，只说新三师官兵绝大多数是蒙古族，坚守家园有责，不愿到甘肃西北三马的回族地盘去驻防。

比白海风更紧张的是奎元士，他马上召开师党委会。他知道命令的原文有"整顿"二字，实际就是"清党"。师党委成员有团、营两级干部，讨论了两个方案上报延安：上策是发动起义，把部队拉到延安；下策是部队分裂，愿去西北的请走，只带愿去延安的官兵回到边区驻防。

接下来的一个月，延安迟迟没有回电，偏偏妻子塔拉又要生孩子，急得奎元士连续失眠，一个劲地脱发。

6月4日一早，奎元士正准备去骑兵团开紧急党委会，勤务兵气喘吁吁地跑过来报告："奎主任，你赶紧回去看看吧，大嫂要生了！"奎元士双眉聚紧小声问："是你大嫂叫你来的？"勤务兵摇头："她不叫我来，可我看她，哎呀，说不定现在已经生了。"奎元士说："我有急事，昨天已经和你大嫂说过，暂时回不去。你叫白师长的夫人去帮一下手。"说完就上马疾驰而去。

党委会上，奎元士用严肃的声音宣布："据可靠情报，胡宗南已经调动宁夏、河套、榆林的军队向我新三师压迫过来，一旦形成包围，我们起义就无法实现了。延安的指示迟迟不到，我们必须独立做出决定，是起义还是带自己的人马去延安。"

"我说包清华这两天怎么精神起来，敢跑我们团狐假虎威地咋唬半天！"

"起义的准备工作早就做好了，随时可以发动。"

"兵贵神速，今晚把白师长控制住，一个急行军天亮就能进入边区"

议论声停下来,副官进来对奎元士耳语几声,将一份电报交他手中。奎元士将目光飞快地扫过字里行间,长舒一口气,宣布:"延安来电:奎时雨并新三师党委的同志,来电悉,经中央反复研究决定,你们要保证部队西调甘肃靖远县,不能分家,也不许起义回延安,以免顽固派找到借口破坏抗日统一战线。部队中的共产党员,已经暴露身份的要迅速脱离部队撤回延安;没有暴露身份的,要留在部队,长期潜伏,保存实力,以待时机。"奎元士抬眼望住大家:"现在我们的党委会马上研究确定去留名单。"

会议开到中午结束,留下的与撤回延安的同志互相握手告别:"等候召唤。""有朝一日,战场上会师。"……

三天后的中午,烈日下的沙漠是那么酷烈:金光耀眼,寂寥无边。骑兵团副团长的身影已经消失,只剩蒸腾的热气轰轰作响。奎元士收回目光,心中暗想,该撤离的只剩自己了,塔拉怎么样了?拖家带口该如何脱身呢?

"报告!"作战参谋飞马而至,"奎主任,白师长请您马上回师部,有紧急事情商量。"

"知道了。"奎元士翻身上马,"走吧!"

新三师师长白海风等在军营门口,手抓一根沙柳条,一边徘徊一边抽打着马裤和长筒皮靴上的沙尘,见奎元士飞马到来,迎住感慨一声:"奎时雨终非池中物哟!"

奎元士心头一紧:安排在机要室的同志说,包清华给胡宗南的密电里就有这句话,看来是要摊牌了……

"你去吧。"白海风支走作战参谋,拉奎元士走到军营外的沙柳丛中,从衣兜里掏出一张电文纸,"老同学,你看看吧,上面来了命令。"

奎元士扫一眼电文纸,平静地说:"不就是胡长官下令就地处决我吗？那你就执行吧。"

"我如果执行命令还会请你看？而且，这个命令写的名字就不会是奎时雨而是奎元士了。同学一场，我没暴露你真实的身份，胡长官来电也是因为你抗命，反对部队去靖远，我也知道这支部队是你百灵庙起义的老底子，只要你配合我把部队拉到靖远去，我保你啥事没有。"

"好吧，我可以做工作让部队去靖远，只怕去了就不是你白师长说了算了。"奎元士明白白海风现在不敢动他，还有一个重要原因是怕激起兵变。既然中央已来了放行的指示，他正好很策略地转变态度："其实我反对去靖远，也是为老同学你着想。国民党的杂牌部队哪个不是被蒋介石这样解决掉的？既然你坚持去，我保证不会出问题，不过，我得请两天假。"

"为啥？"白海峰风警惕起来。

"你嫂子刚生完孩子，哪能跟部队行动？我把她送回老家马上返回部队。"

"不行，你不能走，我这里离不开你。"

"老同学，咱俩谁不知道谁？打开天窗说亮话：我在，这支部队就不是你一个人说了算；我不在，这支部队才是你说了算。"

白海风咽口唾沫，这是大实话。他放低声音犹豫道："可是……胡长官那里我没法交代呀。""你当着包清华的面放我走不就好交代了吗？"奎元士见白海风不再吱声，便告辞道，"就这样吧，我回去准备一下。"

奎元士上马一路飞驰，刚推开小院的柴门，气也没喘一口就喊："生了吗？塔拉，是男是女？"

屋里一阵窸窣声，没人回答。奎元士进屋定定神，看清土炕上躺着妻子塔拉，她额上系一条毛巾，枕边放半碗红糖水，两手空空叠在胸前……

"塔拉，说话呀，孩子呢？"

塔拉闭着眼睛，睫毛抖得厉害。蓦地一声号："我的长生天哟！我的儿啊！"泪水泉一般从指缝中迸出。

"大嫂……叫我扔了。"勤务兵小声说，"希望能遇上好心人拾去养大。"

奎元士一屁股坐到矮凳子上，以手加额，久久才抹去泪水，嗓子里咕噜："当年来新三师，我化名奎时雨，你化名奎亭，避风雨有奎亭……红军长征有多少人失去了子女，何况这次还关系到几千号兄弟的性命前程……我知道欠你的太多了，是我拖累了你……"

"别说了，我懂。"塔拉用力擦去泪水，用虚弱的声音说，"形势这么紧，你赶回家来，有什么需要奎亭做的你就直说。"

奎元士坐到土炕边，握住塔拉的手："同志们现在都安全了，只剩我们一家该想想如何脱身了。"

当天傍晚，塔拉将"大猫""小猫"当作拐棍，拖着虚弱的身子来到师长白海风家里。

"哎哟，奎嫂，你怎么跑来了？不要命了！啧啧啧，月子里下地吹风是落病的事。"正在挤羊奶的师长夫人两手在衣襟上擦擦，跑上前搀扶住塔拉。

"妹子，我是来告别的。"塔拉喘口气，在师长夫人的搀扶下走进家门，坐到炕沿上，"我带两小的，明天回艾力赛老家。"

"这怎么行呢？咋也得把月子坐完。"

"部队要走，我不走行吗？"

"可也是的，哎，这边兵荒马乱的。"

"妹子，你和白师长结婚，还是我男人主持的婚礼，当时没什么好送的。"塔拉将自己结婚时的金戒指捋下，塞到师长夫人手心里，"这个你拿着。"

"哎呀，这可不行。"师长夫人烫手一般跳起身来，"这礼太重了,我知道这是你订婚的戒指。"

"拿着。"塔拉握住师长夫人的手,"留个纪念。咱们姐妹这几年处得比亲姐妹还亲,分手总要留个念想,你说是吧?"

"可也是。可你这身子,小猫刚缓过气来,又生个小的……你带得了吗?"

"没了,小的没了。"泪水顺着塔拉眼角淌下来,"兵荒马乱,部队要走,举目无亲,你让我一个女人咋养啊?扔了,叫人扔了。"

大猫小猫见母亲流泪,抱住母亲哭成一团。女人最能理解女人,师长夫人早已跟着哭成了泪人。她用力擦一把脸上的泪:"奎嫂,说吧,有什么事需要我做的?"

"我这身子带两个娃,没有奎主任护送,还不得死在这荒漠上?可师里不叫奎主任送,这不是要逼死我们娘儿仨吗?"

"岂有此理!"师长夫人愤怒道,"我做主了,你们放心地走,我看谁敢拦!新三师我管不了,我管一个白师长就够了。他敢不同意?!"

"妹子,全师上下都知道你在白师长那里说一不二,我和孩子们谢谢你了。"

第二天一早,鄂尔多斯还沉浸在一片幽蓝的朦胧中,塔拉与小猫坐上了马车,奎元士和大猫骑上马,刚离开柴门小院,迎面走来师长白海风和参谋长包清华。

"奎主任,这是准备去哪儿呀?"包清华怪声怪气地问。

"送夫人和孩子回家。"奎元士转向塔拉,"你不是说请好假了吗?"

塔拉盯住白海风:"弟妹没跟你说吗?我现在去找你夫人!"

"别、别,"白海风一脸难色地望住包清华小声说,"你知道,你嫂子一来全乱套,那个母老虎!"

"白师长,"包清华口气强硬,"现在有些人不想去靖远,已经溜了好几个了，上峰命令我们不能放走一个人，你是清楚的。"

"白师长，"塔拉也盯住白海风，"你看我们这一家子，病的病，小的小，是像溜走的吗？"

奎元士接口道："我把他们送过黄河就回来，请参座放心好了。"

白海风略一沉吟，说："奎主任，参谋长考虑得也对。我看呀，这样好不好，你能不能给我找一个保人来？"

"可以。"奎元士对包清华的警卫员说，"你去找孟营长，叫孟纯过来一下。"

孟纯是没有暴露身份的共产党员，奎元士早就安排他亲近包清华，以便获得情报。做保的事是商量好的，所以孟纯一到就同意做保人了。

包清华阴沉着脸提醒："孟营长，你要想好了，军中无戏言。"

"放心，参谋长，我心中有数。奎主任对这支部队没少做功课，他舍得放手不要？"接着贴到包清华耳边小声说，"他真逃跑，这部队您就到手一半多了！"

"孟营长嘀咕什么呢？"白海风转向奎元士，"既然有人做保，你们走吧，早去早回。"他拉着包清华往师部走，见包清华一步一回头，便说，"放心吧，老兄，这支部队的老底子你也该查清了，奎时雨真要走，早把部队拉走一大半了。当初你不也说现在还不能杀他，怕激起兵变，这次要是真走了，我俩反而省心了。"

三十三
换马

奎勇终于和父母兄弟团聚了。在王铎的窑洞里,学员们听说奎元士到延安了,奔走相告,窑里窑外一下子聚起二三十名沾亲带故的青少年。

奎元士把年龄最小的奎照光拉到面前问:"照光,想不想家呀?"

奎照光满脸稚气地说:"我们就是生活在家里呀。"

奎晨光上前搂住弟弟的肩膀补充道:"我们生活在一个团结、紧张、活泼、严肃的革命大家庭里。"

"对、对、对,革命大家庭。"奎元士连连点头,笑道,"我说,毕竟家长都不在身边,不像在家里。"

"在身边呀。"特木尔既随便又亲近地搂住王铎的腰,"指导员就是我们的家长。"

窑门口有人喊:"王主任是我们的家长,指导员现在已经是民族部主任了!"

"我们先来的几批学员叫指导员叫习惯了！"

奎元士站起身握住王铎的手："看来你是又当爹又当妈，又当老师又当领导啊，我代表这些土默川子弟的家长向你这个大家长表示敬意和感谢了。"

"奎主任，我只是做了点分内的工作，值不得你表扬，其实你才是名副其实的大家长。"王铎转向学员们，提高声音说，"同学们，党中央已经决定在陕公民族部的基础上成立一个延安民族学院，高岗同志任院长，奎元士同志任教育长，学院将聚集起在延安各院校的蒙、回、藏、苗、满、彝、汉七个民族的优秀青年，几百号学员啊，这才称得上一个'大'字，是民族团结的大家庭。奎元士同志直接负责学院的教学生活，这才算得上是大家长。"

窑里窑外响起一片欢呼声，有人大声问："王主任，你呢？你不能不管我们呀！"

"管，咋能不管呢！我给奎元士同志当副手，配合他做好院里的工作，同时还继续当你们政治课和蒙文课的老师。"王铎尽量提高声音宣布，"很快就要召开延安九一运动会了。运动会一结束，我们就召开民族学院的成立大会，党和边区政府的领导们都将为我们题词！"

"噢——"又是一阵热烈的欢呼。不知谁挑了个头儿，学员们情绪激昂地唱起"抗大"校歌："黄河之滨集合着一群中华民族优秀的子孙，人类解放救国的责任全靠我们自己来担承……"

亲人相聚，自有说不完的话。奎元士负有责任，起身说："走，去看看你们生活的窑洞和其他学员们。"大家便簇拥着奎元士走出窑洞，热烈的气氛渐渐远去。

一直没有得到说话机会的奎勇依偎在塔拉身边，奎生格搂着"大猫""小猫"没有随大家离开。窑洞里终于静下来，这正是奎勇等待的。

"妈妈,你瘦多了……"奎勇把紧贴母亲胸前的脸挪开,两手轻抚着母亲双颊,泪水忽然涌出眼眶,"怎么生出来这么多白头发,我听说……"他差点儿提起那个未曾见面就被扔掉的小弟弟,但马上忍住了,努着嘴唇,在塔拉的脸上深情地亲了一下。这个真情难抑的动作,让刚强的塔拉再也忍不住,泪水一下子迸溅到奎勇脸上。

"儿啊!"塔拉一把将奎勇重新抱紧在胸怀,"你可让妈想死了……"

一阵压抑的抽泣声,陪着落泪的奎生格擦去眼角的泪水,说:"姐,我这个外甥,从第一次见面才五岁就像个小大人,这次一路走来更没人把他当娃娃。在延安这些日子,学习是我们的辅导老师,搞生产是大家选出的模范,都十五岁了,是要身板有身板、要模样有模样的大人了,咋一见你又缩回成小娃娃,小圪旦旦了?"

"他就是到八十岁也是我儿,在我眼里他永远是小圪旦旦。"塔拉把奎勇看个没够,抚摸个没完,"儿呀,告诉妈,来延安服不服水土?闹没闹病?吃得饱不饱,都学了啥本事……"

"哎呀,姐,你放开手叫他坐好了说,不然大猫小猫都该吃醋了。"

塔拉这才发现两个小儿子也往她怀里钻,一边笑一边抹泪,张开两臂一拢:"都是我的小圪旦旦!"

"妈,还有我呢!"随着喊声,奎英跑进窑洞,把一个柳条编织的篮子朝土台子上一放,就扑进塔拉的怀抱。

"你是妈的大圪旦旦。"塔拉用力亲一口女儿,说,"指导员告诉妈,去年你就入了党,比妈进步得还快呢。"

大猫小猫已经围着那个柳条筐子,一边翻弄,一边咂响嘴巴。奎勇从中挑出一个西红柿递给塔拉:"妈,这是我们种的柿子,你尝尝。"

"柿子？妈见过的都是黄柿子，晾干了就是柿饼子，这怎么……"

"妈，你见过的是树上结的土柿子，这是地里当年种当年吃的洋柿子，叫西红柿。是从西洋传过来的，先种在皇宫里当花草，后来知道能吃，就传出来当菜种了。"奎英说，"你闻闻，香不香？"

"是没闻过这种香味。"

"咬一口，咬一口嘛——怎么样？"

"好吃，嗯，又酸又甜，真没吃过这种滋味。妈想起来了，在路上就看见女八路在地里摘黄瓜和这种西、西红柿。"

大猫小猫一人抓了一根顶花的黄瓜，大口小口正吃得香，闻声又一人抢一个西红柿，张口就咬，汁水呲了一脸。

奎英说："国民党封锁咱边区，从1938年毛主席说，日本鬼子实行三光政策，国民党实行包围封锁政策，面对这种困难，我只有四个字：自己动手。就这四个字，我们就要啥有啥了。老舅是庄稼把式，带领我们开荒种地，被边区政府嘉奖，给了他个'劳动能手'的光荣称号呢。"

奎生格说："种地我可种不过我姐。"

奎勇说："在老家，咱种菜也就是萝卜、土豆、圆白菜，种点菠菜、豆角、大葱算稀罕。来延安就不同了，老红军老八路来自五湖四海，苦瓜、丝瓜、空心菜、苋菜、生菜、蒿子秆，咱过去都没听说过，现在不也种上吃上了？这就是革命大家庭，方方面面、桩桩件件，啥都能长知识。"

"听见没有？别光顾着吃。"奎生格从篮子里拿出一小根小辣椒，"认识吗？敢吃吗？""这么小的辣椒，我家种的比它大十几倍。"大猫抓过来："还是绿的，红的我都敢生吃！"说着一口咬下去，脸色突然一变，嘴咧开了。

"赶紧吐，吐出来！"奎生格见大猫眼里辣出泪，知道玩笑开大了，"快，咬口柿子。"

奎勇笑道："葱辣鼻子蒜辣心，辣椒辣到脚后跟。皮球再大怕根针，兵不在多而在精，这次长的知识你肯定一辈子也忘不了。"

奎生格见大猫已经缓过气来，这才开心大笑："哈，吃一堑，长一智，以后跟你大哥大姐多学着点儿，你吃的那种大辣椒，湖南四川都叫菜椒，再红也算不得一个辣。"

塔拉摇头说："他们生活不到一起。组织上说送他俩去安塞小学读书。"

"那你也去安塞？"

"我不去，安塞小学是寄宿制，都是烈士子女和中央领导的孩子，穿军装，军事化管理，他爸说，就算小八路了。"

"哎哟，"奎生格失声叫道，"姐呀，我们一到延安，人家全叫我们是蒙古小八路，最小的是十岁。小猫才六岁就成小八路了，那等不到十岁就成老八路了！"

"听见没有，小老八路。"塔拉用指头挨着指点大猫小猫，"进了学校就算进了队伍，不能再叫猫呀狗呀的了，要叫大名了，叫奎坚、奎强，你们四个小圪旦，就是英勇坚强！"

"小勇，小勇哥！"特木尔像小马驹一样蹦进窑洞里来，"好消息，告诉你一个好消息！"

"刚出去转一圈就带回好消息了？"

"你爸跟学员们聊天，说起九一运动会，王知勇就说你参加赛马，没有马，指导员说解决了，运动会开始前肯定牵过来。"

原来，延安9月1日的运动会，安排了田径、篮球、排球、武装爬山等二十多个项目，蒙古小八路参加了三项：赛马、投弹和本民族的摔跤表演赛。朱德总司令亲自担任运动会的会长，他说举办运动会是为了号召抗日军民加强体育锻炼，增强体质，更好地担负起残酷战争和繁重工作的重任。报名参加赛马的蒙古小八路有五名，但只有特木尔一人有马。老百姓只有挽马和驮马，根本上不了赛场。王铎和任其久费了好大劲才借到了三匹骑乘马，奎勇都让给了别人。他说："没事，骑兵团的人一到，随便借一匹就可以参赛。"特木尔说："生马不好操控，咱俩换换，你骑我的追风马，我骑借来的生马。"奎勇说："我骑术不如你，和马交朋友可未必比你差。"特木尔没话说了。当年奎勇见了特木尔的追风马，牵过来不到十分钟就成朋友了。

"小勇哥，"特木尔脸上换上一种神秘的表情，"你知道是谁借给你马的吗？"

"不管是谁的马，到我手里，最多一小时，就能变成我的马。"

"好大的口气，你以为你是谁呀，总司令的马也敢说是你的马？"

"总司令的马！灰说了吧？"

"指导员还能灰说吗？"

"真的啊？！"

"总司令听说有个蒙古小八路想赛马却没有马骑，把大腿一拍说：马背上的民族怎么能没马骑？把我的马牵去！"

大猫小猫闻声早跳起来欢呼，塔拉和奎生格拍着巴掌叫好。奎勇没跳没喊，朝着门外立正敬了个标准的军礼："谢谢总司令！"

没过几天，朱总司令的警卫员就将那匹大红马送了过来，于是，五个准备参赛的蒙古小八路便相约去看赛场。特木儿一声唿哨，当先驰向延安北门外的青年运动场：许多战士正在用柳条野草扎门楼，堆起土台子做颁奖台，铺着青石板和草褥子的山坡做看台，河湾是天然的游泳池……正在忙碌的战士们忽然都停下手里的活儿，朝着五个纵马飞驰的蒙古小八路欢呼：

"大红马！是朱总司令的马吧？"

"没错，是朱总司令的大红马！"

"蒙古小八路这回可抖起来了，骑上朱老总的大红马了！"

声音一晃而过，五骑驰离青年运动场，奔向东门外的飞机场，赛马将在这里进行。特木尔一路领先，但沿路的军民关注的都是朱总司令的那匹大红马。

跑一圈下来，奎勇拉住特木尔说："兄弟，我想了想，咱俩还是换换马吧。"

"咋了？"特木尔不解地望住奎勇。

"朱总司令的大红马，延安军民几乎没有不认识的，我骑术不如你，这要是摔下马来影响可就糟透了。"

"怎么可能！我看这大红马像朱总司令一样沉稳、厚重，谁骑也不可能摔。"

"我骑，不怕一万就怕万一；你骑，那就是万无一失。听哥的，就这么定了。"

"哥，你也太谨慎了。"特木尔与奎勇换了马。

三十四
野猪林

特木尔以他娴熟的骑技,在青年运动场万众瞩目下表演了马术,赢得阵阵喝彩,又在飞机场赛马时一举夺冠。他有些纳闷:奎勇骑他的追风马,完全可以夺冠,为什么……

可是来不及多想更来不及问奎勇了,因为他已经被一群记者包围,又是拍照又是采访。当他骑着高头大红马来到颁奖的土台之前时,朱总司令高兴地说:"哈哈,蒙古小八路,咱们又见面了!"

毛主席在旁边问:"你认识这个小鬼?"

"认识啊!"朱总司令笑着介绍,"前年我去陕公看望蒙古青年队认识的,叫特木尔,是钢铁的意思,好名字,好骑术!"

毛主席亲自给特木尔颁奖,和蔼地问:"小鬼,今年多大了?"

"报告主席,十四岁!"

"什么时候参的军啊?"

"1939年9月。"

"哦,你可以算是个老八路了,不简单啊。不过,就是年龄还小了点，就叫小老八路好了。"

毛主席风趣的谈话，引来台上一阵哈哈大笑。

第二天，特木尔骑着朱总司令的大红马威风凛凛的照片与记者撰写的《蒙古小八路骑上朱总马》的通讯报道一起刊登在《延安解放日报》的头版，在边区引起不小的轰动，特木尔也成了引人注目的新闻人物。直到这时，特木尔才彻底明白奎勇换马的真实原因。他扔下报纸，满怀感激和不安的心情去找奎勇，可是，奎勇已经去了黄土沟那边的野猪林里烧木炭去了。

"指导员，"特木尔不改口地这样称呼王铎，"我要去烧木炭。"

王铎慢条斯理地说："你是为烧木炭还是为换马的事？"

"我……"

"你如果真是去烧木炭，我可以批准你去；如果是为换马的事，那就不要去了。小勇同学考虑得很细，做得很好。他说你骑总司令的大红马表演马术，影响会更大。你争得的荣誉，不是个人的，你代表的是蒙古小八路，荣誉是大家的。"

"指导员，我懂了，我去烧木炭。"

"烧木炭比田间的劳动更苦更累，而且有一定危险性。"

"所以小勇才抢着去的，我也要跟他去。"

"好吧，明天你就跟送粮送菜的车一起去吧。"

黄土沟在延安城南，距民族学院有八十里路。特木尔扛一把长柄大斧子，走得很威风。川叔赶着送粮菜的马车，劝说："萝卜便宜挑工贵，把你斧子放车上吧。"特木尔扛着大斧正感觉威风，不想放下："说书的讲程咬金上阵三板斧，从没讲三板斧是用车拉上阵的。"川叔笑道："那是说书，小勇告诉我说程咬金用的是红缨枪，不到三斤重。"

"那是唱歌。"特木尔知道奎勇手不释卷，说的话不敢乱反驳，当即放开嗓子，"红缨枪，红缨枪，红缨红似火，枪头放银光……"

走出十里地，特木尔不再威风了，扛着大斧开始不停地换肩。川叔有什么不明白？上了报纸的蒙古小八路是要面子的，撑的时间久了会出事。

"特木尔，你帮我赶会儿车，我去解个手。"

"好嘞！"特木尔把大斧放车上，接过鞭子，可算松了口气。

走得早，走得快，走到黄土沟，太阳还悬在西天。特木尔在土默特从没见过这样的原始森林，从山上到沟底都被浓绿熏染了，走入绿荫，就像跳进大海一般，立刻被清凉新鲜的空气包围，特木尔被太阳晒出汗的鼻孔经凉气一激，连打三个喷嚏，喊声："爽，真爽！"

川叔跳下车，一手牵马，一手不停地拨开或举高树木低垂下来的枝丫，循着伐木声，沿林间小道曲曲折折地走了十几分钟，来到一片林间空地，空地上搭建了十几个窝棚，显然是烧木炭学员们的生活营地。

"卸车喽！"随着川叔一声吆喝，奎晨光和李桂茂从厨房跑出来，学员每天留两个帮厨，今天轮到他俩。

"刚下来的萝卜土豆新鲜死个人。"奎晨光拿根胡萝卜用衣襟一捋泥土就嘎嘣咬下一口，"这要是有点猪肉炖上，啧啧！"

"小勇哥呢？"特木尔问。

"理论联系实际去了。"李桂茂说。

"联系挖窑还是伐树？"特木尔知道，去年奎勇没能参加烧木炭，请川叔帮忙介绍一位烧过木炭的老同志，川叔给他介绍了军委警卫营的谷娃子，是川叔的四川老乡，奎勇去"取经"，记回来七八页写满小字的"理论"，从伐木、运木到挖窑、装窑、烧窑、出窑，今年参加烧木炭，终于可以联系实际了。

川叔插话说："肯定是挖窑去了。"

特木尔不信："我跟你一起出来的，你咋能知道？"

川叔说:"烧木炭每一项劳动都比下地干活来得艰苦繁重,特别是挖窑、烧窑、出窑,不但有风险,还得有技术,你说他会抢哪个活儿?"

"我去找小勇了。"

"不行,卸完车我陪你去。"李桂茂说,"深山老林,上面规定不许一个人单独行动,有危险。"

特木尔把大斧朝肩上一扛,拍打道:"有这三板斧还怕个鸟?"

李桂茂嘲笑:"你以为会骑马就会玩斧头了?别忘了这林子叫什么,危险无处不在。本地老乡说:一猪二熊三老虎,林冲武松学爬树!"

"我劝你先学爬树再上路。"

"灰说甚呢?老虎吃熊又吃猪!"

"野猪林不是熊山虎林,咱说的不是谁厉害,是危险性。你转几年也见不到老虎和熊,可你天天出门都会碰上野猪。"

"怕狼怕虎还怕猪?那猪生出来就是给人吃的。"

"你以为是圈里的猪?野猪跑起来比你的追风马还快!不等你落下斧头,早撞断你的腿,獠牙剖开你肚皮,这里的猪敢吃人!"

川叔又插话道:"警卫营一位干部带了六条狗一杆枪来野猪林,一枪打翻一头母猪,没等看清什么,就被公猪撞断了腿。幸亏有六条狗围斗野猪,让他捡回枪,等他开两枪打死公猪,他的狗已经被咬死四条,咬伤两条。"

"小勇说,西班牙人敢斗牛,就没听说什么人敢斗猪。"李桂茂脸上挂了诡异的笑容,"晨光的石头厉害不?稍有动静他就窜上树去了,你让他自己讲。"

"滚!哪壶不开提哪壶。"奎晨光有些恼火,扛起面袋子往厨房走,特木尔和李桂茂合抬一个大菜筐子走在后面。

"咋回事儿?"特木尔将信将疑,小声问。

"晨光不愿说，回头见了小勇你问他吧。"李桂茂卖关子道，"俗话说，有千斤的猪没有千斤的牛。小勇提醒大家说：举目森林树影重，猪视眈眈危机伏……"

"山中无老虎，野猪称大王。"特木尔一个劲摇头，"虎视眈眈，居然变成猪视眈眈！"卸完车，李桂茂陪特木尔去找奎勇。奎晨光瞪一眼李桂茂："走路靠腿不用嘴！"

"哎呀，多大点事儿，我又不是长舌头。"

这一来，特木尔更忍不住了，半路上缠住李桂茂："桂茂哥，到底咋了？你告诉我，我绝不会告诉任何人。"

"你问小勇吧，小勇说了没事，我要说了晨光肯定跟我急眼。"

所幸路不远，十几分钟就见到了奎勇。特木尔既没说换马的事，也没提烧窑，张口就问奎晨光爬树是咋回事。

奎勇瞟一眼李桂茂，李桂茂连忙声明："我什么都没说。"

奎勇淡淡一笑："野猪林嘛，当然就是野猪多了。这野猪你不招惹它，它一般不会攻击人；但你要是挑衅它，它就会攻击你。比如你眼对眼盯它，它为了自卫就会主动攻击你。大家都想吃猪肉，这危险性就来了。现在是9月中下旬，正是猪发情之际，危险性就更大。我们的任务是烧炭，而且今年的任务更重，不但要烧陕公几百号人马冬季取暖的木炭，还要烧出鲁艺的取暖用炭，所以制定了一条纪律，不许招惹野猪，以免影响烧炭。万一遇上野猪攻击，我们也要自保呀，所以制定了第二条纪律：不许跟野猪斗狠，必须爬树或者站到高台子上，野猪没爪子，上不了树。猪嘴从下往上拱，能拱翻一辆车；如果从上往下来，那就失了势没了劲。所以你遇到野猪攻击，也要爬上树或往高处跑，站到陡台子上，野猪就会放弃攻击。"

"我问晨光上树是怎么回事，你不说，知道的人肯定很多，他们讲起来添油加醋的更糟糕。"

奎勇略一沉吟，说："他是执行纪律上树，换谁都一样，纪律就是纪律。你赛马夺冠，其实晨光投弹也可以夺冠，只是投弹和扔石头用力毕竟有区别，所以只拿个第二名，换我心情也不爽。前两天一进野猪林，正遇上一头公猪发情爬上母猪背，晨光扔惯了石头，随手扔出一颗，那母猪一声惨叫就挣脱公猪跑了。公猪一看好事被破坏，冲着晨光就奔过来。我大声吼：上树，必须上树！本来晨光是要打那个公猪的，想起这是纪律就爬上树了。问题是这头公猪比狗都聪明，会记仇，老在营地周围出没，看来这个麻烦是非解决不行了，我怕它逮住机会伤害晨光……"

三十五
捉猪

"解决？"特木尔精神一振，"叫学院送支枪过来！"

"用不着，万一打伤没打死，更麻烦。"奎勇改变话题，"你来烧窑，先参观一下窑炉。"

炭窑洞口很小，要蹲着身子才能钻进去，里面很大，奎勇说："看见没有？一窑能出一千斤木炭，相当于外国人说的五百公斤。"

"够高的，我站起来都够不到顶。"

"木柴要立起来码放。树砍倒可要去掉枝丫，截成六尺多一段，就是两公尺，没高度咋行！"

"洞口也太小了。"

"这是最大的一个口，其他窑口要爬进来，这个口另有用途，所以你圪蹴着就进来了。这也是我理论结合实际的一项内容，每个窑口大小不一，用一次就可以选定哪个窑口最合适。"

李桂茂突然抢道："我想起来了，小勇说烧炭是三年出徒，五年出师。咱们可等不及呀,当年就要烧一百万斤,所以要当月出徒,两月出师。"

"点火之后,我争取一周出徒,两周后给你们当师傅。"奎勇信心十足,"去年的老窑我都检查过了,还有十来个好用,我再新挖几个,大火、中火、小火各烧几窑,然后比较好坏。一般讲,小火烧制时间越长质量越好,但咱也得算经济账,馒头好吃,小米饭一样养人。"

李桂茂说:"我就知道小勇的办法多。"

特木尔说:"哥说这个洞口的另一个内容就是吃小米饭呀?"

"我叫你吃猪。"奎勇钻出洞口,因为洞口外有人叫他。特木尔和李桂茂随后钻出,只见王知勇将两块大木板拖到了洞口。擦着汗说:"哥,照你说的,二寸半厚!"

"猪不犯我,我不犯猪;猪若犯我,我必犯猪。"奎勇捶捶木板说,"告诉晨光,争取今夜解决战斗。"

一听"战斗",特木尔和李桂茂都兴奋起来,抢着问是不是要捉猪。奎勇打个哈哈说:"母猪嘛,咱就捉回去下崽;公猪嘛,咱就不留着回去配种了。"

"咋捉?想好办法了?""别吵,听小勇哥吩咐。"

"请君入瓮懂吗?"奎勇问。

"哎呀,哥,你就别考了,跟你十几年了,啥成语没听过,耳熟能详。"

"我明白了,把猪请进炭窑里去!"

奎勇笑道:"看来桂茂毕竟比特木尔大几岁,请猪入窑。你带特木尔到窑顶上,我把猪引入窑里,你们必须在五秒之内把这两块大板子顺杆放下来。现在就上去练习吧。"

李桂茂这才发现,顺窑壁竖着两根光滑的粗立木,两人各扛一块板,分出先后,喊一二三,放完板子还以为已经够快了,奎勇连连摇头:"不行不行,没有表也知道太慢。喊一就要落第一块板,喊二就要放第二块板,喊三,两块板已经落地封口才行,练默契就不要喊出声!"

接下来的问题就是谁来当诱饵引猪入洞了。渐渐低垂的夜幕下,奎勇与奎晨光的争论终于结束。奎晨光用三条理由说服了奎勇:"公猪是找我不是找你,你引不来大家白辛苦一夜。你脑子好,办法多,可我手脚比你灵活,那天要不是你喊,我才不上树呢,我是要守株待兔,不对,是待猪,叫它撞树,撞不死也撞断它牙,我加上一斧头就吃猪肉了,省得跟他打三天游击。你抢着上,无非是感觉有三分险,那是你。论我的手脚,一分险都没有。你不让我上,我是什么心情?你光想当哥就不想我怎么当兄弟了?"

奎勇握住奎晨光的手,感动地说:"兄弟,不可大意,看你的了!"

奎晨光独自留在窑洞口,头上悬着一根麻绳,他只需手抓绳子做个引体向上劈开两腿的动作,野猪就会从他胯下冲入窑洞里。夜深了,野猪在夜里的攻击性是白天的双倍。奎勇带领特木尔、李桂茂、王知勇爬在窑顶埋伏,眼观六路,肃静警听:月光如水,星光清冷,黑魅魅的山林仿佛回到了原始时代。窑前虽有三四十平方的空旷地带,在林荫的背景下也显得有些幽沉、朦胧、迷幻……

大半夜了,特木尔和李桂茂不时活动一下发酸的手腕,扶着木板不敢发出声响。他们不知道猪耳朵有多灵,是按狗的听力来计算,所以不敢出声。只有窑下的奎晨光做一些慢动作吸引猪来发现。突然,他停止了晃动身体,朝窑顶扔去一块土坷垃。窑顶的人立刻提起全部精神,倾听扫视:奎晨光从风吹树叶的沙沙声中,筛出一阵有一阵无的嚓嚓声……声音停止在右前方。他不慌不忙地用一只手握住了绳头。这时候他犯了个"错误",忽然放开嗓门叫喊:"啰啰啰……"

奎勇在窑顶上一敲脑门:"这小子以为在家养猪呢!"

话音未落，灌木丛中"哗啦"一声响，一道黑影像摩托车一样冲过来，转眼已近在眼前。说时迟，那时快，奎晨光两手一拔，腾身而起，两腿劈开，那头悍兽一头顶住个布帘冲到了窑洞中，不等奎晨光双脚落地，"叭、叭"，两块榆木板封住了洞口。奎勇和王知勇先跳下来，只见奎晨光背靠木板正发牢骚："什么五秒、十秒，猪还没摘下头上那块布帘。"

"起来起来，你以为是家里养猪呢，还啰啰啰，要喂食呢？"

"我是宣战！"

"赶紧堆土封洞，我还要继续实践。"奎勇竖起拇指，"福将，歪打正着。"

奎晨光双手合十："你想让猪入土为安呀？"

"我要顺便检查这个炭窑密封好不好。"

"你想憋死猪呀？"

"你想钻进去斗还是放出来斗？"

"得，干活！"

天发亮时，五个人抬回一头四百多斤重的猪。营地里响起一片欢呼声："大烩菜，大烩菜，猪肉、土豆、萝卜、粉条、一锅炖！""打牙祭了！"

"犒劳犒劳有功之臣！"任其久端上来一盘红红的杜李子，这是山林里的一种野果，酸甜可口。特木尔吃了两个，连喊："好吃，比家里种的还甜。哥，尝一个。"奎勇忙摆手："吃两天了，牙都倒了，再吃可咬不动猪肉了。"

特木尔闻声就住了嘴，奎晨光哈哈大笑："这小子就信服小勇哥。"

特木尔反声道："你不服？"李桂茂说："我住医院，老听医生说什么'胃亏羊'，我看特木尔是'胃亏猪'。"任其久哈哈大笑："你还'胃亏牛'呢，肚子里只装了青菜屎。过来看看怎么写，这是一种胃病!"

任其久在地上写了三个大字:"胃溃疡"。然后说:"你们长过口疮吧?没长过也见过,那就叫口腔溃疡。"特木尔摇头抽一口凉气:"妈呀,胃里长口疮,我可不亏羊也不亏猪。"

说着,又抓一把杜李子吃起来。

"大家逗归逗,有肉吃更得多出活。"奎勇拍拍特木尔肩膀,"你来得晚,听任老师给你讲讲砍伐方法再说。"

"不就砍个树吗!刨两年地了,我还砍不动个树?"

"你刨地刨到个石头上咋样?"

"不好受,震得慌。"

"砍树就像你每一镢都刨在了石头上,一天下来震得你全身肉疼,用的劲也不是一个方向,更有许多安全知识,别树还没砍倒自己先被压倒了。我和知勇再完善一孔炭窑,下午就过去。"

奎勇和王知勇回到炭窑。按规矩都是奎勇挖窑,王知勇运土,因为窑已经挖好,要测出烟口位置,王知勇就想先进,却被奎勇推开:"你等一下,我先看看。"王知勇说:"测位是我的事呀。"奎勇说:"那头猪折腾有三个多钟头,那可不是小动静!"

奎勇先进到窑洞,抬头一看,恰好掉下一块土坷垃,他暗叫一声"不好"!转身往出撤,王知勇恰好圪蹴着身子朝洞里钻,奎勇一把将他推出,自己朝外奋力一扑,只听轰隆一声闷响,整个窑顶塌下来,将他大半截身子压实了。

"来人啊,救命啊!"王知勇爬起身,边喊边冲到奎勇身边,双手去扒压在他身上的厚重的土。

"喊什么,"被压得憋红脸的奎勇,身上的土被扒掉一些,刚透过一口气,便说,"别惊动大家,死不了,扒快点就是了……好,拉我。"他俩臂解脱后向前伸出,"拉!"

王知勇用出吃奶的劲,终于把灰头土脸的奎勇拉出土堆。

"别动我。"奎勇躺在地上,静静地歇了一会儿,慢慢坐起身,"这事儿不要跟大家说了。"

"窑都塌了,还能瞒过谁?"

"没脑子,就说我们来时已经塌了。"奎勇起身,小心翼翼地活动腰腿。王知勇想搀扶,被他拒绝,"没伤着,没事。"王知勇说:"没死没伤说实情怕啥?"

奎勇从土里扒出一把铁锨,边收拾现场边说:"再过一些日子就该是一场秋雨一场寒了,下过雨土质变松,塌窑的危险会增加,同学们都是见危险抢着上,没有经验会出事。"

王知勇抢过铁锨,边铲土边说:"哥就是心细心善……"

三十六
新的考验

　　天还没亮，特木尔的追风马已经在一路飞奔。太阳升起一竿子高时，奔马变走马。草原人都知道，奔马省一双靴子，颠掉一顶帽子。奔马跑不长，日行千里的不是奔马，而是好走马。骑手把抓在手里的帽子戴到头上，直起身子，人们才看清，他不是特木尔，而是奎勇。

　　中秋节刚过不久，延河两岸的谷子、高粱、玉米随着清风舞动，散发出累累硕果的馨香。丰收的田园里走下来一伙大生产的军人，唱着庆丰收的歌曲。人群中突然传来一声喊："奎勇吗？王主任在学院办公室等你。我跟你妈离不开身，有件事你去办一下。"

　　奎勇收缰注目：是父亲奎元士。他双手提着两筐菜，裤子叉挂在脖子上，裤脚被扎住，两条裤筒鼓鼓，一看就是装满了"收获"。

　　"爸，你裤子里装的啥？土豆吧？"奎勇笑着问道。这样的景象在家乡土默川是最常见的，但在延安却是头一份。"什么事啊？王主任叫得这么急。"

"你那两个不争气的兄弟,又偷东西又打架,替我踹他们每人一脚,灰圪旦,连他四叔也敢欺侮!"

快中午时,奎勇从办公室出来,才明白事情的原委:

安塞小学实行寄宿制、供给制,学生像军人一样发小号的军衣、军鞋,吃小米饭喝盐水汤,汤里漂一段大葱,学生们称其为"青龙过海"。随着大生产运动,伙食一天好过一天。要过中秋节了,八路军叔叔竟然给学校送来一筐苹果和一筐梨。

什么是苹果?奎勇不知道。第一次吃西红柿的时候,听说也是欧洲出产的一种水果,至今还没亲眼见过。之前指导员摆龙门阵时说,有一个叫夏娃的女人偷吃了苹果,才知道苹果不但没有毒,还很可口。就这样,苹果很好香甜的事情很快就传遍了世界。没想到今天奎强也偷吃了苹果,不仅是带着同学们去偷吃的,而且还吃光了一整筐!月圆之前的一个夜里,无风有云,旷野森森。安塞周边夜里经常有狼出没,夜里方便需要出窑洞,所以大家会集体行动,每人手持一根棍子防身。回来的路上,奎强的鼻子很灵敏,闻到了一股诱人的清香。这时,一位入学较早名叫奎元庆的学生说:"哎呀,这是八路军给咱们送来的苹果,我吃过,太好吃了!"

奎元庆比奎坚小,比奎强大半岁,但辈分高,和奎元士是堂兄弟。奎坚奎强都得叫他四叔。奎强以自己的阅历,摇头说:"火车不是推的,牛皮不是吹的。归绥城里那个老汉哄人:面果果,面果果,一分就是一火车。那一分钱还是我跟爷爷求来的,有一火车吗?才装一火柴盒,连一把都不满……"说话间,已经寻味找到了那个筐子。打开柳条筐,一股强烈的果香扑鼻而来,冲昏了所有学生的头脑。真有这么大这么香的水果!一个就足够奎强两只小手捧的了,狠狠地一口咬下去:"哎吆我的常老师,你整天讲开天辟地头一回,我几回也搞不清楚。这一口吃下去,我什么都懂了。"

随后有人打开另一个柳条筐,哇,又一股清香冲进鼻孔。奎强左手抓着半个苹果,右手上去就抓起一个梨,欢叫着:"我只见过秋子梨,还是冰冻的,从来没吃过。"他啊呜又是一口,嗓子眼儿里哼哼:"延安就是好啊!"

"土包子开洋荤。"早来延安的奎元庆学了一些大人的话,"这叫莱阳梨,三分钱也买不到一个梨,还一火车呢?"

"去,莱阳鬼。我奶奶说,咱家没钱,只有靠孙猴子才能从西天偷来这种梨!"不肯认输的奎强回头就跑,挨个敲窑洞门,喊他的同学们:"吃果果,吃果果,不花钱就有一火车……"

结果,本该八月十五赏月时给小学生吃的苹果和梨,提前四天,就在无风有云的漆黑夜里被这群"小猴子"偷吃光了。这件事还没处理完,叫人更不爽的事情发生了。

抗大的师生员工听说安塞小学的苹果和梨被"猴子"偷走了,亏谁也不能亏了孩子们啊,就省出一筐苹果和一筐梨又送到安塞来。安塞小学为了表示感谢,决定排个节目去慰问演出。其中一个节目叫《拉骆驼》,主要演员有三个:一个装骆驼,一装牵骆驼的蒙古人,一个装凶狠的日本兵。这三个角色自然就落在土默川来的三个蒙古族小学生身上。奎强人小个子矮,应该装"小日本",但他坚决不当坏蛋。但装骆驼又要被"小日本"踢,他也不干。他要当牵骆驼的蒙古人,这样可以反抗,还可以等八路军救援后,大刀砍向鬼子们的头!争来吵去,最后只好要奎坚装日本人,奎元庆装骆驼,奎强装牵骆驼的蒙古人。结果,"骆驼"被"日本人"狠踢了两脚后,竟一屁股坐在地上大哭起来:"两个欺侮一个,难道我不是你们的四叔吗?踢这么狠……"

王铎讲完经过,特别嘱咐道:"别以为只是家庭矛盾,能不能提高他们的认识水平,自觉遵守三大纪律八项注意,这也是组织对你的一次考验。"

战争年代,还有什么事情可以比接受组织考验更激动人心呢?

奎勇"走马上任",一路千思万想,到达安塞小学已是成竹在胸。

他首先找到班主任常老师,解释奎强的行为是事出有因:第一,蒙古族的习俗是打到猎物,见者有份;来了亲人、客人,一定用最好的东西来招待。弟弟是把安塞小学当了自己的家。第二,小时候玩攻城拔寨的游戏,因为奎强偷了汉族农民的酸毛杏,罚他当日本鬼子。当时土默川、大青山唱得最流行的歌曲是大刀进行曲,"游击队员"攻陷"鬼子"炮楼,用木刀砍破了奎强的脑袋,他抹着头上的血哭道:"欺侮人!我再也不当日本鬼子了。"

常老师听后,哈哈大笑:"怪我,我也有责任,忘了你们是蒙古族。奎勇同志,我配合你把工作做好!"

三个蒙古族小学生,不对,是三个蒙古族小八路被叫到办公室。奎勇笑着打招呼:"喂,你们三个小放羊的,阿爸叫我来看你们。"

"谁是放羊的?""我们是蒙古小八路!""看清我们穿的是什么,这军装军鞋可不是闹着玩的,常老师还得叫我们同志呢!"

"哎呦,忘了你们穿军装了,叫同志了。"奎勇大打个哈哈,忽然板起脸来,"是我忘了还是你们忘了啊?啊!猴子穿上军衣也能叫八路吗?我们来延安时没穿军装,可一路上老百姓都说我们是蒙古小八路,为什么?因为我们讲三大纪律八项注意!"

于是,奎勇开始讲述自己来延安时,行军一路的所见所闻,所作所为。从集合出发讲到一切行动听指挥;从大青山反围剿讲到一切缴获要归公;从吃枣住店讲到不拿群众一针一线,说话和气,买卖公平,损坏东西要赔偿;从猪啊羊啊送到哪里去,讲到穿军衣容易,思想行动成为真正的八路军不容易,只有真正做到,才能获得全国人民的拥护和欢迎。见三个蒙古小八路都低下头承认自己错了,才换了口气说:"活报剧《红缨枪》和《消息树》你们看过吗?"

"看过了。"

"小话剧儿童团长王朴看过吗?"

"看过,大家都哭了,要向王朴烈士学习。"

"这就是化悲痛为力量。演出不是玩游戏,要宣传群众教育群众。没有敌人的狡猾凶残,能表现出英雄的机智勇敢不怕牺牲吗?"

"不能。"

"道理都懂,为啥就做不到呢?"

奎强两眼泛潮地握住奎元庆的手:"元庆同志,我错了。我当骆驼,你来牵我吧。"

"不,还是我当。"奎元庆转向奎坚,"你踢得再狠点儿,你越凶残,我们的大刀才能砍得越有力!"

屋里响起一阵欢快的笑声。

常老师感慨道:"哎呀,奎勇同志,我看你也不过是个半大小子,居然这么会做思想工作。"

奎勇谦虚地说:"我刚来延安的时候跟他们差不了多少,党怎么教育的我,我就学着怎么教育他们,其实还差得很远。不瞒老师,我还在接受党的考验呢。"

"放心,我会跟你们王主任说,这次考验你是满分!"常老师拉开抽屉,拿出一个苹果一个梨,"十几天了,没舍得吃,每天上班先拉开抽屉闻闻,精神头就上来了。八路军奖罚分明,你大老远跑来帮我们做思想工作,就当奖品送给你吧!"

"不行,不行,这可不行。"

"别说不行,估计你们挖窑烧炭的蒙古小老八路也都没吃过这种稀罕物,大家分分。将来建立了新中国,别忘了开天辟地第一回是在哪里吃的!"

"那……敬礼!"奎勇接过苹果和梨,"谢谢常老师,开天辟地永远忘不了您和延安!"

三十七
熔炉

　　一场秋雨一场寒，川叔送粮送菜到得早，一边往厨房里跑，一边喊："卸车了！"

　　"哟，川叔，今天到得早啊。"奎晨光迎出来，"还没吃饭呢吧？"

　　"知道还问！摸黑就出发了。"川叔挤挤眼，"野猪肉还剩得有哇？"

　　"自从有了野猪肉，川叔送粮的积极性就来了，准定摸黑出发。"李桂茂帮川叔取下披在身上的油布，"剩不多了，够你打牙祭。"

　　"又是你俩小子帮厨，是不是躲懒啊？"川叔从兜里掏出一把小辣椒。他来蹭饭，一定要把留给他的菜加上辣椒回锅。他的口头语是"菜要香，葱蒜姜；要吃好，炒辣椒。"

　　"川叔，你别得了便宜卖乖啊。谁躲懒了？也不算算日子，早就轮一圈轮回我们俩了。"李桂茂把菜刀剁在砧板上，"你是怕我说你嘴馋……"

"找打。"川叔做势做态一扬手，李桂茂脖子一缩就往厨房外跑，差点撞上进来的奎生格，不由得叫了一声，"哟，猪肉！"

奎生格把扛的半扇猪甩到地上，川叔拔起菜刀拍拍砧木板："你个没良心的，吃你半斤肉送你半扇猪，你还唧唧歪歪上了！"

"川叔，我掌嘴，敬礼了！"李桂茂转向奎生格，"奎委员，亲自来指导工作了？"

"什么委员，芝麻绿豆大的官。"奎生格去半扇猪上割下巴掌大一块肥膘，"叫老舅不是更亲吗？我们是干革命不是为当官。"

"卸车去，别贫个没完。"奎晨光把李桂茂推出门，说，"老舅，你喝口热水歇歇气，好吃饭，不多点活儿，桂茂一个人够了。"

"我这个劳动委员来可不是为了蹭饭，秋收快完了，过两个星期指导员要带十几名学员来支援你们砍树，叫我先来看看进度，我见营地堆了不少树了。"

"帮厨的都要抽空砍树枝、锯树段，趁川叔热饭，咱出去看看，看老舅认识几种树。"

雨停了，奎生格随奎晨光围着小山一样堆着的原木说："认庄稼没问题，这堆起的原木我认不准。那堆没砍完枝丫的，只要有树叶，我能认……这是红松、这是水曲柳，啧啧，可惜了，做家具是好材料……榆树就不用说了，这个是……"

"这个你准说不出。"

奎生格蹲下身子，喃喃："树叶有黄的了……我要说出来咋办？"

奎晨光附耳小声说："我们用一条猪腿换回些烧酒，给伤风的同志治感冒，可还剩着半斤！"

"真的？"奎生格眼一亮，"这是棵青枫树！"

"老舅，你跟我小勇哥谁懂得多？"

"那还用说！论知识他多，论庄稼把式，他还差一截。"

"我哥说这树叫青戈树，你说你俩谁说的对？"

"青一戈？"奎生格迷惑了，"倒也是，我见过的青枫树还没长腰这么粗的，这还是两棵，可这叶子……"

"看来这酒你是喝不成了。"

"你敢！我告诉川叔有酒，我看你敢不拿出来。"

"哈哈哈。"奎晨光爆出青春洋溢的一串大笑，"我哥一上午砍倒这么粗的两棵青枫树，把大斧头往粗枝上一剁，问我，青枫加斧头叫什么？我叫不出。他说叫青戈，枕戈待旦！"

"你就给我日鬼吧！"奎生格跳起身，边朝厨房跑边喊，"川叔，多炒个肉，中午有酒。"

欢乐的日子过得快，转眼两个星期过去了，王铎居然带了七八十名学员过来了，急得任其久直喊："指导员，不是说好只来十几个吗，没准备那么多饭，还有一群女学员，也没地方住呀。"

王铎慢条斯理地说："不急。知道你们取得很大成绩，大家都想看看，正好来受受教育，顺便把烧好的木炭运回去。我只带十几个壮劳力留下，其他人都自带干粮了，今晚他们把木炭运到沿河镇休息，明天运回学院。"

这时，营地已经热闹得像赶集，伐来的木料和烧好的木炭码放得像两堵厚厚的城墙。烧过窑的给没烧过窑的介绍如何伐木，如何装窑烧炭，如何辨别木炭的质量……

"挖过窑的负责装车，没来过的可以去看看伐木，半个小时后往回赶。"王铎向奎生格交代，"掌握好时间，天黑时要赶到沿河镇。"

"明白。"奎生格去张罗人，"没来过的跟我去看看伐木，顺手把他们伐好的木头运回来。"

王铎挑一根粗榆木扛肩上："去炭窑的别空手啊！"

十几名留下来的学员纷纷挑重的扛肩上，追随王铎去炭窑。任其久走在王铎身边说："当家的，搞来四辆大车啊，好势力！"

"陕公和鲁艺都把家底掏出来了。"王铎补一句,"在这儿你是当家的。"

"这边我只负责行政管理和伐木,装窑出窑是小勇负责。"

"装窑出窑都是有风险和技术含量的。"

"论说小勇也教出了四五个徒弟,可只让徒弟独立看火候,他趁机去我那抢抢大斧。一到装窑出窑,一定要亲力亲为才行。塌过一孔窑,不放心。"

说话间来到窑场。沿山脚十几孔炭窑,都是先把山坡削出一个陡立面,然后挖窑,窑前三四十米堆放着木料。

王铎把扛来的木头垒到木料堆上,招呼大家过来:"给你们长点知识啊,先看烟囱,不能粗,胳膊一握的孔就行。冒白气,正在烧;冒蓝烟,赶紧封窑;封早就烧生了,封晚就出灰没质量了。那边有一孔装窑的,那边有两孔出窑的,出窑最累最苦,高温作业,二三十分钟就得换人……"一边说着一边走到了出窑口。

"别吱声。"这位当家长的指导员揉揉眼睛,端详几位传递木炭的学员,"让我猜猜啊,你是……"

"甭猜,全是黑旋风。""哈,非洲的革命者也来延安了。"

"接炭呀!"窑洞口钻出个脑袋来,"你们——哟,指导员来了。"

窑口爬出一个破衣烂衫的黑人,除了张开的嘴巴和转动的眼珠露出一些白,基本也变成个黑木炭,连滴滴嗒嗒淌下的汗水也无法将脸洗白,只是画出几条"河沟"。

"小勇,带他们去洗把脸。"王铎从说话声辨出是小勇,手指着林边一洼积水说,"歇口气,说说话。"

难怪认不出谁是谁,洗过脸乍一看也难认清,都变了模样。窑里高温熏烤,个个免不了烫伤、脱皮。炭黑烟气跟着汗水沁到皮肉里也是难免的,洗也洗不尽。

"你们是长胖了还是……烤熟了?"

"洗来洗去洗成一群大花脸，我看一个个都像刚从太上老君的炼丹炉里爬出来的。"

奎勇难得幽默一句："女学员不适合干这活。"

"男要俏，一身皂；女要俏，一身孝，所以小勇总要抢着下窑。"任其久打趣，引来一阵哄笑。他向王铎报告："木炭拉走了。"

"能拉完吗？"

"四挂大车加了围子装得冒顶，学员们有背有扛也有抬的，满载而归，运走了一大半。"

"你们干得好，不但出活儿多，而且质量好。"王铎打量着学员们，挨个捏捏胳膊上的肌肉块，轻捶鼓突的胸大肌，抚摸手上脸上的烫伤，颇动感情地提高声音，"你们刚才讲太上老君的八卦炉，有道理，孙悟空七七四十九天炼得脱胎换骨，炼出了铜头铁臂、火眼金睛。如果把炭窑比作八卦炉，那我们的延安和八路军，就是一个革命的大熔炉，相信你们都能锻炼成为坚定的共产党员、优秀的革命战士。"

"随时听从党的召唤！"

"请组织考验我们！"

"很好。"王铎放缓声音，"1938年，蒋介石用十几万大军围困延安，毛主席讲了'自己动手，丰衣足食'。皖南事变后，国民党蒋介石调动五十万大军围困我们，毛主席党中央号召我们党政军民开展大生产运动，三五九旅用老镢头一年就把沼泽臭水的烂泥湾变成了塞上江南。当年我们蒙古青年队开展大生产，被边区政府授予先进集体……"

"指导员被授予先进个人！"不知谁喊了一声。王铎用手势截住，继续说："现在已经进入10月份，我们干得很好，但是距一百万斤木炭的目标还有不小的距离，我这次来，就是要组织突击队，11月份下雪之前，坚决完成烧制一百万斤木炭的艰巨任务！"

"我报名！""我坚决要求参加突击队！""我们都是突击队员！"……

"晚上开会确定突击队员名单。现在还有段时间，咱们说干就干。"王铎脱下军装，只穿一件单衣就朝窑洞里钻去，被任其久拉住了。

"指导员，你是当家的，分配任务就行，轮不到钻窑。"

"这里你是当家的，"王铎见奎勇抢先钻进去，扔下一句，"别争了，半小时一换！"紧随其后钻了进去。

一进窑里，真像红薯落灶，全身一紧，很快有了膨胀感。鼻子被灼热的炭气呛得喘不过气，猛干一阵儿，大汗淋漓，终于适应了高温。王铎和奎勇朝外递一根木炭说一句话：

"我刚参观了南泥湾。"

"听说粮食瓜菜堆成山。"

"开荒一万一千多亩，产量一千二百担。"

"自给有余。"

"明年目标是三千担！"

"听说有个'气死牛'，连毛主席都知道了。"

"郝树才，大干三天，每天开荒四亩以上。"

"难怪王震下死命令。"

"严禁早到，不准迟退。"

"我们差太远了。"

"你也不错。"

"跟老红军老党员比不得。"

"两年镢头短了两寸。"

"镢头怎么短了？"

"刨地磨掉了两寸多。"

"我没注意。"

"组织上考察发展对象可不能不注意呢。"

"指导员！"奎勇一阵热血翻涌，"我——有个建议。"

"说。"

"大家谁不想参加突击队？参加不上反而有情绪。干脆都组织成突击小组，开展劳动竞赛。"

洞外传来喊声："换班了，出来吧！"

"这个建议好！"王铎边往洞外钻边说，"晚上开全体动员会！"

成立突击组的效果很快显现出来，虽然王铎也下令"严禁早到，不准迟退"，可是看火候，封窑却不能分日夜早晚。年轻就是本钱，学员们从"三泡手""五泡手""连珠泡"，无论是磨出的泡还是烫出的泡，最后都变成了"铁砂掌"。天空飘雪花的时候，烧制一百万斤木炭的任务超额完成。返回学院时，鲁艺的秧歌队迎出五里地……

几个月后，奎勇走进副教育长王铎的办公室。王铎平静而庄严地通知说："奎勇同志，经组织认真考察和研究之后，决定批准你加入伟大的中国共产党。"

奎勇猛吸一口气，全身的热血像春潮一样涌起，难以控制，好不容易才镇静下来，不放心地喃喃："我，我刚十六岁。"

"共产党员都是特殊材料制成的，我说过，特殊情况，不到十八岁也可以加入党组织。"

三天后，奎勇、奎晨光、王知勇、李桂茂……大家跟着王铎回到难忘的黄土沟。布满炭窑的山坡上，挂着党旗和马、恩、列、斯的画像。在入党仪式开始时，奎勇脑中忽然闪出了川叔和谷娃子的形象。

春节后，奎勇去军委警卫营看望谷娃子，战友告诉他，精兵简政，谷娃子已经不当班长了，去党中央当警卫战士，给毛主席站岗去了。奎勇回来问川叔这是为什么？川叔说："跟我和谷娃子一起参军的,有当团长的,还有当副旅长的。一个人能力有大小,但只要是在一口锅里搅马勺,为一个目标奋斗,那就是同志。只要队伍光荣伟大,每个人都一样光荣伟大!"

他举起右拳宣誓:"我志愿加入中国共产党,坚决执行党的纪律,不怕困难,不怕牺牲,为共产主义事业奋斗到底。"